내가 예뻐진 그 여름 2

KB117735

뉴욕 타임스 베스트 셀러 『내가 사랑했던 모든 남자들에게』 제니 한 소설

내가 예뻐진 그 여름 2

IT' NOT SUMMER WITHOUT YOU

네가 없는 여름은 없어

JENNY HAN 제니 한 지음
이나경 번역

arte

J + S 영원히

감사의 글

피핀에이전시의 에밀리 반 비크, 홀리 맥기, 엘레나 메클린과 S&S
의 에밀리 미헌과 줄리아 매과이어에게 가슴 깊이 감사드립니다. 첫
독자가 되어 준 캐럴라인, 리사, 에미, 줄리, 시오반에게도 고마움을
전합니다. 여러분을 알게 되어 행운이에요.

– 제니 한

7월 2일

커즌스의 뜨거운 여름날, 나는 얼굴에 잡지를 덮고 수영장 옆에 누워 있었다. 엄마는 현관 앞에서 솔리테어 게임을 하고 있었고, 수재나 아줌마는 주방에서 느릿느릿 움직이고 있었다. 곧 아이스티 한 잔과 내가 읽을 책을 가지고 나올 것이다. 낭만적인 소설을 골라서.

콘래드와 제러마이아와 스티븐 오빠는 아침 내내 서핑을 했다. 전날 밤 폭풍우가 지나갔다. 콘래드와 제러마이아가 먼저 집으로 돌아왔다. 그들의 모습이 보이기 전, 소리부터 들렸다. 둘은 계단을 오르며 유난히 거친 파도에 스티븐 오빠 수영복이 벗겨졌다면서 깔깔 웃어 댔다. 콘래드가 내게 다가와 얼굴에서 땀 묻은 잡지를 집어 들더니 씩 웃었다. "너, 뺨에 글자 찍혔다."

나는 눈살을 찡그리며 콘래드를 올려다봤다. "뭐라고 찍혔는데?"

콘래드가 내 옆에 쪼그려 앉더니 말했다. "모르겠어. 어디 보자." 그는 특유의 진지한 눈빛으로 내 얼굴을 들여다봤다. 그러곤 다가오더니 키스했다. 바다에서 나온 그의 입술은 차갑고 짭조름했다.

제러마이아가 말했다. "그럴 거면 방을 잡아." 농담이었다. 그가 내게 눈짓하며 뒤에서 다가오더니 콘래드를 들어 올려 수영장에 던졌다.

곧 제러마이아도 첨벙 뛰어들고는 외쳤다. "어서 들어와, 벨리!"

그래서 나도 기꺼이 수영장에 뛰어들었다. 물이 상쾌했다. 상쾌하다는 말로는 부족했다. 언제나 그랬듯이, 내가 지내고 싶은 곳은 커즌스뿐이었다.

"저기요? 방금 내가 한 말 들었어?"

나는 눈을 떴다. 테일러가 내 얼굴에 대고 손가락을 딱 튕기고 있었다. "미안." 내가 말했다. "뭐라고 했어?"

그곳은 커즌스가 아니었다. 콘래드는 곁에 없었고, 수재나 아줌마는 세상을 떠났다. 모든 것이 달라졌다. '며칠이나 지났지? 정확히 며칠이나 된 거야?' 수재나 아줌마가 세상을 떠난 지 두 달이 지났지만 나는 여전히 그 사실을 믿을 수가 없었다. 믿고 싶지 않았다. 사랑하는 사람이 죽으면 실감이 나지 않는다. 마치 남에게 일어난 일처럼. 타인의 삶 같다. 나는 추상적인 것에 약했다. 누군가가 정말로, 진정으로 떠난다는 것은 무슨 의미일까?

눈을 감고서 머릿속으로 되풀이해 말해 보기도 했다. '그렇지 않아. 그렇지 않아. 이건 현실이 아니야. 이건 내 인생이 아니야.' 하지만 그것이 내 인생이었다. 그때 내게 닥친 삶이었다. 그날 이후의 삶이었다.

현실 속 그곳은 마시 유의 집 뒷마당이었다. 남자아이들은 수영장에 들어가 장난을 치고 있었고, 여자아이들은 전부 비치 타월을 깔고 줄지어 누워 있었다. 나는 마시와는 친구 사이였지만, 케이티와 에벌린 같은 애들은 테일러의 친구에 가까웠다.

정오를 조금 넘긴 시각이었는데 이미 30도가 넘었다. 무더운 날이 될 것 같았다. 엎드려 있는 등에 땀이 고이는 것이 느껴졌다. 일사병 초기 느낌이었다. 겨우 7월 둘째 날인데 벌써 여름이 언제 끝날지 세고 있었다.

"저스틴네 파티에 뭘 입고 갈 건지 물었어." 테일러가 다시 말했다. 테일러가 자기 타월과 내 타월을 딱 붙여 놓아서 마치 커다란 타월 하나를 함께 쓰는 것 같았다.

"글쎄." 나는 고개를 돌려 테일러를 마주 보며 말했다.

테일러의 콧등에 땀방울이 송골송골 맺혀 있었다. 테일러는 항상 코부터 땀을 흘렸다. "나는 엄마랑 아웃렛에서 산 새 원피스를 입을 거야."

나는 다시 눈을 감았다. 선글라스를 쓰고 있어서 어차피 내가 눈을 떴는지 감았는지 보이지 않았다. "어느 거?"

"알잖아. 폴카 도트 무늬에 목에 끈 묶는 원피스. 엊그제 보여 줬는데." 테일러가 짜증 섞인 한숨을 쉬었다.

"아, 그거." 나는 여전히 어떤 원피스인지 기억해 내지 못했고, 테일러도 그 사실을 알았다.

다른 이야기로 넘어가 그 원피스를 칭찬하려는데 문득 얼음처럼 차가운 알루미늄이 목덜미에 들러붙는 느낌이 들었다. 비명을 지르자 코리가 물이 뚝뚝 떨어지는 콜라 캔을 들고서 옆에 앉으며 낄낄거렸다.

나는 일어나 앉아 코리를 노려보며 목을 문질렀다. 그날은 너무 지겨웠다. 그냥 집에 가 버리고 싶었다. "무슨 짓이야, 코리!"

코리가 계속 웃는 바람에 더 화가 났다.

내가 말했다. "어쩜 그렇게 유치하니."

"네가 정말 더워 보이길래." 코리가 못마땅한 듯 대꾸했다. "시원하게 해 주려고 그랬지."

나는 잠자코 목덜미에 손을 대고 있었다. 이를 앙다물고서. 다른 여자 아이들이 전부 나를 바라보고 있었다. 이내 코리의 얼굴에서 웃음기가 사라졌다. "미안. 이 콜라 마실래?"

내가 고개를 가로젓자 코리는 어깨를 으쓱이더니 수영장 쪽으로 멀어져 갔다. 고개를 돌려 보니 케이티와 에벌린이 '벨리 쟤 왜 저래?'라는 표정을 짓고 있었다. 창피했다. 코리에게 못되게 구는 것은 독일셰퍼드 강아지에게 못되게 구는 것과 마찬가지였다. 그만큼 터무니없는 짓이었다. 그제야 코리와 눈을 맞추려 했지만, 그는 돌아보지 않았다.

테일러가 목소리를 낮춰 말했다. "장난이었잖아, 벨리."

나는 다시 타월에, 이번에는 똑바로 누웠다. 숨을 깊이 들이쉬었다가 천천히 내쉬었다. 마시의 아이팟 덱에서 흘러나오는 음악 때문에 머리가 울렸다. 너무 시끄러웠다. 그리고 사실 나는 목이 말랐다. 코리에게서 콜라를 받지 않은 걸 후회했다.

테일러가 다가와 내 선글라스를 들어 올리고 눈을 마주쳤다. 나를 가만히 들여다보며 말했다. "화났어?"

"아니. 여기가 너무 더워서." 나는 손등으로 이마의 땀을 닦았다.

"화내지 마. 코리는 네게 바보처럼 굴 수밖에 없어. 널 좋아하니까."

"코리는 날 좋아하지 않아." 나는 시선을 피하며 말했다. 사실 코리는 나를 좋아했고 나도 그걸 알고 있었다. 좋아하지 않기를 바랄 뿐이었지만.

"어쨌든 쟤는 너한테 완전히 빠져 있어. 그러니까 쟤한테 기회를 주는 게 어때? 그럼 너의 '그 사람'을 잠시 잊을 수 있을걸."

내가 고개를 돌리자 테일러가 말했다. "오늘 밤 파티에 갈 때 내가 네 머리 땋아 주면 어떨까? 지난번처럼 앞머리를 땋아서 핀으로 옆에 고정해 줄게."

"좋아."

"뭐 입을 건데?"

"잘 모르겠어."

"다들 거기 모일 테니까 넌 귀엽게 보여야 해." 테일러가 말했다. "내가 일찍 갈게. 함께 준비하자."

저스틴 이틀브릭은 8학년 때부터 해마다 생일 파티를 성대하게 열었다. 저스틴의 부모님이 솜사탕 기계를 빌렸다거나, 자정에 화려한 폭죽을 호수 위로 쏘아 올렸다는 이야기를 전해 들어도 거기 못 가서 아쉬웠던 적은 없었다. 난 늘 커즌스에서 사랑하는 사람들과 함께 지냈으니까.

커즌스가 아닌 저스틴의 파티에서 보내는 여름은 처음이었다. 그리고 그건, 아쉬웠다. 그건, 슬펐다. 여름은 평생 커즌스에서 지낼 줄 알았다. 내가 있고 싶은 곳은 그곳 별장뿐이었다. 평생 그곳뿐이었다.

"그래도 가는 건 맞지?" 테일러가 물었다.

"응. 간다고 했잖아."

테일러가 콧등을 찡그렸다. "알아, 하지만……." 테일러의 목소리가 갈라졌다. "아무것도 아냐."

나는 테일러가 상황이 다시 정상으로 돌아가기를, 내가 전처럼 되기를 기다린다는 사실을 알고 있었다. 하지만 전처럼 될 수는 없었다. 나는 예전으로 돌아갈 수 없었다.

전에는 믿었다. 전에는 내가 간절히 원하면, 열심히 바라면, 모든 것이 제대로 돌아가리라 생각했다. 수재나 아줌마 말대로, 운명에 따라서. 생일 때마다 콘래드를 사귀게 해 달라고 빌었다. 별똥별을 볼 때마다, 속눈썹이 떨어질 때마다, 분수에 동전을 던질 때마다 사랑하는 사람을 얻게 해 달라고 빌었다. 언제나 그 소원이 이뤄질 것으로 생각했다.

테일러는 내가 콘래드를 잊기를, 내 머릿속과 기억에서 그를 지워 버리기를 바랐다. 테일러는 계속 이렇게 말했다. "누구나 첫사랑은 잊어야 해. 그건 통과 의례일 뿐이니까." 하지만 콘래드는 단지 내 첫사랑만은 아니었다. 통과 의례 같은 것이 아니었다. 그는 그보다 훨씬 더 중요한 존재였다. 그와 제러마이아와 수재나 아줌마는 내 가족이었다. 내 기억 속에서 그 셋은 늘 엮여 있을 것이며, 영원히 연결되어 있을 것이라고 여겼다. 그 셋 중 하나만 떼어 놓을 수는 없었다.

콘래드를 잊는다면, 내 마음속에서 지워 버린다면, 그가 거기 없었던 것으로 친다면, 수재나 아줌마에게도 같은 짓을 하는 셈이었다. 그리고 그것은, 불가능했다.

학기가 끝나는 6월이면 우리는 짐을 싸서 차에 싣고 커즌스로 향했다. 엄마는 전날 코스트코에 가서 사과주스 여러 통, 대용량 그래놀라 바와 자외선 차단제, 통밀 시리얼을 샀다. 내가 럭키 참스나 캡틴 크런치 같은 달콤한 시리얼을 사 달라고 조르면 엄마는 이렇게 말하곤 했다. "벡이네 치아에 해로운 시리얼을 잔뜩 사 놓았을 테니 걱정 마." 물론 엄마 말이 옳았다. 나처럼 수재나 아줌마도 어린이 입맛에 맞는 시리얼을 좋아했다. 그곳 여름 별장에서는 여러 가지 시리얼을 먹었다. 시리얼이 눅눅해질 겨를도 없었다. 어쩔 땐 그들이 시리얼을 아침, 점심, 저녁으로 먹기도 했다. 스티븐 오빠는 콘푸로스트, 제러마이아는 캡틴 크런치, 콘래드는 콘 팝스를 먹었다. 나는 종류에 상관없이 남아 있는 것에 설탕을 뿌려 먹었다.

내 평생 여름을 커즌스에서 보냈다. 단 한 번의 여름도 빠진 적이 없었다. 17년 가까이 나는 언젠가는 그들과 어울릴 나이가 되기를 바라며 지냈다. 드디어 그때가 됐지만, 너무 늦어 버렸다. 마지막 여름날 밤, 수영장에서 우리는 언제까지나 다시 모이자고 했다. 하지만 그 약속은 무서우리만큼 쉽게 깨졌다.

그 전해 여름, 집에 돌아오고 나서 나는 기다렸다. 8월이 9월이 되었고 학기가 시작했지만 나는 계속 기다렸다. 콘래드와 내가 무슨 맹세라도 한 것은 아니었다. 그가 내 남자 친구가 된 것도 아니었다. 우리가 한 것은 키스가 전부였다. 그는 대학에 갔고, 그곳엔 다른 여자가 백만 명은 있을 것이다. 정해진 귀가 시간이 없는 여자들, 기숙사에 사는 여자들. 전부 나보다 더 똑똑하고 예쁜, 나와는 달리 신비롭고 새로운 여자들이.

나는 끝없이 콘래드를 생각했다. 그 모든 일이 무슨 의미였는지, 이제는 우리가 서로에게 어떤 존재인지. 예전으로는 돌아갈 수 없었으니까. 확실히 나는 예전으로 돌아갈 수 없었다. 우리 사이, 콘래드와 나 사이, 제러마이아와 나 사이에 있었던 일이 모든 것을 바꿔 놓았다.

8월에서 9월로 넘어가도록 전화는 울리지 않았다. 내가 할 수 있는 일은 마지막 날 밤 그가 나를 바라보던 눈빛을 떠올리는 것뿐이었다. 그러면 아직 희망이 느껴졌다. 그날 밤은 내 망상이 아니었다. 그럴 리 없었다.

엄마 말에 따르면, 콘래드는 기숙사에 들어갔고, 뉴저지 출신의 룸메이트를 성가셔했으며, 콘래드가 끼니를 제대로 챙겨 먹지 않아 수재나 아줌마가 걱정한다고 했다. 엄마는 내 자존심이 다치지 않도록 가볍게, 무심하게 이런 이야기를 전해 줬다. 나는 더 캐묻지 않았다. 나는 그가 전화하리라는 것을 알았다. 확신했다. 기다리기만 하면 되는 일이었다.

전화는 9월 둘째 주, 그를 마지막으로 본 지 3주 만에 걸려 왔다. 나는 거실에서 딸기 아이스크림을 먹으며 스티븐 오빠와 리모컨을 가지고 다투고 있었다. 월요일 밤, 오후 9시, 티브이 황금 시간대였다. 전화벨이 울렸지만, 오빠도 나도 전화를 받으려고 하지 않았다. 일어나는 사람은 채널 선택 전투에서 지게 되어 있었으니까.

엄마가 서재에서 전화를 받았다. 엄마는 거실로 전화기를 들고 와서 말했다. "벨리, 전화 받아. 콘래드야." 그러고는 눈짓을 했다.

온몸이 윙윙거리기 시작했다. 귀에서 파도 소리가 들렸다. 고막에서 바다가 철썩이며 굉음을 냈다. 취한 것 같았다. 사방이 빛났다. 내 기다림에 응답이 왔다! 옳은 판단을 내리고 인내한 것이 그렇게 기분 좋았던 적은 없었다.

스티븐 오빠의 말에 나는 몽상에서 깨어났다. 오빠가 눈살을 찌푸리며 물었다. "콘래드가 왜 너한테 전화해?"

나는 오빠 말을 무시하고 엄마에게서 전화기를 건네받았다. 오빠로부터, 리모컨으로부터, 녹아 가는 아이스크림으로부터 멀어졌다. 그 무엇도 중요하지 않았다.

계단에 닿을 때까지는 아무 말 없이 콘래드를 기다리게 했다. 계단에 앉아 비로소 말했다. "안녕." 얼굴에서 미소를 지우려고 애썼다. 전화로도 웃는 게 티가 날 테니까.

"안녕." 콘래드가 말했다. "어떻게 지내?"

"별일은 없어."

"그런데 있잖아." 콘래드가 말했다. "내 룸메이트가 코를 너보다 더 크게 골아."

콘래드는 그다음 날 밤, 그리고 그다음 날 밤에도 전화를 걸었다. 우리는 몇 시간씩 통화했다. 콘래드가 전화를 걸어 나를 찾다니 스티븐 오빠는 어리둥절해했다. "콘래드가 왜 자꾸 너한테 전화하냐?" 오빠가 따져 물었다.

"왜일 것 같아? 날 좋아하니까. 우리, 서로 좋아하거든."

오빠는 토하는 시늉을 했다. "미쳤구나." 오빠가 고개를 절레절레 흔들며 말했다.

"콘래드가 날 좋아하는 게 그렇게 불가능한 일이야?" 나는 반항하듯 팔짱을 끼며 따져 물었다.

오빠는 생각할 것도 없다는 듯이 바로 대답했다. "그럼. 절대 불가능하지."

솔직히 그랬다.

꿈같은 일이었다. 비현실적인 일. 숱한 세월, 여름 내내 원하고 바라고 염원한 끝에, 콘래드가 내게 전화를 걸고 있었다. 그는 나와 대화하는 걸 좋아했다. 나는 그를 웃게 했다. 그가 어떤 일을 겪는지 나는 이해했다. 나도 같은 일을 겪는 셈이었으니까. 수재나 아줌마를 우리처럼 사랑한 사람은 세상에 몇 없었다. 그것이면 충분한 것 같았다.

우리는 어떤 사이가 됐다. 정확히 정의된 적 없는 사이지만, 그래도 모종의 사이였다. 그것이 정말 중요했다.

몇 차례, 콘래드는 학교에서 우리 집까지 세 시간 반이나 운전해서 왔다. 한번은 밤이 너무 깊어서 엄마가 돌려보내지 않자 자고 가기도 했다. 콘래드는 손님방에서 잤고, 나는 몇 시간 동안 잠 못 이룬 채 뒤척이며 콘래드가 다름 아닌 우리 집에서, 그것도 바로 몇 발짝 옆에서 자고 있다는 생각에 잠겼다.

스티븐 오빠가 성가시게 주위에서 맴돌지 않았다면 콘래드는 적어도 키스를 시도했을 것이다. 하지만 오빠가 곁에 있으니 거의 불가능했다. 콘래드와 내가 티브이를 보면 오빠가 우리 사이에 껴들곤 했다. 오빠는 풋볼처럼 내가 알지도 못하고 관심도 없는 이야기를 콘래드와 하곤 했다. 언젠가 한 번, 저녁 식사를 마치고서 콘래드에게 부르스터스 아이스 크림 가게에 가서 프로즌 커스터드를 사 오자고 했더니 오빠가 바로 끼어들었다. "난 좋아." 내가 노려보자 오빠는 씩 웃기만 했다. 그때 콘래드가 오빠가 보는 앞에서 내 손을 잡으면서 말했다. "다 같이 가자." 그래서 우리는 함께 갔다. 엄마도 갔다. 엄마와 오빠를 뒷자리에 태우고서 데이트를 하다니 믿을 수 없었다.

하지만 사실, 그래서 12월의 멋진 밤이 더욱 달콤해졌다. 콘래드와 나는 다시 커즌스로 돌아간 것만 같았다. 우리 둘이서만. 완벽한 밤은 참 드문데, 그때가 그런 순간이었다. 정말 완벽했다. 기다릴 가치가 있는 밤이었다.

그날 밤의 추억이 있어서 다행이다.

5월이 되면서 모든 것이 끝났으니까.

나는 마시의 집에서 일찍 나왔다. 테일러에게는 그날 밤 열리는 저스틴의 파티에 가려면 쉬어야 한다고 둘러댔다. 하지만 사실이기도 했다. 진심으로 쉬고 싶었고, 파티에는 관심 없었다. 집에 도착하자마자 큼지막한 커즌스 티셔츠로 갈아입고 물통에 포도 맛 탄산음료와 얼음을 채운 뒤 머리가 아플 때까지 티브이를 봤다.

평화롭고 행복할 정도로 고요했다. 티브이와 에어컨이 켜졌다가 꺼지기를 되풀이하는 소리뿐이었다. 내가 집 전체를 독차지했다. 스티븐 오빠는 베스트 바이 전자 제품 판매점에서 아르바이트를 했다. 가을에 대학에 가져갈 50인치 평면 스크린 모니터를 사려고 돈을 모으고 있었다. 엄마는 집에 있었지만, 서재에서 온종일 밀린 일을 할 것이라고 했다.

나는 이해했다. 내가 엄마라도 혼자 있고 싶었을 것이다.

6시쯤 되자, 테일러가 분홍빛 빅토리아 시크릿 화장품 가방으로 무장한 채 찾아왔다. 테일러는 거실에 들어와 커즌스 티셔츠를 입고 소파에 누워 있는 나를 보더니 눈살을 찡그렸다. "벨리, 아직 샤워도 안 했어?"

"오늘 아침에 했어." 나는 누운 채로 대답했다.

"그래. 그리고 온종일 햇볕을 받으며 누워 있었지." 테일러가 내 팔을 잡아끌었고, 나는 테일러에게 이끌려 일어나 앉았다. "어서 샤워하고 와."

테일러를 따라 위층으로 올라갔다. 나는 욕실로, 테일러는 내 방으로 들어갔다. 내 평생 가장 빨리 샤워를 마쳤다. 테일러는 남의 물건을 훔쳐보기 좋아했고, 혼자 놔두면 내 방을 자기 방인 양 뒤질 게 뻔했다.

욕실에서 나와 보니 테일러는 거울 앞에 앉아 빠른 손놀림으로 브론저를 뺨에 바르고 있었다. "내가 메이크업도 해 줄까?"

"아니." 내가 말했다. "나 옷 입을 동안 눈 좀 감아 줄래?"

테일러는 어이없다는 표정을 짓더니 눈을 감았다. "벨리, 너 정말 내숭이다."

"상관없어." 나는 속옷과 브라를 입으며 말했다. 그리고 다시 커즌스 티셔츠를 입었다. "자, 이제 봐도 돼."

테일러는 눈을 위로 치켜뜨고서 마스카라를 발랐다. "손톱 발라 줄게." 테일러가 제안했다. "신상 컬러가 세 가지 있어."

"아냐, 그럴 필요 없어." 나는 두 손을 들었다. 손톱을 물어뜯어서 전부 짧았다.

테일러가 얼굴을 찡그렸다. "음, 그럼 옷은 어떤 거 입을래?"

"이거." 나는 미소를 감추며 커즌스 티셔츠를 가리켰다. 너무 자주 입어서 목 주위에 작은 구멍이 났고 담요처럼 부드러웠다. 파티에 그 티셔츠를 입고 가고 싶었다.

"참 재미있기도 하다." 테일러는 무릎을 짚으며 일어서더니 옷장으로 다가갔다. 내가 가진 옷을 환히 꿰고 있으면서도 옷걸이를 옆으로 밀쳐 가며 뒤지기 시작했다. 보통은 그래도 상관없었지만, 그날만큼은 모든 것이 거슬리고 짜증스러웠다.

내가 말했다. "그만해. 반바지랑 탱크톱 입고 갈 생각이니까."

"벨리, 저스틴의 파티에는 다들 차려입고 와. 넌 안 가 봐서 모르겠지만, 낡은 반바지 입고 갈 수 있는 곳이 아냐." 테일러가 흰색 원피스를 꺼냈다. 그 원피스를 마지막으로 입은 것은 지난여름, 캠과 함께 간 파티에서였다. 수재나 아줌마는 내가 그 원피스를 입으면 눈에 확 들어온다고 했다.

나는 일어나서 테일러에게서 그 원피스를 받아 옷장 속에 도로 걸었다. "이건 얼룩이 있어." 내가 말했다. "다른 거 찾아볼게."

테일러는 다시 거울 앞에 앉더니 말했다. "음, 그럼 꽃무늬 검정 원피스 입어. 그거 입으면 네 가슴이 근사해 보이거든."

"불편해. 너무 꽉 조여." 내가 말했다.

"제발 부탁할게, 응?"

나는 한숨을 쉬며 그 원피스를 꺼내 입었다. 테일러에게는 그냥 져 주는 것이 편할 때가 있다. 우리는 어릴 적부터 친구, 가장 친한 친구 사이였다. 우리는 너무 오랫동안 친한 친구 사이였기 때문에 그런 사이임이 습관처럼, 더 이상 반박할 수 없는 사실처럼 느껴졌다.

"봐, 멋지잖아." 테일러가 다가와 지퍼를 올려 줬다. "자, 이제 작전 계획을 세우자."

"무슨 작전 계획?"

"너랑 코리 휠러가 키스해야 한다고 생각해."

"테일러……."

테일러는 한 손을 들어 내 말을 막았다. "끝까지 들어 봐. 코리는 아주 착하고 아주 귀여워. 그 애가 운동을 해서 근육을 조금만 돋보이게 만들면, 아마 아베크롬비 모델처럼 섹시할걸."

나는 코웃음을 쳤다. "관둬."

"뭐, 코리도 C모 군만큼은 귀엽다고." 테일러는 콘래드의 이름을 부르지 않았다. 그는 어느새 '너의 그 사람' 또는 'C모 군'이 되어 버렸다.

"테일러, 그만 좀 해. 네가 아무리 그래도 아직은 그를 잊을 수 없어."

"노력이라도 해 볼 수 없니?" 테일러가 달래는 투로 말했다. "코리로 만회할 수 있어. 그는 아무래도 상관없을 거야."

"한 번만 더 코리 이야기를 꺼내면 파티에 안 갈래." 내 말은 진심이었다. 솔직히, 테일러가 코리 이야기를 다시 해서 파티에 가지 않을 구실이 생기기를 바랐다.

테일러의 눈이 휘둥그레졌다. "알았어, 알았다고. 미안해. 입 꼭 다물게."

그러더니 화장품 가방을 들고 내 침대 가장자리에 앉았고, 나는 그 애 발치에 앉았다. 테일러는 빗을 꺼내 내 머리에 가르마를 탄 뒤 신속하고 정확한 손놀림으로 머리를 땋아 나갔다. 머리를 다 땋고 나자 정수리 한쪽에 핀으로 고정했다. "네 머리를 이렇게 하면 마음에 들어. 꼭 원주민 같아. 체로키족 공주라고나 할까."

나는 웃으려다 말았다. 테일러가 거울 속 내 눈을 보며 말했다. "웃어도 돼. 즐겨도 괜찮다니까."

"알아." 대답과 달리, 나는 알지 못했다.

출발하기 전 나는 엄마 서재에 들렀다. 엄마는 파일과 서류 더미가 쌓인 책상 앞에 앉아 있었다. 수재나 아줌마가 엄마를 유언장 집행인으로 정했는데 관련된 서류 작업이 많은 모양이었다. 엄마는 수재나 아줌마의 변호사와 자주 통화하며 여러 가지를 의논했다. 아줌마의 마지막 소원이 완벽하게 집행되기를 바라면서.

수재나 아줌마는 스티븐 오빠와 나에게 대학 등록금을 남겼다. 나에게 보석도 남겼다. 사파이어 팔찌를 받았지만, 그걸 끼는 내 모습을 도저히 떠올릴 수 없었다. 다이아몬드 목걸이는 결혼식 때 하라고 구체적으로 적혀 있었다. 오팔 귀고리와 오팔 반지는 내가 가장 좋아하던 것이었다.

"엄마?"

엄마가 고개를 들었다. "응?"

"저녁 먹었어?" 안 먹은 것을 알고 있었다. 엄마는 집에 온 뒤로 서재에서 나오지 않았다.

"배가 안 고프구나." 엄마가 말했다. "냉장고에 먹을 것 없으면, 피자 시켜도 돼."

"샌드위치 만들어 줄 수 있는데." 내가 말했다. 그 주 초에 가게에 다녀왔었다. 오빠와 나는 번갈아 가며 장을 봤다. 엄마는 그때가 독립 기념일 주말인지도 모르는 것 같았다.

"아냐, 괜찮아. 나중에 알아서 먹을게."

"응." 나는 머뭇거렸다. "테일러랑 파티에 가. 너무 늦진 않을게."

마음 한구석으로는 엄마가 집에 있으라고 하기를 바랐다. 아니면 집에서 엄마와 함께 팝콘을 튀겨 클래식 영화 채널을 보고 싶기도 했다.

엄마는 어느새 다시 서류를 검토하고 있었다. 볼펜을 잘근거리면서 말했다. "잘됐네. 조심해서 다녀와."

나는 문을 닫고 나왔다.

테일러는 주방에서 휴대전화로 메시지를 보내며 나를 기다리고 있었다. "어서 가자."

"잠깐, 마지막으로 하나만 더." 나는 냉장고에서 터키 샌드위치 재료를 꺼냈다. 머스터드, 치즈, 식빵.

"벨리, 파티 가면 먹을 거 있어. 지금 먹지 마."

"엄마 거야." 내가 말했다.

나는 샌드위치를 만들어 접시에 담고 랩을 씌운 뒤 엄마가 볼 수 있게 싱크대에 올려 뒀다.

저스틴의 파티는 테일러가 말한 대로였다. 우리 학년 절반이 왔고, 저스틴의 부모님은 보이지 않았다. 마당에는 장식 등이 줄지어 있었고, 음악이 너무 커서 스피커가 흔들리다시피 했다. 사람들은 이미 춤을 추고 있었다.

커다란 맥주 통과 커다란 붉은색 아이스박스가 있었다. 저스틴은 그릴 앞에 서서 스테이크와 소시지를 뒤집고 있었다. '요리사에게 키스를'이라는 글자가 적힌 앞치마를 두르고 있었다.

"흥, 누가 쟤랑 키스한다고." 테일러가 콧방귀를 뀌며 중얼거렸다. 테일러는 그해 초 저스틴과 사귀려다가 당시 남자 친구 데이비스로 만족하기로 했다. 테일러와 저스틴은 서너 번 만났지만, 저스틴이 테일러를 차고 선배와 사귀기 시작했기 때문이다.

해충 방지 스프레이를 뿌리는 걸 깜박 잊는 바람에 모기가 나를 저녁 식사로 삼고 있었다. 자꾸 허리를 숙여 다리를 긁었고, 그래서 다행이다 싶었다. 할 일이 있어서 다행이었다. 코리 휠러와 우연히 눈이 마주칠까 두려웠다. 코리는 수영장 옆에서 놀고 있었다.

사람들이 붉은 플라스틱 컵에 맥주를 따라 마시고 있었다. 테일러는 우리가 마실 와인 쿨러(와인에 주스와 시럽 등을 섞어 만든 음료-옮긴이) 두 잔을 가져왔다. 내 것은 오렌지 맛이었다. 들척지근한 시럽 같은 화학 약품 맛이 났다. 두 모금 마시고 결국 버렸다.

그때 테일러가 맥주 탁자 옆에 있던 데이비스를 발견하고서 쉿 하고 손가락을 입술에 대며 내 손을 잡았다. 우리는 데이비스 뒤로 다가갔고 테일러가 뒤에서 그를 끌어안았다. "잡았다!" 테일러가 말했다.

데이비스가 돌아서더니 둘은 불과 서너 시간 만에 만난 것치고는 몹시 열렬히 키스했다. 나는 거기 선 채로 핸드백을 어색하게 붙잡고서 그들을 피해 여기저기 시선을 돌렸다. 데이비스의 이름은 사실 벤 데이비스지만, 모두 데이비스라고 불렀다. 데이비스는 정말 귀여웠다. 보조개가 있고, 눈동자가 유리 몽돌 같은 녹색이었다. 하지만 키가 작았다. 처음에 테일러는 그 점이 마음에 걸린다고 말했지만, 지금은 별로 개의치 않는다고 했다. 나는 그 두 사람과 함께 차를 타고 학교에 가는 것이 싫었다. 그들이 손을 잡고 가는 내내 나는 어린아이처럼 뒷자리에 앉아 있었으니까. 둘은 적어도 한 달에 한 번은 헤어졌다. 4월부터 만나기 시작했는데도. 데이비스가 테일러에게 전화해서 다시 만나 달라고 울며 애원할 때 테일러가 스피커 폰으로 돌린 적이 있었다. 나는 그 통화를 듣는 것이

미안하기도 했지만 동시에 부럽기도 했고, 데이비스가 울 정도로 매달리는 것이 경이롭기도 했다.

"피트가 오줌 누러 간대." 데이비스가 테일러의 허리에 팔을 두르며 말했다. "걔가 돌아올 때까지 여기서 내 파트너가 돼 줄래?"

테일러는 나를 보더니 고개를 저으며 데이비스의 팔에서 벗어났다. "벨리를 혼자 둘 수 없어."

나는 테일러를 노려봤다. "테일러, 내 베이비시터 노릇 할 필요 없어. 너도 놀아야지."

"진심이야?"

"물론, 진심이야."

테일러가 대꾸하기 전에 나는 그 자리에서 벗어났다. 마시에게, 중학교 때 버스를 함께 타고 다녔던 프랭키에게, 유치원 시절 친하게 지냈던 앨리스에게, 졸업 앨범에 나랑 함께 있던 사이먼에게 인사를 건넸다. 평생 알고 지낸 아이들과 함께였지만, 커즌스를 향한 그리움은 그 어느 때보다 사무쳤다.

곁눈질로 보니 테일러가 코리와 수다를 떨고 있었다. 테일러가 나를 부르기 전에 그곳에서 도망쳤다. 그리고 콜라를 들고서 플립플롭을 벗어던지고 아무도 없는 트램펄린으로 올라가 한가운데에 누웠다. 치마를 몸에 꼭 붙이고서. 반짝이는 조그만 다이아몬드처럼 별들이 하늘에 박혀 있었다. 나는 콜라를 들이켜고 트림을 서너 번 한 뒤 누가 들은 건 아닌지 주위를 둘러봤다. 아무도 없었다. 모두 저스틴의 집 근처에 모여 있었다. 다음에는 별을 세어 봤다. 모래알 세기만큼이나 어리석은 짓이었지만, 달리 할 일이 없었다. 살그머니 빠져나가 집에 가고 싶었다. 내 차를 가져왔고, 테일러는 집에 갈 때 데이비스의 차를 타면 됐다. 나중에 먹을 핫도그를 몇 개 싸 가면 이상하게 보려나?

적어도 두 시간은 수재나 아줌마 생각을 잊고 있었다. 어쩌면 테일러의 말처럼 내가 있어야 하는 곳은 이곳일지 모른다는 생각이 들었다. 계속 커즌스를, 과거를 그리워하면 영원히 불행할 것 같았다.

그런 생각을 하고 있는데 코리가 트램펄린에 올라와 내 쪽으로 다가왔다. 그는 바로 옆에 눕더니 말했다. "안녕, 콘클린."

언제부터 코리와 내가 성을 부르는 사이였지? 그때가 처음이었다.

그래서 나도 그를 따라 말했다. "안녕, 휠러." 나는 애써 코리를 쳐다보지 않으려고 했다. 그가 얼마나 가까이에 있든지 상관없이 별을 세는 데 집중하려고 했다.

코리가 한쪽 팔꿈치로 몸을 받치더니 내게 물었다. "재미있어?"

"그럼." 배가 아프기 시작했다. 코리에게서 달아나느라 위궤양이 생겼다.

"별똥별은 못 봤어?"

"아직."

코리에게서 향수 냄새와 맥주 냄새, 그리고 땀 냄새가 풍겼는데, 이상하게도 그리 나쁜 조합은 아니었다. 귀뚜라미 소리가 너무나 요란해서 파티 장소에서 멀찌감치 떨어져 있는 것처럼 느껴졌다.

"그래서 말인데, 콘클린."

"응?"

"학년말 파티에 데려왔던 그 사람 아직 만나? 일자 눈썹 말이야."

내 얼굴에 미소가 떠올랐다. 어쩔 수 없었다. "콘래드는 일자 눈썹 아니야. 그리고 아니. 우린, 음, 헤어졌어."

"잘됐네." 코리의 말이 끝나고 한동안 침묵이 감돌았다.

갈림길 앞에 선 순간이었다. 그날 밤의 결과는 두 가지로 나타날 수 있었다. 만약 왼쪽으로 몸을 조금만 움직이면 그와 키스할 수 있었다. 눈을 감고서 코리에게 빠져들 수 있었다. 모든 것을 잊을 수 있었다. 잊은 척할 수 있었다.

하지만 코리가 아무리 귀엽고 착해도, 그는 콘래드가 아니었다. 콘래드 근처도 못 갔다. 코리는 단순했다. 그의 짧은 스포츠머리처럼 그는 전부 깔끔한 직선에, 모든 것이 같은 방향을 향했다. 콘래드와 달랐다. 콘래드는 한 번의 눈길, 한 번의 미소로 나를 뒤집어 놓을 수 있었으니까.

코리가 손을 뻗어 장난처럼 내 팔을 흔들었다. "그래서 말인데, 콘클린……, 우리 혹시……."

나는 일어나 앉아 머릿속에 처음 떠오르는 생각을 말해 버렸다. "앗, 오줌 마려워. 나중에 보자, 코리!"

나는 최대한 빨리 트램펄린에서 내려와 플립플롭을 찾아 신고 집 쪽으로 돌아갔다. 수영장 옆에 있는 테일러를 발견하고서 종종걸음으로 다가갔다. "얘기 좀 해." 내가 소리 죽여 다그쳤다.

나는 테일러의 손을 잡고 음식 탁자 쪽으로 끌고 갔다. "5초 전에 코리가 나보고 사귀자고 할 뻔했어."

"그래서? 뭐라고 했어?" 테일러의 눈이 반짝였다. 모든 것이 계획대로 돌아간다는 듯 의기양양한 그 애 표정이 싫었다.

"오줌 누러 간댔어." 내가 말했다.

"벨리! 트램펄린으로 당장 돌아가서 걔랑 키스해!"

"테일러, 그만 좀 할래? 코리에게 관심 없다고 했잖아. 아까 네가 코리랑 이야기하는 거 다 봤어. 나한테 가서 사귀자고 말하랬니?"

테일러가 어깨를 슬쩍 으쓱였다. "뭐……, 코리는 1년 내내 너를 좋아했고 너랑 데이트하고 싶어 했잖아. 그래서 내가 조언을 살짝 해 줬을지도 모르지. 트램펄린에 같이 있으니까 너희 정말 귀엽더라."

나는 고개를 저었다. "너 정말 쓸데없는 짓을 했어."

"난 네가 기분 전환하게 도와주려던 거였어!"

"음, 네가 그렇게 안 해 줘도 돼." 내가 말했다.

"아니, 네겐 도움이 필요해."

우리는 1분간 서로를 노려봤다. 가끔은 이런 순간에 테일러의 목을 비틀고 싶었다. 테일러는 늘 이래라저래라 다른 사람을 쥐고 흔들었다. 테일러가 이쪽저쪽으로 날 몰아붙이고, 다 낡고 불운한 인형 취급을 하면서 옷을 입히는 것이 지겨웠다. 나와 테일러 사이는 늘 그랬다.

하지만 중요한 것은, 드디어 집으로 돌아갈 그럴듯한 핑계가 생겼고, 그래서 마음이 놓였다는 사실이다. 내가 말했다. "집에 가야겠어."

"무슨 소리야? 방금 왔는데."

"여기 있을 기분이 아니라고."

테일러도 내가 지겨운 모양이었다. "이제 슬슬 지겨워진다, 벨리. 몇 달째 징징거리고 있잖아. 그거 정신 건강에 좋지 않아……. 우리 엄마도 네가 누굴 좀 만나야 한댔어."

"뭐? 너희 엄마한테 내 이야기를 했어?" 나는 테일러를 쏘아봤다. "정신과 조언은 엘런한테나 하시라고 네 엄마한테 전해."

테일러가 입을 딱 벌렸다. "어쩜 그런 소리를 할 수가 있어?"

테일러네 고양이 엘런에게 계절 우울증이 있다는 것이 테일러 엄마의 의견이었다. 겨우내 엘런에게 우울증약을 먹였지만, 봄이 되어도 우울해 해서 동물 행동 치료사에게 보냈다. 그것도 효과가 없었다. 내가 보기에 엘런은 그냥 심술궂은 고양이였다.

나는 숨을 들이쉬었다. "네가 엘런 때문에 울어 대는 걸 나는 몇 달이나 들어 줬어. 근데 넌 수재나 아줌마가 돌아가셨는데도 나더러 코리랑 사귀고 비어 퐁 게임(미국 대학생들이 주로 하는, 탁구공 던져 넣어 맥주 마시기 게임-옮긴이)이나 하면서 아줌마를 잊으라고 해? 나 참, 미안하지만 그렇게는 못 하겠어."

테일러는 재빨리 주위를 둘러보더니 내게 다가와 말했다. "네가 슬픈 이유가 수재나 아줌마뿐이라곤 하지 마, 벨리. 콘래드 때문에도 슬픈 거잖아."

그런 말을 하다니 믿을 수 없었다. 가슴을 찌르는 말이었다. 사실이기에 쓰라렸다. 그렇다고 해도 비겁한 공격이었다. 아빠는 테일러가 무적이라고 했다. 사실이었다. 하지만 좋든 싫든 테일러는 나의 일부였고, 나는 그 애의 일부였다.

"우리가 모두 너처럼 될 순 없어, 테일러." 나쁜 뜻으로만 한 말은 아니었다.

"노력은 할 수 있잖아." 테일러는 조금 웃으며 말했다. "내 말 들어 봐. 코리 일은 미안해. 나는 네가 행복하기를 바랄 뿐이야."

"알아."

테일러가 내 어깨에 팔을 둘렀고, 나는 뿌리치지 않았다. "근사한 여름이 될 거야. 두고 봐."

"근사해." 내가 따라 말했다. 나는 근사한 것을 바라지 않았다. 그저 버틸 수 있기만을 바랄 뿐이었다. 앞으로 나아가기를. 그해 여름이 지나가면, 다음 해 여름은 조금 쉬워질 것 같았다. 그래야만 했다.

그래서 나는 조금 더 파티에 머물렀다. 데이비스와 테일러와 함께 테라스에 앉아 코리가 선배와 웃고 떠드는 것을 봤다. 핫도그를 먹었다. 그리고 집에 돌아왔다.

집에 오니 샌드위치가 그대로 랩에 싸인 채 놓여 있었다. 샌드위치 접시를 냉장고에 넣고 위층으로 올라갔다. 엄마 침실에 불이 켜져 있었지만, 인사하러 가지 않았다. 곧장 내 방으로 가서 커다란 커즌스 티셔츠로 갈아입고 땋은 머리를 풀고 이를 닦고 세수를 했다. 그리고 침대에 누워 이불 속으로 들어가 생각했다. '이제 이렇게 사는 거구나.' 수재나 아줌마 없이, 콘래드와 제러마이아 없이.

두 달째였다. 6월은 버텨 냈다. '할 수 있어.'라고 속으로 생각했다. 테일러와 데이비스와 극장에 갈 수 있고, 마시의 수영장에서 수영할 수 있고, 코리와 데이트도 할 수 있다. 그런 것을 할 수 있으면, 괜찮을 것이다. 예전이 얼마나 좋았는지 잊는다면, 좀 더 쉬워질 것이다.

하지만 그날 밤 수재나 아줌마와 여름 별장 꿈을 꾸었고, 자면서도 그때가 얼마나 좋았는지 또렷이 느낄 수 있었다. 그곳이 얼마나 좋은지. 그리고 무슨 짓을 해도, 아무리 애써도 꿈을 꾸는 것만큼은 멈출 수 없다.

제러마이아

아빠가 우는 것을 보면 머릿속이 정말 엉망이 된다. 어떤 사람들은 그렇지 않을지 모르겠다. 슬플 땐 울기도 하며 감정을 드러내는 아빠가 있을지도 모르니까. 우리 아빠는 아니다. 아빠는 울지 않는다. 우리에게 울어도 된다고 한 적도 없었다. 하지만 병원에서, 그리고 장례식장에서 아빠는 길 잃은 아이처럼 울었다.

엄마는 새벽에 세상을 떠났다. 모든 일이 너무 빠르게 벌어져서 정신을 차려 현실임을 깨닫기까지 시간이 걸렸다. 곧바로 실감 나지 않았다. 하지만 그날 밤, 엄마 없이 보내는 첫날 밤, 집에는 나와 콘래드 형뿐이었다. 우리 둘만 남은 것은 오랜만이었다.

집이 너무 조용했다. 아빠는 로럴 아줌마와 장례식장에 있었고, 친척들은 호텔에 있었다. 집에는 나와 콘래드 형뿐이었다.

우리는 식탁 앞에 앉아 있었다. 사람들은 온갖 것을 보냈다. 과일 바구니, 샌드위치, 커피 케이크. 코스트코에서 산 버터 쿠키 큰 통 하나.

나는 커피 케이크를 크게 한 조각 떼어 내 입에 넣었다. 말라 있었다. 또 한 조각을 떼어 먹었다. "좀 먹을래?" 콘래드 형에게 물었다.

"아니." 형은 우유를 마시고 있었다. 오래된 건 아닌지 궁금했다. 마지막으로 장 보러 간 게 언제였는지 기억나지 않았다.

"내일은 뭘 해야 해?" 내가 물었다. "모두 여기로 와?"

콘래드 형은 어깨를 으쓱였다. "그럴걸." 형 입술 위에 콧수염처럼 우유가 묻었다.

둘이 나눈 대화는 그게 전부였다. 형은 자기 방으로 먼저 올라가고 나는 주방을 치웠다. 피곤해진 나도 위층으로 올라갔다. 형 방에 갈까 생각했다. 별말 안 해도 함께 있으면 덜 외로울 테니까. 복도에 잠시 서서 방문을 두드리려다가 형이 우는 소리를 들었다. 숨죽여 흐느끼는 소리였다. 방에 들어가지 않았다. 형을 혼자 있게 뒀다. 형이 그러기를 원할 테니까. 나는 내 방으로 가서 잠자리에 들었다. 나도 울었다.

장례식에서 나는 예전에 쓰던 안경을 썼다. 붉은색 뿔테 안경이었다. 오래돼서 꽉 끼는 코트를 입은 느낌이었다. 안경 때문에 어지러웠지만 상관없었다. 수재나 아줌마는 그 안경을 쓴 나를 늘 좋아했다. 내가 그 안경을 쓰면 반에서 가장 똑똑한 아이, 목표를 어떻게 이뤄야 하는지 정확히 아는 아이 같다고 했다. 머리를 반쯤 올려 묶었다. 아줌마가 좋아하던 헤어스타일이었다. 아줌마는 그 머리가 내 얼굴을 돋보이게 해 준다고 했다.

아줌마가 가장 좋아했던 내 모습을 보여 주고 싶었다. 내가 듣기 좋으라고 한 말인 줄 알지만, 그래도 진짜 같았다. 수재나 아줌마가 하는 말은 모두 믿었다. 아줌마가 떠나지 않겠다고 했을 때도 믿었다. 우리 모두, 엄마까지도 믿었을 것이다. 하지만 그 일이 일어났을 때 우리는 모두 놀랐고, 피할 수 없는 사실이 되었어도 우리는 믿지 못했다. 그럴 리 없다고 생각했다. 수재나 아줌마는 그럴 리 없었다. 건강해졌다고, 기적처럼 이겨 냈다는 사람들 이야기가 늘 들리니까. 수재나 아줌마도 그럴 줄 알았다. 백만분의 1의 확률이라 해도. 아줌마는 백만 명 중 하나뿐인 사람이었으니까.

상황이 빠르게 나빠졌다. 너무 심각해지자, 엄마는 보스턴의 아줌마 집과 우리 집을 오갔다. 처음에는 2주에 한 번 주말마다, 그다음에는 더 자주 다녔다. 결국 엄마는 휴직했다. 수재나 아줌마 집에 엄마 방이 생겼다.

아침 일찍 전화가 왔다. 밖이 아직 어두울 때였다. 물론 나쁜 소식이었다. 급하게 오는 소식은 모두 나쁜 소식이었으니까. 전화벨 소리가 울리는 순간 잠결에도 알 수 있었다. 수재나 아줌마가 떠났음을. 나는 침대에 누워 엄마가 와서 알려 주기를 기다렸다. 엄마가 방에서 움직이는 소리, 샤워하는 물소리가 들려왔다.

기다려도 엄마는 오지 않았고, 내가 찾아갔다. 엄마는 젖은 머리 그대로 짐을 싸고 있었다. 지치고 멍한 눈으로 나를 보며 말했다. "벡이 갔어." 그 말 한마디가 전부였다.

내장이 내려앉는 느낌이었다. 무릎도 마찬가지였다. 그래서 나는 바닥에 주저앉아 벽에 기대어 몸을 지탱했다. 지금껏 가슴 아프다는 것이 어떤 느낌인지 안다고 생각했다. 학년말 파티에 혼자 뻘쭘하게 서 있는 것이 가슴 아픈 느낌인 줄 알았다. 그런 건 아무것도 아니었다. 이것, 이것이 바로 가슴 아픈 느낌이었다. 가슴이 찢어지는 듯 고통스럽고 눈 안쪽이 욱신거렸다. 모든 것이 전과 같을 수는 없다는 확신이 들었다. 모두 상대적인 것 같다. 사랑을 안다고, 진짜 고통을 안다고 생각하지만 그렇지 않다. 아무것도 모르고 있다.

내가 언제부터 울기 시작했는지 모르겠다. 울음이 터지자 멈출 수 없었다. 숨을 쉴 수가 없었다.

엄마가 내 옆으로 다가와 바닥에 무릎을 꿇고서 나를 안고 앞뒤로 흔들어 줬다. 하지만 엄마는 울지 않았다. 엄마는 그곳에 있지도 않았다. 엄마는 꼿꼿한 갈대, 텅 빈 항구였다.

엄마는 그날 보스턴으로 돌아갔다. 우리 집에 온 것은 오로지 내가 잘 있는지 볼 겸 갈아입을 옷을 챙겨 가기 위해서였다. 그때만 해도 엄마는 수재나 아줌마에게 시간이 더 있을 줄 알았던 것이다. 아줌마가 눈을 감을 때 엄마가 거기 함께 있었어야 했다. 콘래드와 제러마이아를 위해서라도. 엄마도 나와 같은 생각을 했을 것이다.

엄마는 스티븐 오빠와 나에게 이틀 뒤 장례식 날에 차로 운전해 오라고 했다. 엄마는 우리가 장례식 준비에 방해되지 않기를 바랐다. 할 일이 많았다. 지어야 할 매듭이 많았다.

엄마가 유언장 집행인으로 정해졌다. 물론 수재나 아줌마가 엄마를 잘 알기에 내린 결정이었다. 엄마만 한 적임자는 없었다. 심지어 엄마는 바쁠수록 컨디션이 좋았다. 엄마는 누군가 자기를 필요로 하면 무너지지 않았다. 아니, 엄마는 그런 순간 능력치가 올라갔다. 나도 그런 유전자를 물려받았더라면 좋았을걸. 나였다면 어쩔 줄 몰라 했을 것이다.

콘래드에게 전화를 걸어 볼까 망설였다. 전화번호를 몇 번 눌러 보기도 했다. 하지만 차마 통화 버튼을 누를 수 없었다. 무슨 말을 해야 할지 알 수 없었다. 말실수해서 상황이 더 나빠질까 봐 겁이 났다. 그다음에는 제러마이아에게 전화를 걸어 볼까 생각했다. 하지만 두려움 때문에 그러지 못했다. 전화하는 순간, 소리 내어 말하는 순간 사실이 될 것 같아서. 수재나 아줌마가 우리 곁을 떠났다는 사실이 실감 날 것 같아서.

　장례식장에 가는 동안 스티븐 오빠와 나는 차 안에서 거의 아무 말도 하지 않았다. 오빠는 학년말 파티 때 입고서 비닐을 씌워 둔 정장 한 벌을 뒷자리에 걸어 두었다. 나는 드레스를 걸지도 않았다. "뭐라고 하지?" 한참 만에 내가 말했다.

　"글쎄." 오빠가 말했다. "장례식이라곤 셜리 아줌마 장례식밖에 안 가 봤는데. 그분은 정말 나이가 많으셨다고." 나는 너무 어릴 때라 그 장례식이 기억나지 않았다.

　"오늘 밤에는 어디서 자? 수재나 아줌마 집에서 자나?"

　"모르겠어."

　"피셔 아저씨는 어떻게 견디고 계실까?" 콘래드나 제러마이아는 도저히 떠올릴 수조차 없었다.

　"위스키로." 오빠의 대답이었다.

　그리고 나는 질문을 멈췄다.

　우리는 장례식장을 50킬로미터쯤 남겨 두고 주유소에 들러 옷을 갈아입었다. 오빠의 정장이 깔끔하게 다려져 있는 것을 보고 나는 드레스를 걸어 두지 않은 것을 후회했다. 다시 차에 타 주름진 치마를 손바닥으로 자꾸 눌러 펴 봤지만, 소용없었다. 엄마가 레이온은 가치가 없다고 했었다. 그때 그 말을 들었어야 했는데. 그 옷을 가져오기 전에 입어 봤어야 했는데. 그 드레스를 마지막으로 입은 것은 3년 전 엄마의 대학교 환영식 때였고, 그 후로 너무 작아졌다.

우리는 장례식장에 일찍 도착했다. 엄마가 바쁜 걸음으로 꽃을 꽂으며 장례 지도사 브라운 씨와 이야기를 나누고 있었다. 엄마는 나를 보더니 눈살을 찌푸렸다. "다림질해서 입었어야지, 벨리." 엄마가 말했다.

나는 입술을 깨물고 후회할 말을 참았다. "시간이 없었어." 시간은 있었지만 그렇게 말했다. 시간은 충분했다. 나는 치마가 너무 짧아 보이지 않도록 아래로 당겼다.

엄마가 무뚝뚝하게 끄덕였다. "가서 애들 찾아볼래? 벨리, 콘래드랑 얘기 좀 나누렴."

스티븐 오빠와 나는 눈길을 주고받았다. 뭐라고 말한단 말인가? 학년 말 파티 때, 우리가 마지막으로 대화한 지 한 달이 지났다.

그들을 찾은 곳은 긴 의자와 칠기로 만든 티슈 통이 있는 방이었다. 제러마이아는 기도하듯 고개를 숙이고 있었다. 그가 기도하는지는 몰랐었다. 콘래드는 어깨를 펴고 꼿꼿이 앉아 허공을 응시하고 있었다. "어이." 스티븐 오빠가 목청을 가다듬고 말했다. 오빠는 두 사람에게 다가가 힘껏 끌어안았다.

정장을 입은 제러마이아는 처음이라는 생각이 들었다. 옷이 조금 작아 보였다. 제러마이아는 불편한지 목 부분을 자꾸 당겼다. 하지만 구두는 새것 같았다. 우리 엄마와 함께 고른 것인지 궁금했다.

나는 스티븐 오빠와 인사를 마친 제러마이아에게 다가가 있는 힘껏 그를 안았다. 그는 내 품에 안겨 뻣뻣하게 경직됐다. "와 줘서 고마워." 이상하게 격식을 차리는 목소리였다.

문득 '제러마이아가 내게 화가 났나?' 하는 생각이 스쳐 지나갔지만,

재빨리 그 생각을 털어 버렸다. 그런 생각을 했다는 자체만으로도 죄책감이 들었다. 수재나 아줌마의 장례식인데, 어째서 그가 내 생각을 한단 말인가?

나는 어색하게 그의 등을 도닥이며 작은 원을 그렸다. 그의 눈은 새파랬다. 울 때면 늘 그렇게 됐다.

"정말 유감이야." 나는 그렇게 말하고 곧바로 후회했다. 그 말이 너무나 무의미하게 느껴졌기 때문이다. 내 진심을, 내 감정을 제대로 전달하지 못하는 말이었다. '유감이야.'는 레이온처럼 가치 없는 말이었다.

그런 다음 나는 콘래드를 봤다. 그는 다시 앉았다. 그의 등은 뻣뻣하게 경직돼 있었다. 흰 셔츠에 큼지막하게 주름이 잡혀 있었다. "콘래드." 내가 옆에 앉으며 말했다.

"응." 콘래드가 대답했다. 그를 안아야 할지, 그냥 두어야 할지 알 수 없었다. 그래서 어깨를 꼭 잡아 줬고, 콘래드는 아무 말도 하지 않았다. 그는 바위 같았다. 나는 다짐했다. 그의 곁을 온종일 지키겠다고. 옆에서 엄마처럼 튼튼한 탑이 되어 주겠다고.

엄마와 스티븐 오빠와 나는 네 번째 줄에, 콘래드와 제러마이아의 사촌과 피셔 아저씨의 동생과 향수를 과하게 뿌린 부인 뒤에 앉았다. 나는 엄마가 맨 앞줄에 앉아야 한다고 생각했고, 엄마에게 속삭였다. 엄마는 훌쩍이며 상관없다고 했다. 엄마 말이 옳다고 생각했다. 엄마가 정장 재킷을 벗어 드러난 내 허벅지에 덮었다.

돌아보니 뒤에 아빠가 있었다. 아빠가 여기 올 줄 몰랐다. 이상한 생각이었다. 아빠도 수재나 아줌마를 알았으니 장례식에 참석하는 것이 당연했다. 내가 아빠에게 살짝 손을 흔들자 아빠도 마주 흔들었다.

"아빠가 왔어." 엄마에게 속삭였다.

"당연히 와야지." 엄마가 말했다. 엄마는 돌아보지 않았다.

제러마이아와 콘래드의 학교 친구들이 뒤쪽에 모여 있었다. 그들은 어색하고 어울리지 않아 보였다. 남자들은 계속 고개를 숙였고 여자들은 긴장한 표정으로 서로 소곤거렸다.

예배는 길었다. 처음 본 목사님이 추도 연설을 했다. 수재나 아줌마의 좋은 점을 말했다. 목사님은 아줌마가 친절하고 동정심 많으며 우아하다고 했다. 아줌마는 정말 그런 사람이었지만, 목사님이 아줌마를 만난 적은 없는 것처럼 느껴졌다. 내가 엄마에게 다가가 내 느낌을 말했는데 엄마는 목사님 말씀에 고개를 끄덕였다.

나는 다시 울지 않을 줄 알았지만, 많이 울었다. 피셔 아저씨가 일어나 모두에게 와 줘서 고맙다고 인사했고, 나중에 집에 와서 식사를 하고 가라고 했다. 아저씨의 목소리가 서너 번 갈라졌지만, 그래도 끝까지 말했다. 마지막으로 본 피셔 아저씨는 햇볕에 그을린 피부에, 자신만만하고 듬직했다. 하지만 그날 아저씨는 눈보라 속에서 길을 잃은 아이 같았다. 어깨는 구부정하고 얼굴은 창백했다. 아저씨가 그곳에, 아줌마를 사랑하는 모든 사람들 앞에 서기가 얼마나 힘들까 싶었다. 아저씨는 아줌마를 배신하고 아줌마에게 자기가 가장 필요한 순간에 떠났었지만, 결국에는 돌아왔다. 아저씨는 마지막 몇 주 동안 아줌마의 손을 잡아 줬다. 어쩌면 아저씨도 시간이 더 있으리라 여겼을 것이다.

관은 닫혀 있었다. 수재나 아줌마는 엄마에게 최상의 모습이 아닐 때 모두가 구경하는 것을 원하지 않는다고 했다. 죽은 사람은 가짜 같다고 했다. 밀랍 인형 같다고. 나는 관 안에 든 사람은 수재나 아줌마가 아니라고, 아줌마는 이미 떠났으니 그 모습이 어떻든지 상관없다고 생각했다.

　장례식이 끝나고 주기도문을 암송한 뒤 우리는 한 명 한 명 돌아가면서 위로의 말을 전했다. 엄마, 오빠와 거기 함께 서 있으니 이상하게 어른이 된 것 같은 느낌이었다. 피셔 아저씨는 허리를 숙여 뻣뻣하게 나를 안아 주었는데, 눈이 젖어 있었다. 아저씨는 오빠와 악수를 했고, 엄마와 안을 때 엄마가 귀에다 뭐라고 속삭이니 고개를 끄덕였다.

　제러마이아와 안을 때 우리 둘 다 너무 많이 울어서 서로 부여잡고 있었다. 그의 어깨가 계속 들썩였다.

　콘래드를 안을 때 위로의 말을 하고 싶었다. "유감이야."보다 나은 말을. 하지만 너무 빨리 지나가 버려서 그 이상 말할 시간이 없었다. 위로를 전하고자 하는 사람들이 뒤에 길게 늘어서 있었다.

　묘지는 그다지 멀지 않았다. 구두 굽이 자꾸 땅에 박혔다. 전날 비가 온 것이 분명했다. 수재나 아줌마를 젖은 땅에 내려놓기 전, 콘래드와 제러마이아가 관 위에 흰 장미를 놓았고, 우리도 꽃을 더 놓았다. 나는 분홍빛 작약을 골랐다. 누군가가 찬송가를 불렀다. 노래가 끝났는데도 제러마이아는 움직이지 않았다. 그는 수재나 아줌마의 묘지가 될 곳에 서서 울었다. 그에게 다가간 건 엄마였다. 엄마가 그의 손을 잡고 나직이 말을 건넸다.

　제러마이아와 스티븐 오빠, 나는 수재나 아줌마네 집으로 돌아왔다. 그리고 제러마이아 방에 들어가 장례식 옷차림 그대로 그의 침대에 앉았다. "콘래드는 어디 있어?" 내가 물었다. 나는 그의 곁에 있겠다고 맹세했지만, 그가 자꾸 사라져 버리는 바람에 맹세를 지키기가 어려웠다.

"형은 잠시 혼자 있게 두자." 제러마이아가 말했다. "너희 배고파?"

나는 배가 고팠지만 그렇다고 말하기 싫었다. "너는?"

"응, 조금. 아래층에 먹을 거 있는데." 제러마이아의 목소리가 '아래층'에서 머뭇거렸다. 나는 그가 거기 내려가 모여 있는 사람들을 마주하고 그들에게 동정심 어린 눈빛을 받고 싶지 않다는 것을 알아차렸다. '가여워라. 어린 두 아들을 두고 떠나다니.' 같은. 제러마이아의 친구들은 장례식 직후 돌아갔다. 아래층에는 어른들뿐이었다.

"내가 갔다 올게." 내가 말했다.

"고마워." 진심으로 고마운 목소리였다.

나는 일어나 방을 나가며 문을 닫았다. 복도에서 가족사진을 봤다. 모두 같은 종류의 검은색 액자에 든 사진이었다. 나비넥타이를 맨 앞니 빠진 콘래드도 있었다. 여덟 살이나 아홉 살쯤 되어 보이는 제러마이아가 여름 내내 안 벗겠다고 우기던 레드삭스 모자를 쓰고 있었다. 제러마이아는 그것이 행운의 모자라면서 석 달 동안 매일 그 모자만 썼다. 수재나 아줌마는 2주마다 그 모자를 빨아서 제러마이아가 자는 동안 방에 도로 가져다 놓았다.

아래층에 내려가니 어른들이 서성이며 커피를 마시고 작은 소리로 대화하고 있었다. 엄마는 뷔페 탁자 앞에 서서 모르는 사람들에게 케이크를 잘라 주고 있었다. 어쨌든, 나는 모르는 사람들이었다. 엄마는 아는 사람들인지 궁금했다. 그들이 엄마와 수재나 아줌마 사이를 아는지, 가장 친한 친구였으며 거의 평생 매년 여름을 함께 지낸 사이인 걸 아는지 궁금했다.

내가 접시 두 개를 집어 들자 엄마가 접시 위에 음식을 잔뜩 올려 줬다.

"위층에, 애들 모두 괜찮니?" 엄마가 블루치즈 한 조각을 올리며 물었다.

나는 고개를 끄덕이고서 치즈를 다시 내려놓았다. "제러마이아는 블루치즈 안 좋아해." 나는 워터 크래커와 청포도를 들었다. "콘래드 봤어?"

"지하실에 있는 것 같더라." 엄마가 말했다. 엄마는 치즈 접시를 정리하며 덧붙였다. "콘래드한테 가 봐. 음식도 좀 가져다주고. 이건 내가 위층에 갖다줄게."

"응." 나는 그 접시를 들고 주방을 가로질러 가다가 제러마이아와 스티븐 오빠가 내려오는 것을 봤다. 제러마이아는 사람들과 이야기를 나누고, 끌어안기고 손을 잡혔다. 그와 눈이 마주쳤다. 나는 손을 들어 아주 살짝 흔들었다. 제러마이아도 손을 들어 흔들고는 자기 팔을 붙잡는 여자에게 살짝 어이없다는 표정을 지었다. 수재나 아줌마가 그 모습을 봤다면 대견해했을 것이다.

그런 다음 나는 아래층에 있는 지하실로 갔다. 지하실에는 카펫이 깔려 있고 방음 시설도 되어 있었다. 콘래드가 전자 기타를 배울 때 수재나 아줌마가 설치한 것이다.

어두웠다. 콘래드는 불도 켜지 않고 있었다. 나는 눈이 적응하기를 기다렸다가 더듬더듬 계단을 내려갔다.

나는 금방 그를 찾았다. 그는 어떤 여자의 무릎을 베고 소파에 누워 있었다. 그 여자는 자연스럽게 콘래드의 정수리를 쓰다듬었다. 이제 겨우 여름이 시작되었을 뿐인데, 그 여자의 피부는 황갈색이었다. 그 여자는 구두를 벗고 맨다리를 커피 탁자 위에 쭉 뻗고 있었다. 콘래드는 그 여자의 다리를 쓰다듬고 있었다.

내 속의 모든 것이 단단하게 뭉쳤다.

장례식에서 본 여자였다. 정말 예쁘다고 생각했고, 누군지 궁금했었다. 남아시아 사람 같아서, 인도인일 수도 있겠다 싶었다. 검은 머리에 검은 눈동자의 그 여자는 검은색 미니스커트에 흰색과 검은색 폴카 도트 블라우스를 입고 있었다. 그리고 검은색 머리띠를 하고 있었다.

그 여자가 나를 먼저 봤다. "안녕." 그 여자가 말했다.

그제야 콘래드가 고개를 돌려 치즈와 크래커를 들고서 문 앞에 선 나를 봤다. 콘래드가 일어나 앉았다. "우리 주려고?" 콘래드는 나를 제대로 보지 않고 말했다.

"엄마가 보냈어." 나는 작은 목소리로 웅얼거렸다. 다가가서 커피 탁자에 접시를 내려놓았다. 그다음은 어떻게 해야 할지 몰라 거기 잠시 서 있었다.

"고마워." 여자가 '그만 가 봐.'라는 투로 말했다. 못된 말투는 아니었지만, 내가 방해된다는 것을 똑똑히 알려 주었다.

나는 천천히 걸어 나왔지만, 계단부터는 달리기 시작했다. 거실에 있는 모든 사람을 지나쳐 현관을 향해 달렸다.

"잠깐만." 콘래드가 불렀다.

현관문을 열고 나가려는데 그가 나를 따라잡아 팔을 붙잡았다.

"왜?" 나는 그를 떨쳐 내며 말했다. "놔."

"오브리야." 콘래드가 내 팔을 놓으며 말했다.

오브리, 콘래드가 짝사랑한 여자. 그런 외모일 줄 몰랐다. 금발의 여자를 상상했었다. 그 여자는 내 상상보다 더 예뻤다. 그런 여자와 나는 경쟁이 되지 않았다.

내가 말했다. "소중한 순간에 방해가 돼서 미안해."

"야, 철 좀 들어." 콘래드가 말했다.

살다 보면 온 마음을 다해 돌이키고 싶은 순간이 있다. 그러니까, 삭제하고 싶은 순간 말이다. 그 순간이 존재하지 않도록 자기 자신마저 지워 버리고 싶은 순간.

그다음에 이렇게 말했을 때가 내게는 그런 순간이었다.

그의 어머니 장례식 날, 내가 그 무엇보다도, 그 누구보다도 사랑했던 사람에게 나는 이렇게 말했다. "지옥에나 가."

내 평생 사람에게 한 최악의 말이었다. 그런 말을 처음 한 것은 아니었다. 하지만 그의 표정, 나는 그 표정을 절대로 잊지 못할 것이다. 그 표정에 나는 죽고 싶었다. 나 스스로가 비열하고 저속하다고 느꼈다. 아무도 모르기를 바라고 기도한 내 단점이 사실임을 확인시켜 주는 표정이었다. 사람들이 내 그런 면을 안다면, 진짜 내가 누군지 본다면 경멸할 테니까.

콘래드가 말했다. "네가 이런 앤 줄 알았어야 했는데."

나는 비참한 심정으로 물었다. "무슨 뜻이야?"

콘래드는 이를 악물고서 어깨를 으쓱해 보였다. "관두자."

"아냐, 말해."

콘래드는 돌아서서 가려고 했지만, 내가 막아섰다. 내가 그의 앞을 가로막았다. "말하라고." 내 목소리가 높아졌다.

콘래드가 나를 보더니 말했다. "너랑 시작하면 안 된다는 걸 알고 있었어. 넌 어린애일 뿐이니까. 엄청난 실수였어."

"그런 소리 해 봤자 안 믿어." 내가 말했다.

사람들이 하나둘 쳐다보기 시작했다. 내가 모르는 사람들과 이야기하고 있던 엄마도 나를 쳐다봤다. 나는 엄마 쪽을 볼 수조차 없었다. 얼굴이 뜨거웠다.

그럴 때는 자리를 피하는 게 상책이라는 것을 알고 있었다. 그렇게 해야 했다. 그 순간, 나는 마치 내 몸 위로 떠오른 것처럼 내 모습과 그곳에 모인 사람들 전부가 나를 바라보는 시선을 볼 수 있었다. 하지만 콘래드가 어깨를 으쓱이고서 다시 자리를 뜨려고 하자, 너무나 화가 났고 내가 하찮아진 느낌이었다. 나도 멈추고 싶었지만, 그럴 수가 없었다.

"너 정말 싫어." 내가 말했다.

콘래드는 돌아서더니 바로 그럴 줄 알았다는 듯 고개를 끄덕였다. "그래." 그가 말했다. 그때 그의 표정은, 내가 불쌍하고 지겹고 다 끝났다고 말했다. 그 표정에 나는 속이 울렁거렸다.

"다시는 보고 싶지 않아." 나는 그렇게 내뱉고서 콘래드를 밀치고 위층으로 너무 빨리 뛰어 올라가다가 맨 위 계단에서 발을 헛디뎠다. 무릎을 꿇고 세게 넘어졌다. 누군가 놀라는 소리가 들렸다. 눈물이 앞을 가려 잘 보이지 않았다. 나는 무작정 일어나 손님방으로 내달렸다.

안경을 벗고 침대로 뛰어들어 울었다.

싫은 것은 콘래드가 아니었다. 나 자신이었다.

잠시 후 아빠가 찾아왔다. 아빠는 서너 번 문을 두드리다가 내가 대답하지 않자 조용히 들어와 침대 가장자리에 걸터앉았다.

"괜찮니?" 아빠가 물었다. 아빠 목소리가 너무 다정해서 다시 눈물이 흘러내렸다. 누구도 내게 잘해 주면 안 될 것 같았다. 나는 그런 대우를 받을 자격이 없었다.

나는 돌아누웠다. "엄마가 나한테 화났지?"

"아니, 그럴 리가 있니." 아빠가 말했다. "내려와서 모두에게 작별 인사를 하렴."

"못하겠어." 그런 소란을 일으키고 어떻게 아래층에 내려가서 사람들을 마주할 수 있을까? 도저히 할 수 없었다. 수치스러웠다. 그건 전부 내 탓이었다.

"콘래드랑 무슨 일 있었니, 벨리? 싸웠어? 둘이 헤어졌니?" 아빠 입에서 '헤어졌다.'라는 말을 들으니 너무 괴상했다. 아빠와는 그런 일을 이야기할 수 없었다.

"아빠, 이런 얘긴 아빠랑 의논할 수 없어. 그냥 가 주면 안 돼? 혼자 있고 싶어."

"그러마." 목소리에서 상처받은 것이 느껴졌다. "엄마 불러 줄까?"

엄마야말로 절대 보고 싶지 않았다. 나는 곧바로 말했다. "아니, 그러지 말아 줘."

아빠가 일어나면서 침대가 삐걱거렸고, 문이 닫히는 소리가 들렸다.

내가 원하는 사람은 수재나 아줌마뿐이었다. 아줌마가 유일한 사람이었다. 그때 불을 보듯 환히 떠오르는 생각이 있었다. 나는 다시는 누군가가 가장 아끼는 사람이 될 수 없다는 생각. 다시는 전과 같이 돌아갈 수 없다는 생각. 이제 그런 시절은 다 지나갔다. 아줌마는 정말로 떠났다.

콘래드가 내 말을 들어 주기를 바랐다. 또, 콘래드를 다시 보지 않기를 바랐다. 그를 다시 봐야 한다면, 그가 그날 나를 보던 표정으로 나를 본다면, 나는 산산이 부서져 버릴 것만 같았다.

7월 3일

다음 날 아침 일찍 전화벨이 울렸다. 처음 떠오른 생각은 '이렇게 이른 시간에 걸려 오는 전화는 나쁜 소식뿐이야.'였다. 나름대로 옳은 짐작이었다.

전화기 너머의 목소리를 듣고 여전히 꿈인 줄 알았던 것 같다. 그 순간이 아주 길게 느껴졌고, 나는 숨도 제대로 쉴 수 없었다. 콘래드가 내게 다시 전화하다니. 그것만으로도 숨 쉬는 법을 잊기에 충분했다. 하지만 콘래드가 아니었다. 제러마이아였다.

결국, 그 둘은 형제였다. 그들의 목소리는 비슷했다. 똑같지는 않지만 비슷했다. 제러마이아가 말했다. "벨리, 형이 떠났어."

"'떠났다'니, 무슨 소리야?" 잠이 확 깨면서 심장이 튀어나올 것 같았다. 떠났다는 말이 전과는 다른 의미를 갖게 됐다. 영원하다는 의미를.

"이틀 전쯤에 계절 학기 수업을 그만두고 나서 돌아오지 않았대. 혹시 형이 어디 있는지 알아?"

"아니." 수재나 아줌마의 장례식 이후 나는 콘래드와 대화한 적이 없었다.

"시험을 두 번이나 안 쳤대. 형이 그럴 리가 없는데." 제러마이아의 목소리가 다급했다. 공황 상태 같았다. 그가 그렇게 말하는 것은 처음 들었다. 그는 늘 여유로웠고 항상 웃어 댔지, 심각했던 적이 없었다. 그리고 제러마이아의 말이 옳았다. 콘래드는 그런 짓을 하지 않는다. 아무에게도 알리지 않고 떠나 버리는 일은 없었다. 예전의 콘래드는 그랬다. 내가 열 살 때부터 사랑했던 콘래드는.

나는 눈을 비비며 일어나 앉았다. "너희 아빠도 아셔?"

"응. 아빠도 걱정돼서 어쩔 줄 몰라 하고 있어. 아빠는 이런 일을 감당 못 하거든." 이런 일은 수재나 아줌마의 담당이지, 피셔 아저씨의 담당이 아닌 모양이었다.

"내가 어떻게 하면 좋겠니, 제러?" 나는 엄마처럼 말하려고 애썼다. 침착하고 이성적으로. 콘래드가 떠났다고 생각하자 두려워 미칠 지경이 아니라는 듯. 그에게 무슨 일이 생긴 것이라는 생각을 한 것도 아니었다. 그가 떠났다면, 정말 떠났다면, 다시는 돌아오지 않을지도 모른다는 생각이 들었다. 그런 생각만으로도 이루 말할 수 없이 두려웠다.

"나도 모르겠어." 제러마이아는 한숨을 푹 내쉬었다. "형 전화기가 며칠째 꺼져 있어. 형 찾는 걸 도와줄 수 있을까?"

나는 곧바로 대답했다. "물론이지. 당연히 할 수 있어."

그 순간 모든 것이 납득됐다. 그것이 콘래드와 화해할 기회였다. 내가 보기에, 그것이야말로 내가 알지도 못하면서 기다려 왔던 순간이었다. 지난 두 달간 몽유병 환자처럼 돌아다니다가 드디어 잠에서 깬 느낌이었다. 내게 목표가, 목적이 생겼다.

그날, 나는 지독한 소리를 했다. 용서받을 수 없는 말을 했다. 혹시 내가 조금이라도 도움이 된다면 망가진 콘래드를 돌려놓을 수도 있었다.

콘래드가 떠났다는 생각이 두렵고, 잘못을 만회할 의지가 확고하더라도 그에게 가까이 다가간다고 생각하니 다시 겁이 났다. 이 세상에 콘래드처럼 나를 흔들어 놓는 사람은 없었다.

제러마이아의 전화를 끊자마자 나는 여기저기 돌아다니며 속옷과 티셔츠를 챙겨 커다란 가방에 던져 넣었다. 그를 찾는 데 얼마나 걸릴까? 그는 무사할까? 그에게 무슨 일이 생겼다면 내가 알지 않았을까? 나는 칫솔과 빗을 넣었다. 콘택트렌즈 용액도.

엄마는 주방에서 다림질 중이었다. 허공을 응시하고 있는 엄마의 이마에 주름이 깊게 팼다. "엄마?" 내가 불렀다.

엄마는 놀라며 나를 봤다. "응? 무슨 일이니?"

나는 이미 할 말을 정해 뒀다. "테일러가 데이비스랑 또 헤어져서 제정신이 아니야. 오늘 밤에, 상황 봐서 어쩌면 내일도 걔네 집에서 걔 옆에 있어 주려고."

나는 숨을 죽이고 대답을 기다렸다. 엄마는 내가 아는 그 어떤 사람보다 뛰어난 거짓말 탐지기를 갖고 있었다. 엄마의 직감이라기보다는 자동 유도 장치에 가까웠다. 하지만 아무런 경보도 울리지 않았다. 종소리도, 호루라기 소리도. 엄마는 계속 멍한 표정을 짓고 있었다.

"알겠다." 엄마는 다시 다림질을 시작했다.

그러더니 엄마가 말했다. "내일 밤에는 집에 오렴. 넙치 요리를 할 거야." 엄마는 카키색 바지에 풀을 먹였다. 나는 성공했다. 안도해야 하는데, 그렇지 못했다.

"그럴게." 내가 말했다.

엄마에게 사실대로 말할까도 생각했다. 다름 아닌 엄마니까 이해할 것 같았다. 엄마도 도와줄 것 같았다. 엄마는 그 형제를 모두 사랑하니까. 콘래드가 스케이트보드를 타다가 팔이 부러졌을 때 응급실에 데려간 것도 엄마였다. 수재나 아줌마는 운전조차 할 수 없을 정도로 심하게 떨었지만, 엄마는 침착하고 단단했다. 엄마는 언제나 어떻게 행동해야 할지 알았다.

아니, 적어도 전에는 그랬다. 지금은 그렇다고 확신할 수 없었다. 수재나 아줌마의 병이 재발하자 엄마는 자동 조종 장치를 써서 필요한 일을 할 뿐이었다. 엄마도 제정신이 아니었다. 며칠 전 아래층에 내려오니 복도를 청소하던 엄마 눈이 빨갰고, 나는 걱정이 됐다. 엄마는 우는 사람이 아니었다. 엄마의 그런 모습을 보다니, 내 엄마가 아닌 보통 사람의 모습을 한 엄마를 보다니, 믿기 어려웠다.

엄마는 다리미를 내려놓더니 싱크대 위에 있던 가방을 뒤적여 지갑을 꺼냈다. "테일러한테 아이스크림 좀 사다 주렴. 내가 사는 거야." 엄마가 20달러를 건네며 말했다.

"고마워, 엄마." 나는 돈을 받아 주머니에 넣으며 말했다. 나중에 주유비로 요긴하게 쓸 것 같았다.

"재미있게 지내라." 엄마는 이렇게 말하고는 딴 세상으로 돌아갔다. 좀 전까지 다림질하던 바지를 마저 다리면서.

나는 차를 몰고 떠나면서 비로소 느꼈다. 안도감이었다. 침묵에 잠겨
있는 슬픈 엄마는 나중에 걱정하기로 했다. 엄마를 두고 가기도 싫었지
만, 엄마 곁에 있기도 싫었다. 엄마를 보면 내가 가장 잊고 싶은 것이 떠
올랐으니까. 수재나 아줌마가 떠났고 다시는 돌아오지 않으며, 우리 중
누구도 예전처럼 지낼 수 없다는 사실이.

テ일러네 집 현관문은 항상 열려 있었다. 난간이 달린 반짝이는 나무 계단을 오르는 것이 내 집처럼 익숙했다.

나는 집에 들어가자마자 곧장 테일러 방으로 향했다.

테일러는 엎드려서 잡지를 뒤적이고 있다가 나를 보더니 일어나 앉으며 말했다. "너 마조히스트나 뭐 그런 거야?"

나는 가방을 바닥에 내려놓고 테일러 옆에 앉았다. 여기 오는 길에 테일러에게 전화를 걸어 상황을 모두 설명했다. 그러고 싶지 않았지만, 다 이야기했다.

"왜 콘래드를 찾으러 가?" 테일러가 따져 물었다. "이제 네 남자 친구도 아니잖아."

나는 한숨을 쉬었다. "언제는 내 남자 친구였나 뭐."

"내 말이 바로 그거야." 테일러는 잡지를 획획 넘기더니 내게 건넸다. "이거 봐. 너한테 딱 어울리는 비키니가 있어. 하얀 거. 네 피부색이랑 잘 맞아."

"제러마이아가 곧 여기로 올 거야." 나는 잡지를 쓱 보고는 테일러에게 돌려주며 말했다. 그 비키니를 입은 내 모습은 상상할 수 없었다. 하지만 테일러가 입은 모습은 상상이 됐다.

"넌 제러미를 골랐어야 했어." 테일러가 말했다. "콘래드는 한마디로 미쳤어."

나는 그렇게 쉽게 어느 한 명을 고를 수 있는 문제가 아니었다고 테일러에게 설명하고 또 설명했다. 모든 것이 마찬가지였다. 애초에 내게는 선택권이 없었다.

"콘래드는 미치지 않았어, 테일러." 우리가 열네 살이던 여름, 내가 테일러를 커즌스에 데려갔을 때, 콘래드가 자기를 좋아하지 않았던 것을 테일러는 용서하지 않았다. 테일러는 남자아이들이 모두 자기를 좋아하는 것에 익숙했고, 무시당하는 것에 익숙하지 않았다. 그런데 콘래드가 바로 그런 짓을 한 것이다. 하지만 제러마이아는 그러지 않았다. 테일러가 커다란 갈색 눈을 깜빡거리자마자 제러마이아는 테일러에게 빠져 버렸다. 테일러는 그를 '나의 제러미'라고 불렀다. 남자아이들이 좋아하는, 은근히 놀리는 말투로. 제러마이아도 그 점에 당장 반해 버렸는데, 테일러는 금세 제러마이아를 버리고 내 오빠 스티븐에게로 옮겨 갔다.

테일러는 입을 앙다물며 말했다. "좋아, 그건 쪼금 가혹한 말일 수도 있지. 미친 건 아닐지도 몰라. 하지만 뭐? 너 계속 그를 기다리면서 어물거릴 거야? 그가 원한다면 언제까지나?"

"아냐! 하지만 콘래드가 힘들어하고 있어. 지금 콘래드한텐 친구가 꼭 필요하다고." 나는 카펫의 실밥을 뜯으며 말했다. "우리 사이에 무슨 일이 있었든, 우리가 친구라는 사실은 변함이 없어."

테일러는 어이없다는 표정을 지었다. "뭔들. 내가 도와주겠다고 한 건, 네가 끝을 맺길 바라서였어."

"끝?"

"그래. 이제 그게 유일한 방법이야. 넌 콘래드와 마주 보고서 이제 끝이라고 말해야 해. 콘래드가 하라는 대로 하지 않겠다고. 그래야만 그 자식을 잊을 수 있어."

"테일러, 상황이 이렇게 된 데는 내 잘못도 있어." 나는 침을 삼켰다. "마지막으로 봤을 때, 내가 끔찍한 말을 했단 말이야."

"뭔들. 중요한 사실은, 넌 그만 잊어야 한다는 거야. 더 푸른 초원으로 떠나야 해." 테일러가 나를 봤다. "코리 같은 초원 말이야. 뭐, 어젯밤 이후로 코리와 사귈 기회는 사라진 것 같지만."

지난밤이 마치 1천 년 전처럼 느껴졌다. 나는 애써 아쉬운 표정을 지으며 말했다. "내 차를 여기 두게 해 줘서 정말 고마워. 만약에 우리 엄마가 전화하면……."

"너도 참, 날 어떻게 보고. 벨리, 난 너와는 달리 부모님에게 거짓말하기 여왕이잖아." 테일러가 콧방귀를 뀌며 말했다. "내일 밤엔 늦지 않게 돌아올 거지? 우리 모두 데이비스네 부모님 보트를 타러 가기로 한 거, 잊지 마. 너, 약속했어."

"8시나 9시였지. 그때까지는 꼭 돌아올게. 그리고……." 내가 짚고 넘어갔다. "난 약속한 적 없어."

"그럼 지금 약속하면 되겠네." 테일러가 명령조로 말했다. "같이 가겠다고 약속해."

나는 어이없다는 표정을 지었다. "왜 그렇게 꼭 돌아오라고 다짐을 하는 건데? 날 또 코리랑 엮으려고? 너한텐 데이비스가 있으니까 난 필요 없잖아."

"네가 끔찍한 친구라 해도 난 네가 꼭 필요해. 남자 친구랑 친한 친구는 다르다는 거, 너도 알잖아. 우린 곧 대학에 갈 거야. 우리가 다른 학교에 가게 되면 어쩌니? 그럼 어떡해?" 테일러가 나무라는 눈빛으로 나를 노려봤다.

"알았어, 알았어. 약속할게." 테일러는 그때까지도 우리가 같은 학교에 진학하는 것이 꿈이었다. 우리가 늘 그러자고 말했었으니까.

테일러는 내게 손을 내밀었고 우리는 새끼손가락을 걸었다.

"그거 입고 가려고?" 테일러가 불쑥 물었다.

나는 회색 캐미솔 톱을 내려다보며 대답했다. "음, 응."

테일러가 고개를 너무 세차게 젓는 바람에 그녀의 금발이 사방으로 흩날렸다. "그걸 입고 콘래드를 '처음' 만나겠다고?"

"나 지금 데이트하러 가는 거 아니야, 테일러."

"전에 사귀던 남자를 만나러 갈 때는 최고로 멋지게 꾸며야지. 결별의 제1 원칙이라고. 그 사람이 '젠장, 저런 여자를 놓쳤다고?'라고 생각하게 만들어야 해. 그래야만 한다고."

그런 생각까지는 못 했다. "콘래드가 무슨 생각을 하든지 상관없어." 내가 말했다.

테일러는 이미 내 가방을 뒤지고 있었다. "속옷이랑 티셔츠 하나뿐이네. 그리고 이 오래된 탱크톱이랑. 윽, 이 탱크톱 정말 싫어. 그만 은퇴하셔도 될 옷이야."

"그만해." 내가 말했다. "내 물건 뒤지지 말라고."

테일러가 흥분해서 달아오른 얼굴로 벌떡 일어났다. "벨리, 내가 짐을 싸 줄게. 부탁이야. 그럼 정말 기쁠 것 같아."

"아니." 내가 최대한 단호하게 말했다. 테일러에게는 단호하게 말해야 했다. "내일이면 돌아와. 다른 건 필요 없어."

테일러는 내 말을 무시하고 벽장 안으로 사라졌다.

그때 전화벨이 울렸다. 제러마이아였다. 나는 전화를 받기 전에 말했다. "농담 아니야, 테일러."

"걱정 마. 내가 다 알아서 할 테니까. 나를 네 요정 대모라고 생각해." 테일러가 벽장 안에서 말했다.

나는 전화를 받았다. "여보세요. 어디야?"

"거의 다 왔어. 한 시간쯤 걸릴 거야. 테일러네 집에 있어?"

"응." 내가 말했다. "길을 다시 알려 줄까?"

"아니, 괜찮아." 제러마이아가 아무 말도 안 해서 나는 전화를 끊은 줄 알았다. 그때 제러마이아가 말했다. "도와줘서 고마워."

"별소릴 다 하네." 내가 말했다.

다른 말을 덧붙일까 생각했다. 그가 나의 가장 친한 친구 중 하나라거나, 그를 다시 보게 되어 반갑다거나.

하지만 내 머릿속에서도 그런 말은 자연스럽게 느껴지지 않았다. 내가 미처 생각을 끝내기도 전에 제러마이아는 전화를 끊었다.

한참 뒤 테일러는 내 가방 지퍼를 닫으며 벽장에서 나왔다. "자, 다 됐어." 테일러의 보조개가 들어갔다.

"테일러……." 나는 테일러에게서 가방을 빼앗으려고 했다.

"안 돼, 도착하고 나서 열어 봐. 나한테 고마워하게 될걸." 테일러가 말했다. "내가 아주 선심 썼다고. 넌 날 완전히 버렸지만 말이야."

나는 마지막 말은 흘려듣고 말했다. "고마워, 테이."

"별말씀을." 테일러는 화장대 거울로 머리 모양을 확인하며 대답했다. "이제 내가 얼마나 필요한지 알겠지?" 테일러는 허리에 손을 짚고서 나를 마주 봤다. "근데 콘래드를 어떻게 찾을 계획이야? 어디 있는지 전혀 모른다면서."

그런 세세한 부분은 사실 별로 생각해 보지 않았다. "제러마이아에게 무슨 생각이 있겠지." 내가 말했다.

제러마이아는 말한 대로 한 시간 뒤 도착했다. 제러마이아의 차가 테일러네 집 앞에 서는 걸 거실 창문으로 내다보고 있었다. "어머나, 쟤 너무 귀엽다." 테일러가 화장대로 달려가 립글로스를 바르면서 말했다. "쟤가 저렇게 귀여워졌다는 말은 왜 안 했어?"

테일러가 마지막으로 본 제러마이아는 지금보다 머리 하나는 작은 키에 몸은 앙상했다. 테일러가 스티븐 오빠를 쫓아다닌 것도 놀라운 일은 아니었다. 하지만 내게 제러마이아는 제러마이아였다.

내가 가방을 들고 밖으로 나서자 테일러가 졸졸 따라 나왔다.

현관문을 여니 제러마이아가 계단에 서 있었다. 레드삭스 모자를 쓴 그의 머리가 마지막으로 봤을 때보다 짧았다. 그곳, 테일러의 집에서 제러마이아를 보니 이상했다. 비현실적이었다.

"전화하려고 했는데." 제러마이아가 모자를 벗으며 말했다. 그는 모자에 머리가 눌려 바보처럼 보이는 것을 신경 쓰지 않았다. 그의 가장 사랑스러운 점 중 하나였고, 내가 부러워하는 점이었다. 나는 늘 남의 시선을 신경 쓰며 살았으니까.

그를 끌어안고 싶었지만, 그가 먼저 팔을 벌리지 않아서인지, 갑자기 내가 수줍어져서인지 참았다. 대신 이렇게 말했다. "정말 빨리 왔다."

"미친 듯이 밟았지." 제러마이아가 말했다. "안녕, 테일러."

테일러는 발뒤꿈치를 들고서 그를 끌어안았다. 나는 테일러처럼 그를 안지 않은 것을 후회했다.

테일러는 한발 물러서더니 제러마이아를 마음에 드는 눈빛으로 훑어보았다. "제러미, 좋아 보인다." 테일러는 미소 지으며 제러마이아도 자기에게 좋아 보인다고 말해 주기를 기다렸다. 제러마이아가 아무 말도 하지 않자, 테일러가 말했다. "그럼 너도 나한테 좋아 보인다고 말해 줘야지, 아휴."

제러마이아가 웃었다. "테일러 넌 하나도 안 변했네. 네가 좋아 보이는 건 너도 알잖아. 내가 말 안 해도."

둘은 마주 보고 씩 웃었다.

"이제 가야겠다." 내가 말했다.

제러마이아는 내가 멘 가방을 들었고, 우리는 그를 따라 차로 갔다. 제러마이아가 트렁크에 내 가방을 넣는 동안 테일러가 내 팔꿈치를 잡더니 말했다. "어디로 가는지 몰라도 도착하면 전화해, 신데벨리." 어린 시절, 《신데렐라》를 몹시 좋아하던 때 테일러는 나를 그렇게 불렀다. 테일러는 생쥐들과 함께하는 노래도 불렀다. "신데벨리, 신데벨리."

문득 테일러에게 애정이 솟구쳤다. 향수, 함께한 시간, 그건 참 소중했다. 생각보다 더 소중했다. 다음 해, 우리 둘이 다른 대학에 가게 되면 그 애가 그리울 것 같았다. "차를 여기 두게 해 줘서 고마워, 테이."

테일러는 고개를 끄덕였다. 그러곤 "끝."이라고 입 모양으로 말했다.

"잘 있어, 테일러." 제러마이아가 인사하고 차에 탔다.

나도 탔다. 그의 차는 늘 그렇듯이 엉망이었다. 바닥과 뒷자리에는 온통 빈 물병이 굴러다녔다. "갔다 올게." 차가 출발하자 나는 큰 소리로 말했다.

테일러는 그 자리에 서서 손을 흔들며 우리를 지켜봤다. 그리고 외쳤다. "약속 잊지 마, 벨리!"

"무슨 약속?" 제러마이아가 룸미러로 보며 물었다.

"테일러 남자 친구가 독립 기념일 파티를 한대서 그 시간에 맞춰 돌아오기로 약속했어. 보트 위에서 파티를 한다더라."

제러마이아가 끄덕였다. "제때 돌아올 테니 걱정하지 마. 어쩌면 오늘 밤에 돌아올 수도 있어."

"아." 내가 말했다. "그래."

결국 가방을 쌀 필요도 없었나 싶었다.

그때 제러마이아가 말했다. "테일러는 예전이랑 똑같네."

"응, 그런 것 같아."

그리고 우리 둘 다 아무 말도 하지 않았다. 우리는 가만히 침묵했다.

제러마이아

모든 것이 바뀐 순간을 정확히 짚어 낼 수 있다. 지난여름이었다. 콘래드 형과 나는 테라스에 앉아 있었고, 나는 새로 온 풋볼 조감독이 얼마나 재수 없는지 이야기하려던 참이었다.

"그냥 버려." 형이 말했다.

형이야 말하기 쉬웠다. 형은 풋볼을 그만뒀으니까. "형이 몰라서 그래. 미친 사람이라니까." 형은 더 이상 듣지 않았다. 그들의 차가 집 앞에 들어섰다. 스티븐이 먼저 내리고, 로럴 아줌마가 내렸다. 아줌마는 엄마가 어디 있는지 묻고는 나를 꼭 끌어안았다. 뒤이어 아줌마는 형을 안았고, 나는 "벨리 버튼은 어디 있어요?"라고 물었다. 그러자 벨리가 걸어왔다.

형이 벨리를 먼저 봤다. 로럴 아줌마 어깨너머로 보고 있었다. 벨리를.

벨리가 우리에게 걸어왔다. 머리카락이 사방으로 나부꼈고, 다리가 길쭉해 보였다. 그녀는 반바지에 지저분한 운동화를 신고 있었다. 브라 끈이 탱크톱 밖으로 삐져나와 있었다. 그녀의 브라 끈을 본 건 그때가 처음이라고 맹세한다. 그녀는 알 수 없는 야릇한 표정을 짓고 있었다. 수줍으면서도 긴장한, 그러면서 동시에 으쓱한 표정을.

콘래드 형이 벨리와 끌어안는 것을 보며 내 차례를 기다렸다. 그녀에게 무슨 생각을 하는지, 왜 그런 표정을 짓는지 묻고 싶었다. 하지만 그러지 않았다. 형 옆을 지나쳐 그녀를 안아 올리고 바보 같은 소리를 지껄였다. 그러자 그녀가 웃었고, 예전의 벨리로 돌아갔다. 마음이 놓였다. 벨리가 전과 같은 벨리이기를 바랐으니까.

나는 평생 벨리를 알고 지냈다. 벨리를 여자로 생각해 본 적은 없었다. 그녀는 우리 가족이자 내 친구였다. 그녀를 잠시나마 다른 눈으로 보자 마음이 흔들렸다.

우리 아빠는 살면서 겪는 모든 일에는 판이 뒤집히는 순간이 있다는 말을 자주 했다. 그 뒤로는 다른 모든 것이 바뀌는 순간이지만, 당시에는 잘 알아채지 못한다고. 2쿼터 초반에 낸 3점이 경기 전체의 흐름을 바꿔 버릴 때. 사람들을 각성시켜 생기를 불어넣을 때. 모든 것이 그 순간에서 비롯된다.

나는 그때를 잊을 수도 있었다. 그들의 차가 와서 서고 그 여자아이, 내가 잘 알아보지도 못한 여자아이가 걸어 나온 순간을. 그때 역시 그저 스쳐 지나가는 순간이 될 수도 있었다. 거리를 걷다가 휙 풍겨 오는 향수 냄새처럼, 어떤 사람과 한순간 눈이 마주칠 때처럼. 하지만 계속 걸으면서 잊어버리는 순간처럼. 나도 잊을 수 있었다. 모든 것이 예전으로 돌아갈 수도 있었다.

하지만 그 뒤 모든 것이 뒤집히는 순간이 왔다.

여름이 시작되고 일주일쯤 지난 날, 한밤중이었다. 벨리와 나는 수영장에서 놀고 있었고, 어떤 말인지 기억은 안 나지만 내가 한 말에 벨리가 깔깔 웃었다. 나는 그녀를 웃길 수 있다는 게 좋았다. 벨리는 원래 잘 웃으니까, 내가 대단해서는 아니었지만 그래도 기분 좋았다. 벨리가 말했다. "제러, 넌 내가 아는 사람 중에 가장 웃겨."

내 평생 최고의 칭찬이었다. 하지만 그것이 판도가 바뀐 순간은 아니었다.

그다음이었다. 나는 아침에 깬 콘래드 형을 흉내 내며 신이 나 있었다. 프랑켄슈타인처럼 비틀거리면서. 그때 콘래드 형이 나오더니 벨리 옆자리에 앉았다. 형은 벨리의 묶은 머리를 당기며 말했다. "뭐가 그렇게 웃겨?"

벨리는 형을 올려다보며 얼굴을 붉혔다. 얼굴이 새빨개지고 눈이 반짝였다. "기억 안 나." 벨리가 말했다.

속이 뒤틀렸다. 누가 내 배를 걷어찬 느낌이었다. 질투가, 미칠 듯한 질투가 느껴졌다. 콘래드 형에게. 잠시 후 벨리가 음료수를 가지러 일어나자, 그녀 뒷모습을 바라보는 형의 눈빛에 속이 메슥거렸다.

그 순간 모든 것이 달라졌음을 깨달았다.

형에게는 그럴 자격이 없다고 말하고 싶었다. 그동안 벨리를 계속 무시하고선 갑자기 원한다고 벨리를 가질 수는 없다고 말하고 싶었다.

벨리는 우리 모두의 사람이었다. 우리 엄마는 벨리를 귀여워했다. 엄마는 그녀를 자신의 비밀 딸이라고 불렀다. 엄마는 1년 내내 그녀를 보고 싶어 했다. 스티븐은 벨리를 괴롭혔지만 지켜 줬다. 정작 벨리는 몰랐지만, 모두가 그녀를 소중히 여겼다. 그녀는 콘래드 형만 바라보느라 아무것도 몰랐다. 우리 모두가 기억하는 한, 벨리는 형을 사랑했다.

그녀가 나를 그런 눈으로 바라봐 주기를 원했다. 그날 이후로 나는 변했다. 벨리를 친구 이상으로 좋아했다. 아마 사랑하는 것 같았다.

다른 여자들도 만나 봤다. 하지만 그 애들은 벨리가 아니었다.

벨리에게 도와 달라고 전화하고 싶지 않았다. 벨리에게 짜증이 났다. 콘래드 형을 선택했기 때문만은 아니었다. 그건 새로운 일도 아니었다. 그녀는 언제나 형을 선택할 사람이었다. 하지만 우리는 친구 사이이기도 했다. 엄마가 돌아가신 뒤로 벨리가 내게 몇 번이나 전화했지? 두 번? 문자 메시지와 이메일 서너 번?

하지만 차 안에 나란히 앉아 벨리의 냄새(아이보리 비누와 코코넛, 설탕 냄새)를 맡고, 생각할 때 콧잔등을 찡그리는 표정과 어색한 미소와 물어뜯은 손톱을 보고 있으니, 내 이름을 부르는 말투를 듣고 있으니…….

벨리가 몸을 숙여 에어컨 환기구를 만질 때 머리카락이 내 다리를 스쳤는데, 정말 부드러웠다. 그러자 다시 모든 것이 기억났다. 계속 짜증을 내며 벨리를 멀찍이 두려는 계획을 지키기 곤란해졌다. 젠장, 거의 불가능했다. 그녀 곁에 있으면 그녀를 붙잡아 껴안고 미친 듯이 키스하고 싶을 뿐이었다. 그러면 그녀는 나의 못돼 먹은 형을 드디어 잊을지도 모르니까.

"어디로 가지?" 내가 제러마이아에게 물었다. 나는 그와 눈을 마주치려고, 잠시라도 나를 보게 하려고 했다. 제러마이아는 내 눈을 피하는 것 같았고, 그래서 나는 긴장했다. 우리 사이가 괜찮은지 확인해야 했다.

"글쎄." 그가 말했다. "형이랑 한동안 말을 안 했어. 형이 어디로 갔는지 전혀 몰라. 네가 아는 곳이 있을 줄 알았는데."

문제는, 그렇지 않다는 것이었다. 사실 짐작 가는 곳도 없었다. 나는 목청을 가다듬고 말했다. "콘래드랑은, 5월 이후로 말도 안 했어."

제러마이아는 나를 곁눈질로 봤지만, 아무 말도 하지 않았다. 콘래드가 그에게 뭐라고 했는지 궁금했다. 아마 별말 안 했을 것이다.

제러마이아가 말을 안 해서 내가 계속 말했다. "룸메이트한테는 전화해 봤어?"

"룸메이트 번호가 없어. 이름도 몰라."

"에릭이야." 내가 재빨리 말했다. 적어도 그것은 알고 있어서 기뻤다.

"학기 중이랑 같은 룸메이트야. 여름 학기 동안 둘이 같은 방에서 지냈어. 그러니까, 음, 거기로 가면 되겠다. 브라운으로. 에릭이랑 기숙사 사람들을 만나 보자. 혹시 모르잖아. 캠퍼스에서 그냥 놀고 있는지도."

"그러면 되겠네." 제러마이아는 사이드미러를 보면서 차선을 바꾸며 물었다. "형 학교에 가 봤어?"

"아니." 인정하기 꽤 부끄러운 일이었다. "너는?"

"형이 기숙사에 들어갈 때 아빠랑 내가 도와줬어." 제러마이아는 내키지 않는 말투로 덧붙였다. "와 줘서 고마워."

"당연히 와야지." 내가 말했다.

"로럴 아줌마도 괜찮다고 하셔?"

"그럼." 나는 거짓말했다. "올 수 있어서 다행이야."

나는 콘래드를 1년 내내 보고 싶어 했었다. 아이들이 크리스마스를 기다리듯 나는 여름을 기다렸다. 여름만 생각했다. 그때도, 그 온갖 일을 겪고도, 나는 콘래드만 생각했다.

라디오를 켜서 제러마이아와 나 사이의 침묵을 채웠다.

한동안은 계속 달리기만 했다. 제러마이아와 나 사이에 할 말이 떨어지는 법은 없었는데, 그때는 한마디도 하지 않았다.

한참 뒤 제러마이아가 말했다. "지난주에 노나 아줌마를 만났어. 아줌마가 일하는 요양원에 들렀거든."

노나 아줌마는 수재나 아줌마의 호스피스 간호사였다. 나도 서너 번 만났다. 재미있고 강한 사람이었다. 키는 158센티미터쯤 되고 팔다리가 가느다란 작은 체구였지만, 노나 아줌마는 수재나 아줌마를 번쩍번쩍 들어 올렸다. 마지막에 가까워지면서 아줌마가 아주 가벼워지긴 했지만.

수재나 아줌마의 병이 재발했을 때, 아무도 내게 곧바로 알려 주지 않았다. 콘래드도, 엄마도, 수재나 아줌마 자신도. 모든 일이 너무나 빠르게 일어났다.

마지막으로 수재나 아줌마를 보러 가는 날, 나는 가지 않으려고 했다. 엄마에게 과목 점수의 4분의 1을 차지하는 삼각 함수 시험이 있다고 둘러댔다. 아줌마에게 안 갈 수만 있다면 무슨 말이라도 했을 것이다. "주말 내내 공부해야 해. 못 가. 다음 주말에 갈게." 나는 전화로 말했다. 아무렇지 않은 듯, 담담하게 말하려고 했다. "괜찮지?"

엄마가 곧바로 대답했다. "아니, 괜찮지 않아. 이번 주말에 와. 수재나가 널 보고 싶어 해."

"하지만……."

"하지만은 없어." 엄마 목소리가 면도날처럼 날카로웠다. "네 기차표는 예매해 놨어. 내일 보자."

기차를 타고 가는 동안 수재나 아줌마를 만나서 할 말을 열심히 궁리했다. 삼각 함수가 어렵고, 테일러는 사랑에 빠졌고, 나는 반 서기 선거에 나갈 것이라고 말할 생각이었다. 반 서기 출마는 거짓말이었다. 수재나 아줌마가 좋아할 것 같아서 지어낸 이야기였다. 아줌마에게 그런 이야기를 전부 늘어놓고 콘래드에 대해서는 묻지 않을 생각이었다.

엄마가 기차역에 나를 데리러 왔다. 차에 타자 엄마가 말했다. "네가 와서 다행이다."

엄마가 계속 말했다. "걱정 마. 콘래드는 여기 없어."

나는 대답하지 않고 창밖만 내다봤다. 그곳에 부른 엄마에게 이유 없이 화가 났다. 엄마는 내가 화내는 건 신경도 쓰지 않았다. 엄마는 계속 말했다. "미리 말해 두는데, 수재나 상태가 좋지 않아. 기력이 없어. 기운이 너무 없는데도 네가 온다니까 기뻐하더라."

수재나 아줌마의 상태가 좋지 않다는 말을 듣자마자, 나는 눈을 감았다. 아줌마를 만나는 것이 두려웠고, 더 자주 찾아가지 않은 내가 미웠다. 하지만 나는 엄마와 달랐다. 강철처럼 강하고 견고하지 못했다. 아줌마의 모습을 보기가 너무 힘들었다. 아줌마의 예전 모습이 매번 산산이 부서져 사라지는 느낌이었다. 아줌마의 그런 모습을 보면 실감이 났다.

도착하니 노나 아줌마가 밖에서 담배를 피우고 있었다. 2주 전에 수재나 아줌마가 퇴원한 뒤, 노나 아줌마를 처음 만났었다. 노나 아줌마는 굉장히 씩씩하게 악수했다. 우리가 차에서 내리자, 노나 아줌마는 몰래 담배를 피우는 10대처럼 손 소독제로 손을 닦고 몸에는 섬유 탈취제를 뿌렸다. 정작 수재나 아줌마는 신경 쓰지 않는데도. 수재나 아줌마는 가끔 담배 피우는 걸 좋아했지만, 못 피우게 됐다. 마리화나만 아주 가끔 피울 수 있었다.

"안녕하세요." 노나 아줌마가 손을 흔들며 인사했다.

"안녕하세요." 우리도 인사했다.

노나 아줌마는 테라스에 앉아 있었다. "반가워요." 노나 아줌마가 내게 말했다. 엄마에게는 이렇게 말했다. "수재나가 옷을 차려입고 아래층에서 두 분을 기다리고 있어요."

엄마는 노나 아줌마 옆에 앉았다. "벨리, 너 먼저 들어가. 나는 노나랑 수다 떨고 있을게." '수다'란 엄마도 담배를 피울 것이라는 뜻이었다. 엄마와 노나 아줌마는 꽤 친해졌다.

노나 아줌마는 실용주의적이면서도 굉장히 영적인 사람이었다. 노나 아줌마는 엄마에게 교회에 함께 가자고 초대했다. 엄마는 종교에 조금도 관심이 없었지만 함께 교회엘 갔다. 처음에 나는 엄마가 노나 아줌마의 기분을 맞춰 주려고 교회에 간다고 생각했다. 하지만 엄마가 집에 와서도 혼자 교회에 다니기 시작하는 것을 보고 그 이상이었음을 깨달았다. 엄마는 교회에서 마음의 평화를 찾았던 것이다.

나는 "나 혼자?"라고 말하고는 곧바로 후회했다. 노나 아줌마에게도, 엄마에게도 겁먹은 모습을 보이고 싶지 않았다. 겁을 내는 나 자신을 나도 이미 싫어하고 있었다.

"수재나가 널 기다리고 있어." 엄마가 말했다.

사실이었다. 수재나 아줌마는 거실에 앉아 있었고 파자마가 아닌, 진짜 옷을 입고 있었다. 화장도 했다. 창백한 살갗에 복숭앗빛 블러셔가 밝게 반짝였다. 아줌마는 나를 위해 애쓰고 있었다. 내가 겁먹지 않도록. 그래서 나는 겁먹지 않은 척했다.

"내 소중한 딸." 아줌마가 양팔을 벌리며 말했다.

나는 최대한 조심스럽게 아줌마를 끌어안으며 훨씬 좋아 보인다고 했다. 거짓말이었다.

아줌마는 제러마이아가 저녁 늦게 돌아오니 오후에는 집이 여자들 차지라고 말했다.

그때 엄마가 안으로 들어왔지만, 우리 둘만 이야기를 나누도록 자리를 피해 줬다. 엄마는 우리가 대화하는 동안 점심 준비를 했다.

엄마가 나가자마자 수재나 아줌마가 말했다. "콘래드랑 마주칠까 봐 걱정할 것 없단다, 아가. 그 애는 이번 주말에 여기 없어."

나는 침을 삼켰다. "콘래드가 아줌마한테 말했어요?"

아줌마는 힘없이 웃었다. "그 애는 아무 말도 안 해. 네 엄마가 학년 말 파티 때 잘 안됐다고 하더라. 우리 바람과는 달리 말이야. 미안하다, 벨리."

"콘래드가 그만두자고 했어요." 내가 말했다. 그보다는 복잡한 상황이었지만, 요약하면 그랬다. 콘래드가 원해서 헤어진 것이었다. 늘 콘래드가 결정했다. 사귀든지 헤어지든지, 결정권은 콘래드가 쥐고 있었다.

수재나 아줌마가 내 손을 잡으며 말했다. "콘래드를 미워하지 마."

"미워하지 않아요." 나는 거짓말을 했다. 콘래드가 그 무엇보다 미웠고, 콘래드를 그 무엇보다 사랑했다. 왜냐면 그가 모든 것이었으니까. 그것도 싫었다.

"콘래드는 이 모든 상황을 힘들어하고 있어. 감당하기 힘든 일이거든." 아줌마는 말을 멈추고서 내 얼굴에서 머리카락을 쓸어 올리고 열을

재듯 이마에 손을 댔다. 아픈 사람은 나라는 듯. 위로가 필요한 사람은 나라는 듯. "그 애가 널 밀어내지 못하게 하렴. 그 애한테는 네가 필요해. 그 애가 널 사랑하는 걸 알잖니."

나는 고개를 저었다. "아뇨, 콘래드는 절 사랑하지 않아요." 그리고 머릿속으로 덧붙였다. '그가 사랑하는 사람은 자기 자신뿐이에요. 그리고 아줌마랑.'

수재나 아줌마는 내 말을 듣지 못한 것처럼 행동했다. "그 애를 사랑하니?"

나는 대답하지 않았는데, 아줌마는 마치 대답을 들은 것처럼 끄덕였다. "내 부탁 하나 들어줄래?"

나는 천천히 고개를 끄덕였다.

"나 대신 콘래드를 돌봐 줘. 그렇게 해 줄 거지?"

"제가 돌봐 줄 필요 없어요. 아줌마가 돌봐 주실 거잖아요." 나는 담담하게 말하려고 애썼지만, 소용없었다.

수재나 아줌마는 미소를 지으며 말했다. "넌 내 딸이야, 벨리."

점심 식사 후, 수재나 아줌마는 낮잠을 잤다. 오후 늦게 일어난 아줌마는 짜증을 내며 정신이 없었다. 아줌마가 엄마에게 한 차례 쏘아붙였는데, 그 모습에 나는 겁이 났다. 수재나 아줌마는 그 누구에게도 날카롭게 말하는 법이 없었다. 노나 아줌마가 수재나 아줌마를 재우려고 했고, 처음에 수재나 아줌마는 싫다고 하더니 따랐다. 침실로 가면서 아줌마는 내게 힘없이 윙크했다.

제러마이아는 저녁때쯤 돌아왔다. 그를 보니 마음이 놓였다. 그는 모든 것을 가볍게, 편안하게 만들었으니까. 그의 얼굴을 보는 것만으로도 그곳에서 느껴지던 긴장이 조금 사라졌다.

제러마이아가 주방에 들어오더니 말했다. "타는 냄새가 왜 나죠? 아, 로럴 아줌마가 요리하시는구나. 안녕하세요, 아줌마!"

엄마는 행주로 제러마이아를 때렸다. 그는 엄마를 피하며 장난스럽게 냄비 뚜껑을 열었다.

"안녕, 제러." 내가 말했다. 나는 스툴에 앉아 콩을 까고 있었다.

제러마이아는 나를 보고 말했다. "아, 안녕. 잘 지냈어?" 그리고 내게 와서 재빨리 가볍게 안았다. 나는 제러마이아의 눈을 보며 어떻게 지내는지 살피려 했지만 그럴 수 없었다. 그는 계속 돌아다니면서 노나 아줌마와 우리 엄마에게 농담을 했다.

어떤 면에서 제러마이아는 전과 같았지만, 또 한편으로는 그가 얼마나 변했는지 알 수 있었다. 그때 닥친 상황으로 제러마이아는 철이 들었다. 전과 달리 모든 것에 노력이 필요했다. 농담에도, 미소에도 노력이 필요했다. 더 이상 쉬운 일은 없었다.

제러마이아가 다시 말하기까지 정말 오래 걸렸다. 나는 자는 척했고 제러마이아는 손가락으로 운전대를 두드렸다. 그러더니 불쑥 말했다. "이게 내 학년말 파티 주제곡이었어."

나는 곧바로 눈을 뜨고서 물었다. "학년말 파티에 몇 번 갔는데?"

"전부 다 해서? 다섯 번."

"뭐? 아이고. 안 믿어." 나는 믿으면서도 그렇게 말했다. 제러마이아라면 당연히 다섯 번은 갔을 것이다. 그는 누구나 파티에 함께 가고 싶어 하는 남학생이었으니까. 그는 보잘것없는 여학생이라도 학년말 파티의 여왕처럼 느끼게 해 주는 법을 알았을 것이다.

제러마이아가 손가락으로 세기 시작했다. "2학년 때 두 번 갔지. 우리 학교 학년말 파티와 세이크리드 허트의 플로라 마르티네즈 학년말 파티에. 올해는 우리 학교 학년말 파티 한 번, 다른 학교 파티에 두 번 갔어. 소피아 프랭클린의……."

"알았어, 알았다고. 너 인기 많다고." 나는 몸을 앞으로 숙여 에어컨 조절 장치를 만지작거렸다.

"턱시도를 자꾸 빌리는 것보다 사는 게 싸게 먹혔다니까." 그가 말했다. 제러마이아는 앞을 바라본 채로 내가 전혀 예상하지 못했던 말을 했다. "너 드레스 입으니까 보기 좋더라. 네 드레스 마음에 들었어."

나는 제러마이아를 빤히 봤다. 콘래드가 우리 사진을 보여 준 것일까? 콘래드가 무슨 말을 했을까? "어떻게 알았어?"

"우리 엄마가 사진을 액자에 넣어 뒀거든."

제러마이아가 수재나 아줌마 이야기를 꺼낼 줄 몰랐다. 학년말 파티라면 안전한 주제라고 생각했었다. 내가 말했다. "학년말 파티에서 네가 최고였다는 얘긴 들었어."

"당연하지."

"재미있었겠다."

"응, 꽤 재미있었어."

나는 제러마이아를 데려갔어야 했다. 제러마이아와 갔다면 상황은 달랐을 것이다. 그는 듣기 좋은 말만 했을 것이다. 또 댄스플로어 가운데서 음악 방송을 보면서 연습하던 타자기 댄스, 잔디깎이 댄스, 토스터 댄스 등 온갖 우스꽝스러운 춤을 췄을 것이다. 뿐만 아니라 내가 가장 좋아하는 꽃이 데이지인 것을 기억하고 내게 주었을 것이며, 테일러의 남자 친구 데이비스와도 쉽게 어울려서 다른 여자아이들이 전부 나를 부러운 눈으로 바라봤을 것이다.

처음부터 콘래드와 함께 가기가 쉽지 않으리라는 것을 알고 있었다. 그는 학년말 파티에 어울리는 사람이 아니었다. 하지만 중요한 건, 아무래도 상관없었다는 것이다. 나는 콘래드가 함께 가 주기를, 내 상대가 되어 주기를 바랐다. 우리가 처음으로 키스한 지 일곱 달이 지난 때였다. 그를 마지막으로 본 지 두 달째였다. 그가 마지막으로 전화한 지 일주일째였다.

누군가와 학년말 파티에 함께 가는 것은 분명한 의미를 지닌다. 진짜라는 뜻이다. 그리고 내게는 머릿속에 그려 놓은 완벽한 학년말 파티가 있었다. 그가 나를 어떤 눈빛으로 바라보고, 우리가 천천히 춤을 출 때 그가 내 허리에 손을 어떻게 얹는지. 파티가 끝난 뒤 작은 식당에서 치즈 감자튀김을 먹고, 그의 차 지붕에 올라앉아 해 뜨는 광경을 바라보는 것. 그 모든 것을 하나하나 계획해 뒀다.

그날 밤, 내가 전화했을 때 콘래드는 바쁜 것 같았다. 하지만 나는 밀어붙였다. 콘래드에게 물었다. "4월 첫째 주말에 뭐 해?" '4월'이라고 말할 때 내 목소리가 떨렸다. 그가 싫다고 할까 봐 너무 긴장됐다. 사실, 마음속 한구석으로는 그가 거절할 것이라고 예상했었다.

콘래드가 조심스레 물었다. "왜?"

"우리 학교 학년말 파티가 있어."

콘래드는 한숨을 쉬었다. "벨리, 나 파티 싫어해."

"나도 알아. 하지만 내 학년말 파티잖아. 나와 함께 가 주면 좋겠어." 어째서 그는 무엇 하나 쉽게 허락하지 않을까?

"난 지금 대학생이잖아." 콘래드가 말했다. "우리 학교 학년말 파티에도 가기 싫었다고."

나는 가볍게 말했다. "뭐, 그러면 우리 학교 파티에는 꼭 와야겠네."

"그냥 네 친구들이랑 가면 안 돼?"

나는 대답하지 않았다.

"미안하지만 정말 내키지 않아서 그래. 곧 기말고사라서, 하룻밤 놀자고 거기까지 운전해 가기가 어려울 것 같아."

그렇다면 그는 나를 기쁘게 해 주기 위해 그것 하나를 못 하겠다는 말이었다. 하고 싶지 않아서. 좋다. "괜찮아." 내가 말했다. "함께 갈 남자애들은 많아. 상관없어."

콘래드가 머리 굴리는 소리가 들리는 듯했다. "됐어. 내가 데리고 갈게." 한참 만에 콘래드가 말했다.

"있잖아, 걱정할 거 없어." 내가 말했다. "코리 휠러가 벌써 내게 같이 가자고 했었어. 내 마음이 바뀌었다고 걔한테 말하면 돼."

"코키 휠러? 걔가 대체 누군데?"

나는 미소를 지었다. 그거면 됐다. 아니, 그럴 줄 알았다. 내가 말했다. "코리 휠러야. 스티븐 오빠랑 축구하는 애. 춤도 잘 춰. 키도 크고."

그러자 콘래드가 말했다. "그럼 하이힐을 신을 수 있겠네."

"그럴 거 같아." 나는 전화를 끊었다. 딱 하룻밤 학년말 파티의 상대가 되어 달라는 부탁이 그렇게 부담스러울까? 게다가 코리 이야기는 거짓말이었다. 그는 내게 함께 가자고 청하지 않았다. 하지만 내가 같이 가고 싶다고 하면, 코리는 틀림없이 내게 파티 상대가 되어 달라고 청했을 것이다.

침대에 누워 이불 속에서 울었다. 콘래드는 정장을 입고, 나는 엄마가 2년 전 사 준 보라색 드레스를, 아니, 내가 사 달라고 조른 드레스를 입고 참석하는 완벽한 학년말 파티의 밤을 머릿속에 그리고 있었다. 콘래드는 차려입은 내 모습도, 하이힐을 신은 내 모습도 본 적 없었다. 나는 그에게 그런 내 모습을 꼭 보여 주고 싶었다.

나중에 콘래드가 전화를 걸었지만, 나는 받지 않고 곧바로 음성 사서함으로 넘어가게 했다. 음성 메시지에 그는 이런 말을 남겼다. "있잖아, 벨리. 아까는 미안했어. 다른 남자애랑 같이 가지 마. 내가 갈게. 그래도 하이힐 신을 수 있잖아."

그 음성 메시지를 적어도 서른 번은 다시 들었던 것 같다. 그렇긴 하지만 나는 콘래드가 실제로 하는 말은 듣지 못했다. 그는 내가 다른 남자와 가는 것을 원하지 않았지만 나와 함께 가고 싶지도 않았던 것이다.

나는 보라색 드레스를 입었다. 엄마가 기뻐하는 게 느껴졌다. 수재나 아줌마가 내 열여섯 살 생일 선물로 준 진주 목걸이도 했는데, 엄마는 그것도 기뻐했다. 테일러와 다른 여자아이들은 고급 미용실에서 머리를 했다. 나는 직접 하기로 마음먹고 머리를 말아 굵은 컬이 생기게 했다. 뒷머리 마는 것은 엄마가 도와줬다. 엄마가 마지막으로 내 머리를 손질해 준 것은 2학년 때, 날마다 머리를 땋던 시절이었다. 엄마는 머리도 잘 말았지만, 대부분의 일에 다 능숙했다.

콘래드의 차가 멈춰 서는 소리를 듣자마자 나는 창가로 달려갔다. 정장 차림의 그는 아름다웠다. 검은색이었다. 처음 보는 옷이었다.

나는 아래층으로 달려 내려가 콘래드가 초인종을 누르기도 전에 현관문을 활짝 열었다. 웃음이 멈추지 않았다. 그를 끌어안으려고 팔을 벌리는데, 콘래드가 말했다. "보기 좋네."

"고마워." 나는 그렇게 말하며 팔을 내렸다. "좋아 보여."

우리는 집에서 사진을 백 장은 찍었던 것 같다. 수재나 아줌마가 정장을 입은 콘래드와 보라색 드레스를 입은 나의 인증 사진을 원한다고 했다. 엄마는 아줌마에게 전화를 걸어 우리와 함께 통화했다. 먼저 콘래드에게 전화기를 건넸다. 아줌마가 뭐라고 했는지 모르지만, 콘래드는 "약속할게."라고 대답했다. 나는 그가 무엇을 약속했는지 궁금했다.

나도 언젠가, 우리 아이들이 학년말 파티에 갈 준비를 할 때 테일러와 내가 함께 통화하는 사이가 될 수 있을까 궁금했다. 엄마와 수재나 아줌마의 우정은 수십 년간, 결혼하고 아이를 낳으면서도 계속됐다. 테일러와 내 우정도 그런 것일지 궁금했다. 튼튼하고 무너지지 않는 것. 어쩐지 아닐 것 같았다. 엄마와 아줌마의 우정은 평생 딱 한 번만 가질 수 있는 것이었다.

내게 수재나 아줌마가 말했다. "머리는 우리가 이야기했던 대로 했니?"

"네."

"콘래드가 예쁘다고 했어?"

"네." 엄밀히 따지면 그는 그렇게 말하지 않았지만, 나는 그렇다고 대답했다.

"오늘 밤은 완벽할 거야." 수재나 아줌마가 말했다.

엄마는 우리를 현관 계단에, 실내 계단에, 벽난로 앞에 세우고 사진을 찍었다. 스티븐 오빠도 클레어 조와 함께 있었다. 두 사람은 내내 웃어 댔다. 그들이 사진을 찍을 때 오빠는 클레어 뒤에 서서 허리에 팔을 감았고 클레어는 오빠에게 기댔다. 너무나 편안한 모습이었다. 우리 사진에서 콘래드는 내 옆에 뻣뻣하게 서서 내 어깨에 한쪽 팔을 얹었다.

"괜찮아?" 내가 속삭였다.

"응." 콘래드는 미소 지었지만, 나는 믿지 않았다. 뭔가 달라졌다. 그게 무엇인지 알 수 없을 뿐이었다.

나는 콘래드에게 난꽃 부토니에르를 줬다. 콘래드는 내 코르사주를 잊고 가져오지 않았다. 학교 냉장고에 넣어 뒀다고 했다. 나는 슬프지도 화나지도 않았다. 창피했다. 나는 내내 콘래드와 나의 사이를, 우리가 커플이라고 믿으며 호들갑을 떨었다. 하지만 함께 학년말 파티에 가자고 졸라야 했고, 콘래드는 내게 꽃을 가져오는 것조차 잊었다.

스티븐 오빠가 냉장고에서 클레어의 드레스 색깔과 같은 분홍빛 작은 장미꽃 손목 코르사주를 꺼내 오는 순간, 콘래드도 깨닫고 미안해했다. 오빠는 클레어에게 큰 꽃다발도 줬다.

클레어가 꽃다발에서 장미 한 송이를 뽑아서 내게 건넸다. "자, 코르사주를 만들어 줄게."

나는 미소를 지어 고마움을 표시했다. "괜찮아. 드레스에 구멍 뚫기 싫어." 말도 안 되는 소리. 클레어는 내 말을 믿지 않았지만, 믿는 척했다. "그럼 머리에 꽂으면 어떨까? 네 머리에 꽂으면 예쁠 것 같아."

"그래." 내가 말했다. 클레어는 착했다. 클레어와 오빠가 헤어지지 않기를 바랐다. 그들이 영원히 함께하기를 바랐다.

코르사주 사건 이후 콘래드는 더욱 긴장했다. 차로 가는 동안 콘래드가 내 손목을 잡더니 나직이 말했다. "코르사주를 잊어서 미안해. 기억했어야 하는데."

나는 침을 꿀꺽 삼키고 입을 다문 채 미소를 지었다. "무슨 꽃이었어?"

"하얀 난꽃." 콘래드가 말했다. "엄마가 골랐어."

"음, 내년 학년말 파티에는 코르사주를 두 개 가져와야 해." 내가 말했다. "양쪽 손목에 하나씩 해야지."

그렇게 말하면서 콘래드를 봤다. 1년 뒤에도 우리는 여전히 함께이지 않을까? 나는 그것을 묻고 있었다.

콘래드의 표정은 바뀌지 않았다. 그는 내 팔을 잡더니 말했다. "하고 싶은 거 다 해, 벨리."

차에서 스티븐 오빠가 룸미러로 우리를 보며 말했다. "이야, 내 동생이랑 더블데이트하는 날이 오다니 믿을 수가 없네." 오빠는 고개를 저으며 웃었다.

콘래드는 아무 말도 하지 않았다.

나는 이미 그날 밤이 계획에서 벗어났음을 느낄 수 있었다.

2학년과 3학년이 합동으로 하는 파티였다. 우리 학교는 그렇게 했다. 학년말 파티에 두 번 갈 수 있으니 어떤 면에서는 좋았다. 3학년들이 투표로 테마를 정했고, 그해 테마는 옛 할리우드였다. 워터 클럽에서 파티를 열었고 레드 카펫과 '파파라치'도 있었다.

학년말 파티 준비 위원회는 파티에 필요한 물품을 주문했다. 큰돈이 들었고, 그들은 봄 내내 모금했다. 벽에는 옛날 영화 포스터들과 깜빡이는 대형 할리우드 네온사인이 걸려 있었다. 댄스 플로어는 조명과 삼각대에 설치한 가짜 카메라로 영화 세트장 같았다. 한쪽 옆에는 감독 자리도 있었다.

우리는 테일러, 데이비스와 같은 탁자에 앉았다. 굽이 10센티미터나 되는 하이힐을 신은 테일러는 데이비스와 키가 같았다.

콘래드는 테일러를 안으며 인사했지만, 테일러나 데이비스와 대화하려는 노력은 별로 안 했다. 콘래드는 정장을 입고 거기 앉아 있는 것만으로도 불편해했다. 데이비스가 재킷을 열고 은색 술병을 콘래드에게 자랑할 때, 나는 흠칫했다. 이런 일을 하기에는 콘래드의 나이가 너무 많은 것 같기도 했다.

그때 댄스 플로어에서 스티븐 오빠와 클레어를 비롯해 사람들에게 둘러싸인 코리가 보였다. 그는 브레이크 댄스를 추는 중이었다.

나는 콘래드에게 몸을 기울여 속삭였다. "쟤가 코리야."

"코리가 누군데?" 콘래드가 말했다.

기억을 못 하다니 믿기지 않았다. 도저히 믿을 수가 없었다. 나는 콘래드를 잠시 빤히 보며 표정을 살피다가 그에게서 떨어졌다. "아무도 아냐." 내가 말했다.

몇 분 동안 거기 앉아 있는데 테일러가 내 손을 잡으며 화장실에 다녀오겠다고 했다. 나는 사실 마음이 놓였다.

화장실에서 테일러는 립글로스를 다시 바르며 내게 속삭였다. "파티가 다 끝나면 데이비스랑 걔 형네 기숙사 방에 갈 거야."

"뭐 하러?" 나도 립글로스를 찾아 작은 가방을 뒤지며 물었다.

테일러는 자기 립글로스를 내게 건넸다. "알잖아. 둘만 있으려고." 테일러는 그 말을 강조하려고 눈을 동그랗게 떴다.

"정말? 와우." 내가 천천히 말했다. "네가 걔를 그렇게 좋아하는지 몰랐네."

"음, 넌 콘래드 때문에 정말 바빴잖니. 참, 콘래드 멋지던데 왜 저렇게 어색하게 굴어? 너희 싸웠어?"

"아니……." 차마 테일러의 눈을 볼 수가 없어서 계속 립글로스를 발랐다.

"벨리, 콘래드에게 말려들지 마. 오늘은 네 파티야. 그러니까 내 말은, 콘래드는 네 남자 친구잖아, 안 그래?" 테일러는 머리를 매만지고 거울을 보며 포즈를 잡아 보다가 입술을 삐죽 내밀었다. "적어도 같이 춤은 추자고 해 봐."

자리로 돌아가니 콘래드와 데이비스는 미국 대학체육협회 경기 이야기를 하고 있었다. 나는 조금 마음이 놓였다. 데이비스는 코네티컷대학교 팬이었고 콘래드는 노스캐롤라이나대학교를 좋아했다. 피셔 아저씨의 친한 친구가 그 팀에서 일했고 콘래드와 제러마이아는 둘 다 그 팀을 열렬히 응원했다. 콘래드는 캐롤라이나대학 농구 이야기를 끝없이 할 수 있었다.

그때 느린 곡이 흘러나왔다. 테일러는 데이비스의 손을 잡고 댄스 플로어로 나갔다. 나는 테일러가 데이비스의 어깨에 머리를 기대고 데이비스가 테일러의 골반에 손을 얹고서 춤을 추는 모습을 지켜봤다. 곧 테일러는 첫 경험을 할 것 같았다. 테일러는 늘 자기가 가장 먼저 할 거라고 말하곤 했었다.

"목말라?" 콘래드가 물었다.

"아니." 내가 말했다. "춤출까?"

콘래드가 망설였다. "꼭 춰야 해?"

나는 웃으려고 애썼다. "그러지 말고. 오빠가 나한테 슬로 댄스를 가르쳐 줘야 하잖아."

콘래드는 일어나더니 내게 손을 건넸다. "그럼 추자."

나는 콘래드의 손을 잡고 댄스 플로어 가운데로 따라 나갔다. 우리는 슬로 댄스를 췄고, 나는 시끄러운 음악 소리 때문에 내 심장 뛰는 소리가 들리지 않아 다행이라고 여겼다.

"와 줘서 기뻐." 내가 콘래드를 올려다보며 말했다.

"뭐?" 콘래드가 물었다.

나는 더 크게 말했다. "와 줘서 기쁘다고."

"나도." 그의 목소리가 이상했다. 목멘 소리를 지금도 기억한다.

내 앞에 선 콘래드가 내 허리에 손을 얹고 나는 그의 목에 팔을 두르고 있었지만 우리 사이가 그렇게 멀게 느껴졌던 적은 없었다.

댄스가 끝나고 우리는 자리로 돌아가 앉았다. 콘래드가 말했다. "어디 가고 싶은 데 있어?"

"음, 애프터 파티는 12시에 시작하는데." 나는 진주 목걸이를 만지작거리며 말했다. 목걸이를 손가락에 감았다. 그를 쳐다볼 수가 없었다.

콘래드가 말했다. "아니, 너랑 나만. 이야기할 수 있는 곳에."

갑자기 어지러웠다. 콘래드가 단둘이 이야기할 곳에 가고 싶다면, 나랑 헤어지고 싶다는 뜻이었다. 틀림없었다.

"아무 데도 가지 말고 여기 잠깐만 더 있자." 나는 애원하듯 말하지 않으려고 애썼다.

"알았어." 콘래드가 말했다.

그래서 우리는 거기 앉아 주위 사람 모두가 얼굴이 땀범벅이 되어 춤추는 모습을 지켜봤다. 나는 머리에 꽂았던 꽃을 빼 가방에 넣었다.

한동안 잠자코 있다가 내가 말했다. "수재나 아줌마가 가라고 해서 온 거야?" 그렇게 물어보려니 가슴 아팠지만, 궁금했다.

"아니." 그는 이렇게 대답했지만, 그 대답이 나오기까지 너무 오래 걸렸다.

주차장에 보슬비가 내리기 시작했다. 오후 내내 손질했던 내 머리는 이미 젖어서 들러붙고 있었다. 차로 가는데 콘래드가 말했다. "머리 아파 죽겠어."

나는 걸음을 멈췄다. "아스피린을 구해 볼까?"

"아니, 괜찮아. 있잖아, 학교로 돌아가야 할 것 같아. 월요일에 시험이거든. 애프터 파티에는 안 가도 괜찮을까? 집에 데려다줄게." 콘래드는 그렇게 말하며 나와 눈을 마주치지 않았다.

"밤새 같이 있을 줄 알았는데."

콘래드는 자동차 키를 만지며 웅얼거렸다. "알아. 하지만 그만 돌아가야 할 것 같아…….” 그의 목소리가 잦아들었다.

“하지만 난 오빠가 안 가면 좋겠어.” 나는 조르는 듯한 내 목소리가
싫었다.

콘래드는 바지 주머니에 손을 넣었다. “미안해.”

우리는 주차장에 서 있었다. 나는 ‘차에 타면 다 끝이야. 콘래드는 나
를 데려다주고 학교로 돌아가서 다시는 오지 않을 거야. 그대로 끝이지.’
라고 생각했다.

“왜 그러는데?” 나는 이렇게 물으며 가슴에 당혹감이 밀려드는 것을
느꼈다. “내가 뭘 잘못했어?”

콘래드는 외면했다. “아니. 너 때문이 아니야. 너랑은 상관없어.”

내가 팔을 잡자 콘래드는 흠칫했다. “그냥 나한테 말 좀 해 줄래? 무슨
일인지 말해 주면 좋겠어.”

콘래드는 아무 말도 하지 않았다. 이미 차에 타 떠나기를 바라고 있었
다. 내게서. 나는 콘래드를 한 대 치고 싶었다.

내가 말했다. “알았어. 그럼, 좋아. 오빠가 말하지 않으면 내가 할게.”

“내가 무슨 말을 안 한다는 거지?”

“우리가 끝났다는 말. 우리 사이가 뭔지 몰라도, 끝났다는 말. 끝난
거, 맞지?” 나는 울고 있었고, 콧물이 흘러 빗물과 섞였다. 손등으로 얼
굴을 닦았다.

콘래드가 머뭇거렸다. 머뭇거리며 무슨 말을 할지 재고 있었다. “벨
리…….”

“하지 마.” 나는 콘래드에게서 물러서며 말했다. “하지 말라고. 아무
말도 하지 마.”

"잠깐만." 콘래드가 말했다. "이런 식으로 가지 마."

"이런 식으로 가 버리는 건 내가 아니라 오빠야." 내가 말했다. 나는 바보 같은 하이힐을 신고 낼 수 있는 최대 속력으로 걷기 시작했다.

"잠깐만!" 콘래드가 외쳤다.

나는 돌아서지 않고 더 빨리 걸었다. 곧 콘래드가 차 보닛을 주먹으로 내리치는 소리가 들렸다. 걸음을 멈출 뻔했다.

콘래드가 날 따라왔다면 걸음을 멈췄을 것이다. 하지만 콘래드는 따라오지 않았다. 자기가 말한 대로, 차를 타고 떠났다.

이튿날 아침, 스티븐 오빠가 내 방에 와서 책상에 걸터앉았다. 오빠는 그 시간에 집에 들어왔다. 여전히 턱시도를 입은 모습이었다. "나 자거든." 내가 돌아누우며 말했다.

"아니, 안 자잖아." 오빠는 잠시 말을 멈췄다. "콘래드가 그 정도는 아니야, 알지?"

오빠가 내게 그런 말을 하기가 쉽지 않았을 것을 알기에 고마운 마음이 들었다. 오빠는 콘래드의 일등 팬이었다. 언제나 그랬다. 오빠가 방에서 나간 뒤, 나는 혼자서 그 말을 되풀이했다. '콘래드가 그 정도는 아니야.'

다음 날 점심때쯤 아래층에 내려갔더니 엄마가 물었다. "괜찮니?"

나는 식탁에 얼굴을 대고 엎드렸다. 뺨에 닿은 식탁은 시원하고 매끄러웠다. 엄마를 올려다보며 말했다. "오빠가 다 말했나 보네."

엄마가 조심스럽게 말했다. "그런 건 아니야. 콘래드가 어째서 우리 계획대로 그날 밤에 자고 가지 않았는지 묻긴 했지."

"우리 헤어졌어." 내가 말했다. 소리 내어 말하니 어떤 면에서는 신났다. 우리가 헤어졌다면, 어느 시점에서는 사귀었다는 뜻이었으니까. 진짜로 연인이었다는 뜻이었으니까.

엄마가 내 앞에 앉았다. 그러고는 한숨을 쉬었다. "그러지 않았을까 싶더라."

"무슨 말이야?"

"그러니까, 너랑 콘래드만의 문제가 아니잖니. 너희 둘 말고도 엮인 사람이 많으니까."

나는 엄마에게 비명을 지르고 싶었다. 엄마가 얼마나 무신경한지, 잔인한지, 내 마음이 말 그대로 부서지고 있다는 것을 모르는지. 하지만 엄마 얼굴을 올려다보고는 그 말을 꾹 참고 삼켰다. 엄마 말이 옳았다. 내 어리석은 마음보다 걱정할 게 많았다. 수재나 아줌마를 생각해야 했다. 아줌마가 정말 실망할 것 같았다. 나는 아줌마를 실망시키고 싶지 않았다.

"수재나는 걱정하지 마." 엄마가 상냥한 목소리로 말했다. "내가 말할게. 먹을 것 좀 줄까?"

나는 달라고 대답했다.

내 방에 돌아와 다시 혼자가 된 뒤 나는 차라리 잘됐다고 자신을 설득했다. 콘래드는 내내 끝내고 싶어 했으니 내가 먼저 말하는 편이 나았다고. 하지만 나는 그런 말을 한마디도 믿지 않았다. 만약 콘래드가 전화를 걸어 다시 만나자고 한다면, 꽃을 들거나 어깨에 스피커를 메고 우리 노래를 켜고서 집 앞에 나타난다면. 우리 노래가 있기는 한가? 모르겠지만, 콘래드가 아주 작은 행동이라도 한다면, 나는 기쁜 마음으로 받아 주었을 것이다. 하지만 콘래드는 전화하지 않았다.

수재나 아줌마의 병세가 나빠졌다는 소식에, 좋아지지 않을 것이라는 소식에 나는 한 번 전화를 걸었다. 콘래드는 전화를 받지 않았고 나는 메시지를 남기지 않았다. 콘래드가 전화를 받았다면, 내게 전화를 걸었다면, 내가 무슨 말을 했을지 모르겠다.

그리고 그것이 끝이었다. 우리 사이는 끝났다.

제러마이아

콘래드 형이 벨리를 데리고 학년말 파티에 간다는 소식에 엄마는 어쩔 줄 몰라 했다. 엄마는 정신 나간 사람처럼 기뻐했다. 그 둘이 결혼이라도 하는 것처럼. 엄마가 그렇게 기뻐하는 모습은 오랜만이었고, 형이 그런 기쁨을 주다니 나도 반가웠다. 하지만 나는 질투를 느꼈다. 엄마는 학교에 있는 형에게 계속 전화해서 턱시도를 제때 빌려야 한다는 둥, 이런저런 사항을 전했다. 엄마는 형에게 내 턱시도를 빌려도 될 것이라고 말했고, 나는 내 옷이 맞을지 모르겠다고 했다. 엄마가 그러고 말아서 마음이 놓였다. 나는 그날 밤 어떤 여자애와 대학교 학년말 파티에 가게 되어서 결국 형은 내 옷을 입지 못했을 것이다. 문제는, 형이 내 턱시도를 입을 수 있었다고 해도, 나는 빌려주고 싶지 않았다는 사실이다.

엄마는 형한테서 벨리에게 상냥하게 대하고 완벽한 신사가 되어 주겠다는 약속을 받아 냈다. 엄마가 말했다. "그 애가 평생 기억할 밤을 만들어 주렴."

파티를 마치고 오후에 돌아와 보니 집 앞에 형 차가 있어서 이상하다 싶었다. 형이 로럴 아줌마 집에서 자고 학교로 바로 갈 줄 알았다. 형 방에 가 보니 형은 자고 있었고, 나도 곧 기절하듯 잠들었다.

그날 밤 우리는 엄마가 먹고 싶다는 중국 음식을 시켰지만, 엄마는 한 입도 먹지 않았다.

우리는 티브이 방 소파에서 식사를 했다. 엄마가 아프기 전에는 하지 않던 일이었다. "그래서 어땠니?" 엄마는 기대가 가득한 눈으로 형에게 물었다. 그날 중 그 순간 엄마는 가장 활기찼다.

형은 아주 급한 듯, 스프링 롤을 입에 쑤셔 넣고 있었다. 그리고 엄마가 세탁해 주기를 바라는 것처럼 빨랫감을 잔뜩 가지고 왔다. "뭐가?" 형이 물었다.

"파티 이야기 들으려고 온종일 기다렸잖니! 전부 다 궁금해!"

"아, 그거." 형이 말했다. 형은 당황한 표정을 지었다. 이야기하고 싶지 않은 눈치였다. 형이 다 망쳐 놓은 것이 분명했다.

"아, 그거?" 엄마가 놀리듯이 따라 말했다. "콘래드, 어서 이야기 좀 해 보렴. 벨리가 그 드레스 입으니 어떻든? 춤도 췄니? 전부 다 이야기해 봐. 로럴이 아직 사진을 이메일로 보내지 않았어."

"괜찮았어." 콘래드 형이 말했다.

"그게 다야?" 내가 물었다. 그날 밤 형이 하는 모든 짓이 짜증 났다. 형은 벨리를 데리고 학년말 파티에 갔으면서 아주 성가신 일을 마친 것처럼 굴었다. 내가 갔더라면 제대로 했을 텐데.

형은 내 말을 무시했다. "정말 예뻤어. 자주색 드레스를 입었어."

엄마는 미소를 지으며 끄덕였다. "나도 그 드레스를 알지. 코르사주는 어땠니?"

형은 불편한 듯 자세를 고쳐 앉았다. "괜찮았어."

"핀으로 꽂는 걸 구했니, 아니면 손목에 묶는 걸 구했니?"

"핀으로 꽂는 것." 형이 말했다.

"춤은 췄고?"

"응, 많이." 형이 말했다. "거의, 모든 곡에 춤췄어."

"테마는 뭐였어?"

"기억 안 나." 형은 이렇게 말하고서 엄마가 실망한 표정을 짓자 덧붙였다. "'대륙에서의 하룻밤'이었던 것 같아. 유럽 여행 같은 거. 크리스마스트리 장식을 켠 커다란 에펠 탑도 있었고, 런던 브리지를 건널 수도 있었어. 그리고 피사의 사탑도 있었어."

나는 형을 쳐다봤다. 대륙에서의 하룻밤은 우리 학교의 지난해 파티 테마였다. 나도 파티에 갔었으니까 안다.

하지만 엄마는 기억하지 못하는 듯했다. "아, 그거 정말 멋지다. 나도 로럴 집에 가서 벨리가 준비하는 걸 도와줬으면 좋았을 텐데. 오늘 밤에 로럴에게 전화해서 사진 보내 달라고 졸라야지. 사진사가 찍은 사진은 언제 받게 될까? 액자에 넣고 싶어."

"모르겠어." 형이 말했다.

"벨리에게 물어볼래?" 엄마는 커피 탁자에 접시를 내려놓더니 소파 쿠션에 몸을 기댔다. 갑자기 지친 것 같았다.

"그럴게." 형이 말했다.

"이제 누워야겠다." 엄마가 말했다. "제러, 이거 좀 치워 줄래?"

"그럼, 엄마." 나는 엄마를 부축하며 말했다.

엄마는 우리 둘의 뺨에 키스하고 방으로 갔다. 우리는 서재를 위층으로 옮기고 엄마가 계단을 오르내리지 않아도 되게 아래층에 엄마 침실을 만들었다.

엄마가 방에 들어간 뒤 내가 비꼬듯 말했다. "그럼 밤새 둘이 춤을 춘 거군?"

"그만둬." 콘래드 형이 말하고는 소파에 머리를 기댔다.

"파티에 가긴 했어? 아니면 엄마한테 그것도 거짓말한 거야?"

형이 노려봤다. "갔었어."

"뭐, 밤새 춤춘 건 아닌 모양이네." 나는 나쁜 놈이 된 기분이었지만, 그냥 넘길 수가 없었다.

"너 왜 그렇게 기분 나쁘게 굴어? 네가 그 파티랑 무슨 상관인데?"

나는 어깨를 으쓱해 보였다. "형이 벨리의 파티를 망치지 않았으면 싶어서. 그런데 여기서 뭐 하고 있는 거야?"

형이 열받으리라 예상했고 사실 그러기를 바랐다. 하지만 형은 "우리가 둘 다 학년말 파티의 왕이 될 순 없잖아."라고 말할 뿐이었다. 형은 테이크아웃 음식 상자를 닫기 시작했다. "다 먹었지?" 형이 물었다.

"응, 다 먹었어." 내가 대답했다.

우리가 콘래드의 캠퍼스로 차를 몰고 갔을 때 잔디밭에 사람들이 모여 있었다. 여자들은 반바지에 비키니 상의를 입고 누워 있었고, 남자들은 얼티미트 프리스비(두 팀이 플라스틱 재질의 원반을 주고받으며 겨루는 레저 스포츠 경기 - 옮긴이) 게임을 하고 있었다. 콘래드의 기숙사 앞에 차 세울 곳을 찾은 뒤 건물 안으로 들어가는데 한 여학생이 빨래 바구니를 들고나왔다. 나는 말도 안 되게 어렸고, 어디가 어딘지 알 수 없는 느낌이었다. 그곳은 처음이었으니까. 그곳은 상상하던 것과 달랐다. 더 시끄러웠다. 더 북적였다.

제러마이아가 길을 알고 있어서 나는 그를 따라 바삐 걸음을 옮겼다. 제러마이아는 계단을 두 개씩 뛰어 올라갔다. 우리는 3층에서 멈췄다. 나는 제러마이아를 뒤따라 복도를 걸어갔다. 엘리베이터 옆 게시판에는 "얘들아, 섹스에 관해 이야기하자."라고 적힌 포스터가 붙어 있었다. 성병 관련 팸플릿과 유방암 검사법 주위에 네온색 콘돔이 예술적으로 장식되어 있었다. 누군가 사인펜으로 "한 장씩 가져가세요."라고 적어 놓았다.

콘래드의 방문에는 그의 이름이 붙어 있었고, 그 아래에 '에릭 트러스키'도 있었다.

땅딸한 근육질에 적갈색 머리를 한 콘래드의 룸메이트가 반바지에 티셔츠 차림으로 문을 열었다. "무슨 일이죠?" 그는 나를 보며 물었다. 늑대를 연상시키는 사람이었다.

대학생이 눈길을 준 것에 으쓱하기는커녕 속이 메슥거렸다. 다섯 살때 수줍음이 정말 많아서 엄마 뒤에 숨던 시절처럼 제러마이아 뒤에 숨고 싶었다. 나는 열여섯, 열일곱이 다 되어 간다는 사실을 기억해야 했다. 에릭 트러스키라는 남자 앞에서 불안해할 나이가 아니라고. 콘래드가 내게 말하길, 에릭이 늘 괴상한 포르노 비디오를 보내 주고 온종일 컴퓨터 앞에만 앉아 있다고 했지만 말이다. 2시에서 4시 사이 드라마 볼 때만 빼고.

제러마이아가 목청을 가다듬으며 말했다. "난 콘래드 형의 동생이고, 얘는 우리 친구예요. 콘래드 형 어디 있는지 알아요?"

에릭이 문을 열어 우리를 방으로 맞이했다. "나도 몰라. 그냥 가 버렸거든. 아리가 전화했어?"

"아리가 누구야?" 내가 제러마이아에게 물었다.

"알에이(RA, 연구 조교—옮긴이)." 제러마이아가 말했다.

"알에이 아리." 내가 말하자 제러마이아의 입꼬리가 올라갔다.

"넌 누구지?" 에릭이 내게 물었다.

"벨리예요." 에릭의 얼굴에 알아보는 표정이 떠오르는지, 콘래드가 내이야기를 했는지, 최소한 내 이름을 언급한 조짐이 보이는지 눈여겨봤다. 하지만 당연히 아무것도 없었다.

"벨리라고? 귀엽네. 난 에릭이야." 에릭이 벽에 기대며 말했다.

"그러니까 콘래드 형이 떠나기 전에 아무 말도 안 했다고요?" 제러마이아가 껴들었다.

"걔는 말을 거의 안 해. 안드로이드 같아." 그러더니 에릭이 내게 씩 웃어 보였다. "뭐, 예쁜 여자들에겐 말을 걸지."

속이 메스꺼웠다. 예쁜 여자라니 누구 말이지? 제러마이아는 소리 내어 한숨을 쉬더니 두 손을 머리 뒤에 대고 깍지를 끼었다. 그리고 휴대전화를 꺼내 확인했다. 거기 무슨 해답이라도 있다는 듯이.

나는 콘래드의 침대에 앉았다. 진청색 시트와 진청색 이불. 흐트러져 있었다. 별장에서 콘래드는 언제나 침대를 정리해 뒀다. 호텔처럼 반듯하게.

콘래드가 살던 곳이었다. 그것이 콘래드의 삶이었다.

기숙사 방에는 콘래드의 물건이 별로 없었다. 티브이도, 스피커도, 사진도 없었다. 나는 말할 것도 없지만, 수재나 아줌마나 피셔 아저씨 사진도 없었다. 컴퓨터와 옷가지, 신발, 책뿐이었다.

"사실 나는 지금 나가려던 참이었어. 부모님 별장에 가야 해서. 너희 나갈 때 문 좀 꼭 닫아 줄래? 그리고 콘래드를 찾으면 내게 피자값 20달러 갚아야 한다고 전해 줘."

"걱정 마요. 전할 테니." 에릭의 말에 제러마이아가 전혀 웃지 않는 것으로 보아 그가 에릭을 좋아하지 않는다는 사실을 알 수 있었다. 제러마이아는 콘래드의 책상 앞에 앉아 방 안을 둘러보았다.

누군가가 문을 두드렸고 에릭은 문을 열려고 느릿느릿 걸어갔다. 긴 소매 셔츠와 레깅스를 입고 머리에 선글라스를 얹은 여자였다. "내 스웨터 봤어?" 그 여자가 물었다. 여자는 무엇인가를, 누군가를 찾는 것처럼 에릭 주위를 살폈다.

'사귀던 사이인가?' 나는 궁금해졌다. 처음 든 생각은 그것이었다. 두 번째 든 생각은 '내가 저 여자보다 예쁘네.'였다. 그런 생각을 하다니 스스로가 부끄러웠지만 어쩔 수 없었다. 사실, 그 여자와 나, 둘 중에서 누가 더 예쁜지는 상관없었다. 어쨌든 콘래드는 나를 원하지 않았으니까.

제러마이아가 벌떡 일어났다. "콘래드 형 친구예요? 형이 어디 갔는지 알아요?"

그 여자는 호기심 어린 눈으로 우리를 봤다. 머리카락을 귀 뒤로 넘기며 선글라스를 벗어 드는 모습을 보니, 그 여자가 제러마이아를 귀엽다고 여긴 것이 틀림없었다. "음, 응. 안녕, 난 소피라고 해. 넌 누구니?"

"동생이에요." 제러마이아가 소피에게 다가가 악수했다. 긴장한 상태이면서도 그는 여자를 훑어보며 특유의 미소를 지어 보였고, 그 여자는 곧바로 그에게 낚였다.

"오, 이런. 형제가 안 닮았네?" 소피는 모든 문장에 물음표를 붙이는 그런 사람이었다. 내가 소피와 아는 사이였다면 나는 그 여자를 싫어했으리라는 확신이 이미 들었다.

"뭐, 그런 얘기 자주 들어요." 제러마이아가 말했다. "콘 형이 무슨 말을 하던가요, 소피?"

소피는 제러마이아가 자기 이름을 불러 주자 좋아했다. "바다에 서핑하러 간다던가? 걘 제정신이 아니야."

제러마이아가 나를 봤다. 바다. 콘래드는 여름 별장에 간 것이었다.

제러마이아가 피셔 아저씨에게 전화를 할 때 나는 콘래드의 침대에 앉아 안 듣는 척했다. 제러마이아는 피셔 아저씨에게 아무 일 없다고, 콘래드는 커즌스에 가 있다고 말했다. 그는 나와 함께 있다는 말은 하지 않았다.

제러마이아가 말했다. "아빠, 내가 형 찾으러 갈게요. 별일 아니에요."

피셔 아저씨가 뭐라고 하는지, 잠자코 듣고 있던 제러마이아가 말했다. "하지만 아빠……." 그리고 나를 보더니 소리 없이 입 모양만으로 "곧 돌아올게."라고 말했다.

제러마이아는 복도로 나가 문을 닫았다.

제러마이아가 나가자, 나는 콘래드의 침대에 누워 천장을 올려다봤다. 그곳이 그가 매일 밤 자는 곳이었다. 나는 평생 콘래드를 알고 지냈지만, 어떤 면에서 그는 여전히 미스터리였다. 수수께끼였다.

나는 침대에서 일어나 그의 책상으로 갔다. 조심스레 서랍을 열어 보니 필통, 책, 종이가 있었다. 콘래드는 늘 물건을 잘 챙겼다. 나는 훔쳐보는 것이 아니라고 생각했다. 증거를 찾는 것이라고. 나는 탐정, 벨리 콘클린이었다.

두 번째 서랍에서 그것을 발견했다. 안쪽에 처박혀 있던 하늘색 티파니 상자. 그 상자를 열면서도 그러면 안 되는 것을 알았지만 참을 수가 없었다. 작은 보석 상자. 그 안에 펜던트가 달린 목걸이가 있었다. 꺼내서 들어 봤다. 처음에는 숫자 8이라고 생각하고, 어쩌면 그가 스케이트를 타는 여자와 데이트하고 있나 생각했다. 그리고 그 여자도 싫어하기로 했다. 그런 다음 목걸이를 자세히 살피다가 손바닥에 가로로 놓았다. 그것은 8이 아니었다.

무한대 기호(∞)였다.

그제야 나는 깨달았다. 그 목걸이는 스케이트 타는 여자나 기숙사의 소피에게 주려던 것이 아니었다. 내게 줄 선물이었다. 콘래드는 나를 위해 그것을 샀다. 나는 증거를 얻었다. 그가 나를 진심으로 마음에 두었다는 증거를.

콘래드는 수학을 잘했다. 뭐, 그는 모든 것을 잘했지만, 수학은 정말 잘했다.

우리가 전화로 이야기하기 시작한 지 몇 주 지났을 때, 전화 통화가 루틴이 되었지만 여전히 짜릿했던 때, 나는 그에게 내가 삼각 함수를 얼마나 싫어하는지, 얼마나 못하는지 이야기했다. 그러고는 이내 그 이야기를 꺼낸 것을 후회했다. 수재나 아줌마는 암에 걸렸는데, 나는 수학이 어렵다고 불평하고 있다니. 내가 겪는 문제는 너무 시시하고 유치했다. 콘래드가 겪고 있는 일에 비하면 '고등학생'의 골칫거리에 불과했다.

"미안." 내가 말했다.

"뭐가?"

"시시한 수학 점수나 이야기하고 있으니까……." 내 목소리가 잦아들었다. "수재나 아줌마는 아프신데."

"미안해할 것 없어. 나한테 무슨 이야기든 해도 돼." 콘래드가 잠시 말을 멈췄다. "그리고 벨리, 엄마는 나아지고 있어. 이번 달에는 몸무게가 2킬로그램이나 늘었어."

그의 목소리에서 느껴지는 희망의 기색에 나는 마음이 너무 아파서 눈물이 날 것 같았다. 내가 말했다. "응, 어제 엄마한테서 들었어. 정말 좋은 소식이야."

"그러니까 괜찮아. 그럼 선생님이 사인, 코사인, 탄젠트 삼각비는 가르쳐 줬어?"

그때부터 콘래드는 전화로 내게 수학을 가르쳐 주기 시작했다. 처음에 나는 별로 관심이 없었다. 그냥 그의 목소리를, 설명을 듣는 것이 좋았을 뿐이다. 하지만 콘래드가 문제를 내기 시작했고 나는 그에게 실망을 주기 싫었다. 그렇게 우리의 과외가 시작됐다. 밤에 전화벨이 울리면 엄마는 씩 웃었다. 엄마는 우리가 연인처럼 사랑의 대화를 나눈다고 짐작했다. 나는 굳이 아니라고 정정하지 않았다. 그러는 편이 더 쉬웠으니까. 그리고 사람들이 우리를 연인이라고 여기면 기분이 좋았다. 나는 그렇게 인정할 생각이었다. 사람들이 그렇게 여기게 내버려 두었다. 그러기를 바랐다. 우리가 아직은 연인 사이가 아니었지만, 그렇게 발전할 수도 있을 것 같았다. 언젠가는. 그런 날이 오기까지 콘래드는 내 수학 과외 선생님이었고, 나는 삼각 함수를 잘하게 됐다. 콘래드는 불가능한 일을 해낼 줄 아는 사람이었다. 내가 마침내 이해할 때까지 같은 문제를 반복해서 설명해 주는 그를 나는 그 어느 때보다 사랑했다.

제러마이아가 방으로 돌아왔고, 나는 그가 보기 전에 목걸이를 손에 꼭 쥐었다.

"제러, 어떻게 됐어?" 내가 물었다. "피셔 아저씨가 화내셔? 뭐라고 하셨어?"

"아빠가 직접 커즌스에 가겠다는 걸 내가 간다고 했어. 지금은 형이 아빠 말을 들을 리가 없으니까. 아빠가 가면 형은 더 열받을걸." 제러마이아가 침대에 앉았다. "결국 우리는 이번 여름에도 커즌스에 가겠네."

제러마이아가 그렇게 말하자마자, 그것은 현실이 되었다. 내 머릿속에서 말이다. 콘래드를 만나는 일이 저 멀리 있는 환상 같은 게 아니었다. 그 일은 실제로 일어나고 있었다. 그 순간 나는 콘래드를 구하려는 계획을 다 잊고 이렇게 말해 버렸다. "가는 길에 나를 내려 줘야 할 것 같아."

제러마이아가 나를 빤히 봤다. "농담해? 나 혼자서는 감당 못 해. 상황이 얼마나 심각한지 네가 몰라서 그래. 엄마가 다시 아프기 시작한 뒤로 형은 완전히 자기 파괴 모드라고. 아무것도 신경을 안 써." 제러마이아가 말을 멈추었다가 다시 말했다. "하지만 네가 자기를 어떻게 생각하는지는 아직 신경 써."

나는 입술을 혀로 축였다. 갑자기 입술이 바짝 마른 느낌이었다. "나는 잘 모르겠는데."

"음, 난 알아. 나는 콘래드 형을 알아. 그냥 나랑 같이 가 줄래?"

콘래드에게 마지막으로 했던 말을 떠올리니 수치심이 들어 속이 탔다. 엄마를 잃은 사람에게 해서는 안 되는 말이었다. 절대로. 그런데 콘래드를 어떻게 마주한단 말인가? 그의 얼굴을 볼 수 없었다.

제러마이아가 말했다. "혹시 보트 파티가 걱정되는 거라면, 늦지 않게 데려다줄게."

너무나 제러마이아답지 않은 말이라, 나는 수치심의 늪에서 벗어나 그를 노려봤다. "내가 보트 파티 따위를 신경 쓸 것 같아?"

제러마이아가 어이없다는 표정을 지었다. "너 불꽃놀이 되게 좋아하잖아."

"시끄러워." 내 말에 제러마이아는 씩 웃었다. "좋아. 네가 이겼어. 갈게." 내가 말했다.

"좋아, 그럼." 제러마이아가 일어섰다. "출발하기 전에 화장실에 다녀 올게. 참, 벨리!"

"응?"

제러마이아가 나를 보며 능청스럽게 웃었다. "네가 항복할 줄 알았어. 애초에 네가 이길 가능성은 없었다고."

나는 그에게 베개를 던졌다. 제러마이아는 베개를 피하고는 빅토리 랩 (우승 후 트랙을 한 바퀴 천천히 도는 것–옮긴이)으로 문까지 걸어갔다. "어서 오줌이나 누고 와."

제러마이아가 나간 뒤 나는 목걸이를 목에 걸고 탱크톱 밑에 감췄다. 너무 꼭 쥐고 있어서 내 손바닥에 조그만 무한대 기호 자국이 남았다.

왜 그랬을까? 왜 그 목걸이를 걸었을까? 왜 주머니에 넣거나 상자에 도로 넣어 두지 않았을까? 나도 설명할 수 없다. 내가 아는 것은, 정말, 정말 그 목걸이를 목에 걸고 싶었다는 것뿐이다. 내 것처럼 느껴졌으니까.

차로 가기 전에 콘래드의 교과서와 공책, 노트북을 챙겨 그의 옷장에서 찾아낸 노스페이스 배낭에 최대한 쑤셔 넣었다. "이렇게 가져가면 월요일 중간고사 공부를 할 수 있을 거야." 내가 제러마이아에게 노트북을 건네며 말했다.

제러마이아는 눈을 찡긋하더니 말했다. "네 긍정적인 사고방식이 마음에 든다, 벨리 콘클린."

나가는 길에 우리는 아리 조교의 방에 들렀다. 문이 열려 있고 그는 책상 앞에 앉아 있었다. 제러마이아가 머리만 디밀고서 말했다. "안녕하세요, 아리. 콘래드 형의 동생 제러마이아예요. 형을 찾았어요. 연락 줘서 고마워요."

아리는 제러마이아를 향해 환하게 웃었다. "천만에." 제러마이아는 가는 곳마다 친구를 만들었다. 모두가 제러마이아와 친구가 되고 싶어 했다.

우리는 출발했다. 곧장 커즌스로 향했다. 창문을 내리고 라디오를 틀어 놓고 달렸다.

대화는 별로 없었지만, 그때는 상관없었다. 둘 다 생각할 것이 많았던 것 같다. 나는 이 길을 마지막으로 달렸던 때를 생각하고 있었다. 다만, 그날은 제러마이아와 함께가 아니었다. 콘래드와 함께였다.

그때는 내 평생 최고의 밤이 분명했다. 부모님이 이혼하기 전, 내가 아홉 살 때, 디즈니 월드에서 보낸 12월 31일 밤과 똑같이. 우리는 신데렐라 성 위에서 터지는 불꽃놀이를 봤고 스티븐 오빠도 불평하지 않았다.

그가 전화했을 때 누군지 곧바로 알아차리지 못한 것은, 예상 못 한 일이기도 했고 잠이 덜 깼기 때문이기도 했다. 그가 말했다. "너희 집으로 가는 중이야. 만날 수 있어? 커즌스에 가자."

새벽 12시 30분이었다. 보스턴은 다섯 시간 반 거리였다. 밤에 계속 운전한 것이었다. 나를 만나고 싶어서.

나는 그에게 길 아래 차를 세우고 기다리라고 했다. 엄마가 잠든 뒤 만나자고 했고, 그는 기다리겠다고 했다.

나는 불을 끄고 창가에서 미등을 찾으며 기다렸다. 그의 차가 보이자마자 밖으로 달려 나가고 싶었지만 기다려야 했다. 엄마가 방에서 움직이는 소리가 났다. 엄마가 잠들기 전 적어도 30분은 책을 읽는다는 것을 알고 있었다. 그가 밖에서 나를 기다리고 있다는 걸 알면서도 그에게 갈 수 없다니 고문처럼 느껴졌다. 겨울이었고 커즌스는 얼어붙게 추울 테니 정신 나간 생각이었다. 하지만 그가 말하니 좋은 방향으로 정신 나간 생각 같았다.

어둠 속에서 나는 할머니가 크리스마스 선물로 짜 준 목도리를 두르고 모자를 썼다. 그리고 방문을 닫고 살금살금 복도를 지나 엄마 방으로 가서 문에 귀를 댔다. 불은 꺼져 있었고 엄마가 가볍게 코 고는 소리가 들렸다. 스티븐 오빠가 아직 귀가 전이라 다행이었다. 아빠처럼 오빠도 잠귀가 밝기 때문이다.

엄마가 드디어 잠들었다. 집 안은 고요하고 조용했다. 크리스마스가 지나도 트리는 여전히 있었고, 밤새 불을 켜 뒀다. 그러면 계속 크리스마스 기분이 들고, 언제라도 산타가 선물을 들고 나타날 것 같았으니까. 나는 엄마에게 쪽지도 남기지 않았다. 아침에 엄마가 일어나 내가 어디 갔는지 궁금해할 때쯤 전화할 생각이었다.

나는 삐걱거리는 가운데 부분을 조심하며 살금살금 계단을 내려갔지만, 일단 밖으로 나간 뒤에는 현관 계단을 날듯이 뛰어내리고 서리 내린 잔디밭을 내달렸다. 운동화 신은 발을 내딛자 서리가 바스락거렸다. 아, 코트 입는 것을 깜박했다. 모자와 목도리는 기억했지만, 코트는 입지 않았다.

그의 차는 예상대로 모퉁이에 서 있었다. 차 안은 어둡고 라이트도 꺼져 있었다. 8월 이후 그를 처음 보는 것이었다. 머리만 빼꼼 들이밀고 차에 타지는 않았다. 아직은. 먼저 그를 보고 싶었다. 그래야 했다. 겨울이라 그는 회색 플리스 점퍼를 입고 있었다. 추워서 뺨은 분홍빛이고 그을

렸던 피부색은 옅어졌지만, 전과 다름없는 모습이었다. "안녕." 나는 이렇게 말하고는 차에 탔다.

"코트 안 입었네." 그가 말했다.

"그렇게 춥지는 않네." 추우면서도, 말하며 덜덜 떨면서도 나는 이렇게 말했다.

"자." 그가 플리스 점퍼를 벗어 내게 건넸다.

나는 그것을 입었다. 따뜻한 데다 담배 냄새도 나지 않았다. 그의 냄새만 났다. 그렇다면 콘래드는 담배를 끊은 것이었다. 그렇게 생각하니 미소가 떠올랐다.

그는 시동을 걸었다.

내가 말했다. "정말 여길 오다니 믿기지 않아."

콘래드는 수줍은 말투로 말했다. "나도 마찬가지야." 그러더니 머뭇거리다가 물었다. "나랑 같이 갈 거야?"

그것을 물어봐야 안다니 어이없었다. 어디라도 갈 수 있었다. "응." 내가 말했다. 그 말, 그 순간 말고는 그 무엇도 존재하지 않는 느낌이었다. 온 세상에 우리뿐이었다. 지난여름과 그 전의 모든 여름에 있었던 일들이 하나하나 모여 이 순간이 됐다. 지금이 됐다.

그의 옆, 조수석에 앉다니 결코 받을 수 없는 선물처럼 느껴졌다. 내 평생 최고의 크리스마스 선물 같았다. 그가 내게 미소를 지었으니까. 그는 심각하지도, 숙연하지도, 슬프지도, 콘래드 하면 떠오르는 그 어떤 단어와도 관계없는 상태였으니까. 그는 밝았고, 패기만만했고, 최고의 상태였다.

"의사가 될까 봐." 콘래드가 나를 곁눈질하면서 말했다.

"정말? 우아."

"의학은 굉장해. 한동안은 연구 쪽으로 가려고 했는데, 이제는 실제로 사람들을 만나며 일하고 싶어."

나는 망설이다가 말했다. "수재나 아줌마 때문에?"

콘래드는 끄덕였다. "엄마가 나아지고 있잖아. 의학이 그걸 가능하게 해. 새로운 치료가 정말 효과가 있어. 로럴 아줌마한테 소식 들었어?"

"응, 들었어." 내가 말했다. 하지만 엄마는 그런 말을 하지 않았다. 엄마는 아마 내가 희망을 품는 걸 원하지 않았을 것이다. 엄마 자신이 희망을 품는 걸 원하지 않았을 것이다. 엄마는 그런 사람이었다. 확실해지기 전까지는 흥분하지 않았다. 나는 달랐다. 나는 벌써 마음이 가벼워졌고 행복해졌다. 수재나 아줌마가 나아지고 있었다. 나는 콘래드 편이었다. 모든 것이 제대로 돌아가고 있었다.

나는 그에게 다가가 팔을 꼭 잡았다. "가장 반가운 소식이야." 내가 말했다. 진심이었다.

콘래드는 내게 미소 지었고, 얼굴에 온통 '희망'이라고 적혀 있었다.

별장에 다다랐을 때 그곳은 얼어붙게 추웠다. 우리는 난방을 켜고 이어서 콘래드가 난롯불을 지폈다. 나는 쪼그리고 앉아 종이를 찢고 장작을 살며시 찔러 보는 그를 지켜봤다. 그는 키우는 개 부기에게도 상냥했을 것이다. 부기와 함께 침대에서 잤을 것이다. 침대와 잠을 떠올리니 갑자기 긴장됐다. 하지만 그럴 필요는 없었다. 불을 피운 뒤 콘래드는 소파에 앉은 내 옆이 아니라 리클라이너에 앉았으니까. 문득 그런 생각이 떠올랐다. 콘래드도 긴장했다는 생각. 절대 긴장하지 않는 콘래드가.

"왜 거기 앉았어?" 나는 이렇게 물었다. 귓가에서 심장 뛰는 소리가 들려왔다. 내 생각을 말할 정도로 용감했다는 사실이 믿기지 않았다.

콘래드도 놀란 표정을 지었다. 그리고 다가와서 내 곁에 앉았다. 나는 그에게 조금 다가갔다. 그가 내게 팔을 두르기를 바랐다. 티브이에서 보기만 하고 테일러에게서 듣기만 한 일들을 전부 하고 싶었다. 아니, 전부는 아니라도 몇 가지는 하고 싶었다.

콘래드가 낮은 목소리로 말했다. "네가 두렵지 않았으면 좋겠어."

나는 "두렵지 않아."라고 속삭였다. 실제로는 두려웠다. 그가 두려운 것이 아니라, 내가 느끼는 모든 것이 두려웠다. 내 감정을 감당하기 어려울 때가 있었다. 그에게 느끼는 감정은 온 세상보다, 그 무엇보다 컸다.

"다행이다." 콘래드가 한숨 쉬듯 말하고는 내게 키스하고 있었다.

그는 오래 천천히 키스했다. 우리는 전에 한 번 키스를 했었지만, 그게 이런 느낌인 줄은 몰랐다. 콘래드는 천천히 키스했다. 처마 끝에 매달린 풍경 아래를 지나갈 때 손으로 쓸어 보듯이, 내 머리카락 끝을 조심스레 쓰다듬었다.

그와 키스하고, 그렇게 함께하는 것은…… 시원한 레모네이드에 긴 빨대를 꽂은 것처럼 달콤하고 차분했다. 무한한 느낌의 쾌감이었다. 그가 키스를 멈추기를 원하지 않는다는 생각이 머리를 스치고 지나갔다. '영원히 할 수 있겠어.'라고 생각했다.

우리는 몇 분인지, 몇 시간인지도 모르게 소파에서 그렇게 키스했다. 그날 밤 우리가 한 것은 키스가 전부였다. 콘래드는 부서질까 두려운 크리스마스 장식처럼 나를 조심스럽게 만졌다.

한 번, 콘래드가 속삭였다. "괜찮아?"

한 번, 나는 그의 가슴에 손을 얹었고 그의 심장이 나만큼 빨리 뛰는 것을 느꼈다. 그를 살짝 훔쳐봤다. 어째서인지 그가 눈을 감고 있는 것이 기뻤다. 그의 속눈썹이 나보다 길었다.

콘래드가 먼저 잠들었다. 난롯불이 타고 있을 때 자면 안 된다는 말을 들은 적이 있어서, 나는 불이 꺼질 때까지 기다렸다. 콘래드가 자는 모습을 한동안 지켜봤다. 머리칼이 이마를 덮고 속눈썹이 뺨에 닿은 모습이 아이 같았다. 그가 그렇게 어려 보인 적이 있었나 싶었다. 그가 잠든 것을 확인한 나는 그에게 몸을 기울여 속삭였다. "콘래드. 너뿐이야. 내게는 언제나 너뿐이었어."

그날 아침, 내가 집에 없다는 것을 안 엄마는 깜짝 놀랐다. 나는 잠드는 바람에 엄마 전화를 두 번 놓쳤다. 엄마가 노발대발하며 세 번째 전화를 걸었을 때, 내가 말했다. "내 쪽지 못 봤어?"

그러고 나서야 내가 쪽지를 남기지 않았다는 사실이 떠올랐다.

엄마는 으르렁거리듯 말했다. "아니, 쪽지는 못 봤어. 다시는 내게 말 없이 한밤중에 밖에 나가지 마라, 벨리."

"그냥 밤에 산책하러 나가는 것도 안 돼?" 농담이었다. 엄마를 웃게 하기는 쉬웠다. 내가 농담을 하면 엄마의 화가 가라앉았다. 나는 엄마가 좋아하는 팻시 클라인의 노래를 부르기 시작했다. "나는 12시가 지나 달빛 속에 산책을 나가죠……."

"재미없어. 지금 어디야?" 엄마는 긴장한 목소리로 딱 잘라 말했다.

나는 머뭇거렸다. 엄마가 거짓말보다 더 싫어하는 것은 없었다. 어쨌든 엄마는 사실을 알아낼 것이 분명했다. 엄마는 마음을 읽을 줄 알았다.

"음, 커즌스?"

엄마가 숨을 들이쉬는 소리가 들렸다. "누구랑?"

나는 콘래드를 봤다. 콘래드는 열심히 귀 기울이고 있었다. 그가 듣지 않으면 좋을 것 같았다. "콘래드랑." 나는 목소리를 낮추어 말했다.

엄마 반응이 놀라웠다. 엄마 숨소리가 다시 들렸지만, 안도하는 작은 한숨이었다. "콘래드랑 있어?"

"응."

"걔는 잘 있니?" 엄마가 내게 화를 내던 중에 하기에는 이상한 질문이었다.

나는 콘래드에게 미소를 짓고서 안심했다는 듯이 얼굴에 부채질을 했다. 콘래드가 윙크했다. "잘 있어." 나는 긴장을 풀며 대답했다.

"그래, 그래. 다행이다." 엄마는 혼잣말하듯이 말했다. "벨리, 오늘 밤엔 집에 와라. 알겠니?"

"응." 내가 말했다. 고마운 마음이었다. 나는 엄마가 당장 오라고 할 줄 알았다.

"콘래드에게 운전 조심하라고 해." 엄마가 잠시 있다가 말했다. "그리고 벨리?"

"응, 로럴?" 엄마는 내가 이름을 부르면 항상 웃었다.

"재미있게 지내렴. 아주아주 오랫동안 오늘처럼 재미있게 지내지 못할 거야."

나는 앓는 소리를 냈다. "나 외출 금지야?" 외출 금지는 처음이었다. 엄마는 한 번도 내게 외출 금지 벌을 준 적이 없었다. 나도 잘못한 적이 없었다.

"그것참 바보 같은 질문이구나."

엄마 화가 가라앉은 것을 알았으니, 나는 참을 수 없었다. "엄마가 바보 같은 질문은 없다고 했잖아."

엄마는 전화를 끊었다. 하지만 내가 엄마를 웃게 만든 건 분명했다.

나는 휴대전화를 닫고 콘래드를 봤다. "우리, 이제 뭐 할까?"

"하고 싶은 거 전부 다."

"해변에 나가고 싶어."

그래서 우리는 해변에 나갔다. 우리는 옷을 겹겹이 입고 창고에서 찾은 장화를 신고 해변을 달렸다. 나는 수재나 아줌마 장화를 신었는데 두 사이즈나 커서 모래사장에서 자꾸 미끄러졌다. 나는 두 번이나 엉덩방아를 찧었다. 내내 웃었지만 바람이 윙윙거리는 소리가 너무 커서 내 웃음소리가 들리지도 않았다. 안으로 돌아온 뒤 나는 얼어붙은 손으로 콘래드 뺨을 만졌고 그는 손을 밀어내는 대신 "아아, 기분 좋다."라고 했다.

나는 웃으면서 말했다. "네 심장이 차가워서 그래."

콘래드는 내 손을 자기 코트 주머니에 넣었다. 그리고 너무 작은 목소리로 말해서 내가 제대로 들은 것인지 궁금했다. "다른 사람들에겐 그럴지 모르지. 하지만 너한텐 안 그래." 콘래드는 그렇게 말할 때 나를 보지 않았고, 그래서 진심임을 알 수 있었다.

나는 뭐라고 말할지 몰라서 발뒤꿈치를 들고 그의 뺨에 키스했다. 입술에 닿은 그의 뺨이 차갑고 부드러웠다.

콘래드는 짧게 미소를 짓고는 걸음을 옮기기 시작했다. "추워?" 콘래드가 나를 등진 채 물었다.

"조금." 나는 얼굴을 붉혔다.

"불을 다시 피울게." 그가 말했다.

콘래드가 난롯불을 피우는 동안 나는 찬장 안에서 홍차와 엄마가 마시는 커피 사이에 있는 코코아 상자를 발견했다. 수재나 아줌마는 밤에 비가 내려 쌀쌀해지면 코코아를 끓여 주곤 했다. 아줌마는 우유를 넣었지만, 우유는 당연히 없어서 물로 끓였다.

소파에 앉아 코코아 잔을 저으며 작은 마시멜로가 사라지는 것을 보고 있으니, 심장이 분당 백만 번은 뛰는 느낌이었다. 콘래드와 함께 있으면 숨도 제대로 쉴 수 없었다.

콘래드는 계속 돌아다녔다. 종이를 찢고 불씨를 찔러 보고 난로 앞에 쪼그리고 앉아 몸을 앞뒤로 흔들었다.

"코코아 마실래?" 내가 물었다.

콘래드가 나를 돌아봤다. "응, 마실래."

콘래드는 내 옆에 앉아 심슨즈 머그잔에 담긴 코코아를 마셨다. 콘래드가 가장 좋아하는 잔이었다. "이거 맛이……."

"좋아?"

"먼지 맛이 나네."

우리는 마주 보고 웃었다. "참고로 코코아는 내 특기야. 고맙다는 말은 됐어." 나는 그렇게 말하고 첫 모금을 마셨다. 정말로 약간 먼지 맛이 났다.

콘래드가 내 얼굴을 들여다보며 고개를 들게 했다. 그리고 손을 뻗어 검댕을 닦아 내듯 엄지로 내 뺨을 문질렀다. "내 얼굴에 코코아 가루 묻

없어?" 순간 당황한 내가 물었다.

"아니." 콘래드가 말했다. "그냥 먼지가. 아니, 주근깨네."

내가 웃으며 팔을 때리자 콘래드가 내 손을 잡아 자기 쪽으로 끌어당겼다. 그는 내 눈을 가리는 머리카락을 쓸어 넘겼다. 그가 나를 만질 때 내가 숨을 들이쉬는 소리가 들렸을까 걱정됐다.

밖이 점점 어두워졌다. 콘래드가 한숨을 쉬며 말했다. "이제 집에 데려다줘야겠다."

나는 시계를 봤다. 5시였다. "그러게……. 이제 가야겠네."

둘 다 움직이지 않았다. 콘래드는 손을 뻗어 실패에 실을 감듯이 내 머리카락을 손가락에 감았다. "네 머리카락, 부드러워서 좋아."

"고마워." 내가 속삭였다. 내 머리카락이 특별하다는 생각은 해 본 적 없었다. 그저 머리카락일 뿐. 게다가 갈색이었다. 갈색은 금색이나 검은색이나 붉은색처럼 특별하지 않았다. 하지만 콘래드가 내 머리카락을 보는 눈빛은…… 달랐다. 마치 내 머리카락을 아무리 만져도 질리지 않는 듯, 매료된 듯했다.

우리는 다시 키스했다. 하지만 전날 밤과는 달랐다. 느리다거나 느긋한 구석이라고는 없었다. 그가 나를 보는 표정에서 다급함이, 나를 원하고, 내가 필요하다는 마음이 느껴졌다. 그것은 마치 마약 같았다. 원하고, 원하고, 또 원하는 것이었다. 하지만 가장 원하는 것은 바로 나였다.

내가 그의 몸을 당겨 셔츠 안에 손을 넣어 등을 쓰다듬자, 콘래드는 잠시 떨었다. "내 손, 차가워?" 내가 물었다.

"아니." 콘래드가 대답했다. 그리고 나를 놓아주고 일어나 앉았다. 얼굴이 붉어졌고 뒷머리가 떠 있었다. "나는 서두르고 싶지 않아."

나도 일어나 앉았다. "하지만 오빠 이미……." 그 문장을 어떻게 마쳐야 할지 알 수 없었다. 너무 당황스러웠다. 그런 느낌은 처음이었다.

콘래드는 더 빨개졌다. "응, 그러니까, 내 말은, 난 해 봤어. 하지만 넌 아니잖아."

"아." 나는 양말을 내려다봤다. 그리고 고개를 들었다. "내가 안 해 봤는지 어떻게 알아?"

그러자 콘래드는 비트처럼 빨개져서 더듬거렸다. "그냥 그렇게 생각했, 아니, 짐작했는데."

"내가 아무것도 안 해 봤다고 생각한 거지?"

"응, 맞아."

"그런 짐작은 금지야." 내가 말했다.

"미안." 콘래드가 머뭇거리다가 물었다. "그럼, 해 봤어?" 나는 콘래드를 보기만 했다.

콘래드가 말하려고 입을 열기에 내가 막았다. "안 해 봤어. 전혀."

그리고 나는 다가가 그의 뺨에 키스했다. 그럴 수 있는 것이, 원할 때 그에게 키스할 수 있는 것이 아주 큰 특권처럼 느껴졌다. "넌 나한테 정말 다정해." 내가 속삭였고 그 순간, 그곳에 있는 것이 너무나 기쁘고 고마웠다.

콘래드는 어둡고 진지한 눈빛으로 이렇게 말했다. "난, 네가 괜찮다는걸 늘 알고 싶어. 내겐 중요한 일이야."

"난 괜찮아." 내가 말했다. "괜찮은 정도가 아니야."

콘래드가 끄덕였다. "좋아." 그가 일어나더니 내게 손을 내밀어 일으켜 세웠다. "이제 집에 데려다줄게."

그날 밤 자정이 넘어서야 집에 돌아갔다. 우리는 고속도로에서 벗어나 간이식당에 들러 저녁을 먹었다. 나는 팬케이크와 감자튀김을 시켰고 콘래드가 돈을 냈다. 집에 들어가니 엄마가 노발대발 화를 냈다. 하지만 나는 후회하지 않았다. 단 1초도 후회하지 않았다. 평생 최고의 밤을 어떻게 후회한단 말인가? 그럴 수는 없다. 우리가 나눈 모든 말과 모든 표정을 기억한다. 그때를 떠올리면 마음이 아파도, 그래도 기억한다.

17

우리는 시내를 가로질렀다. 미니 골프 연습장, 게 요리 식당 등 예전에 가던 곳을 모두 지나쳤고 제러마이아는 휘파람을 불며 최대한 빨리 차를 몰았다. 나는 제러마이아가 속도를 줄여 영원히 그렇게 달리기를 바랐다. 하지만 물론 그럴 수는 없었다. 곧 도착했다.

나는 가방에서 작은 립글로스를 꺼냈다. 입술에 립글로스를 살짝 바르고 손으로 머리를 매만졌다. 창문을 열고 있어서 머리가 온통 헝클어져 엉망이었다. 곁눈으로 보니 제러마이아가 나를 보고 있었다. 아마 속으로 고개를 가로저으며 나를 참 멍청한 여자라고 생각할 것 같았다. 나도 내가 멍청한 줄 안다고 말하고 싶었다. 나도 테일러와 다를 것 없다고. 하지만 머리를 산발한 채 들어가서 콘래드를 마주할 수는 없었다.

별장 앞에 콘래드의 차가 보이자 가슴이 죄어 왔다. 그가 거기 있었다. 제러마이아는 총알처럼 차에서 내려 집으로 달려갔다. 그는 계단을 두 개씩 성큼성큼 올랐고 나도 뒤따랐다.

기분이 이상했다. 별장에서는 여전히 같은 냄새가 났다. 무슨 영문인지, 그럴 줄 몰랐다. 수재나 아줌마가 없으니 별장이 완전히 달라질 것만 같았다. 하지만 그렇지 않았다. 아줌마가 실내용 원피스를 입고 돌아다니며 주방에서 우리를 기다릴 것만 같았다.

콘래드는 우리를 보더니 뻔뻔하게도 짜증스러운 표정을 지었다. 그는 서핑을 하고 막 들어오던 참이었다. 머리는 젖어 있었고, 서핑복 차림이었다. 나는 멍해졌다. 두 달밖에 지나지 않았는데, 유령을 보는 느낌이었다. 지나간 첫사랑의 유령. 그의 눈이 1초쯤 내게 머물렀다가 제러마이아에게로 향했다. "여기서 대체 뭐 하는 거야?" 콘래드가 물었다.

"형을 학교에 데려다 놓으려고 왔어." 제러마이아가 말했다. 나는 그가 느긋하고 편안한 목소리로 말하려고 애쓰고 있음을 알아차렸다. "형, 진짜 이러면 안 되지. 아빠가 제정신이 아니라고."

콘래드는 손사래를 쳤다. "아빠는 상관 없어. 난 여기 있을 거야."

"형, 강의도 두 번 결강했고, 월요일에 중간고사도 있잖아. 그냥 빠지면 안 돼. 그럼 계절 학기에서 쫓겨날 거야."

"그건 내가 알아서 해. 쟤는 여기 왜 왔어?" 콘래드는 나를 보지도 않고 그렇게 말했다. 가슴에 비수가 꽂힌 느낌이었다.

나는 그들에게서 벗어나 유리문 쪽으로 갔다. 숨쉬기가 어려웠다.

"내가 도와 달라고 데려왔어." 제러마이아가 말했다. "있잖아, 책이랑 다 챙겨 왔어. 형은 오늘 밤과 내일 공부하고 학교로 돌아가면 돼."

"됐어. 그런 건 상관없어." 콘래드가 소파로 걸어가며 말했다. 그가 서핑복 상의를 벗었다. 어깨가 벌써 볕에 그을려 있었다. 콘래드는 젖은 채로 소파에 앉았다.

"대체 뭐가 문제야?" 제러마이아가 겨우 침착한 목소리로 물었다.

"지금은 이게 문제다. 너랑 쟤. 여기 있는 거." 우리가 도착한 뒤 처음으로 콘래드가 내 눈을 봤다. "넌 날 왜 돕겠다는 건데? 여긴 왜 왔어?"

나는 말하려고 입을 열었지만, 아무 소리도 나오지 않았다. 언제나 그랬듯이, 그는 한 번의 눈빛, 한마디의 말로 나를 무너뜨릴 수 있었다.

그는 잠자코 내가 말하기를 기다렸고, 내가 가만있자 이렇게 말했다.

"네가 나를 다시 안 보고 싶어 할 줄 알았는데. 너 나를 싫어하잖아. 잊었어?" 빈정대고 조롱하는 말투였다.

"싫어하지 않아." 나는 그렇게 말하고 달아났다. 유리문을 밀치고 테라스로 나가 문을 닫고는 계단을 달려 내려가 해변으로 갔다.

해변에 나가야만 했다. 해변에 나가면 기분이 나아질 것 같았다. 발에 닿는 모래보다 더 좋은 것은 없었다. 모래는 단단하면서도 움직였고 영원하면서도 끊임없이 변했다. 여름이었다.

나는 모래 위에 앉아 파도가 해변으로 밀려들었다가 쿠키 위를 장식한 하얀 아이싱처럼 부서지는 모습을 지켜봤다. 그곳에 간 것은 실수였다. 무슨 말을 하고 어떤 행동을 해도 과거를 지울 수 없었다. 그가 경멸하는 말투로 '쟤'라고 불렀다. 내 이름조차 부르지 않았다.

한참 뒤 집으로 향했다. 제러마이아가 주방에 혼자 있었다. 콘래드는 보이지 않았다.

"뭐, 잘됐네." 제러마이아가 말했다.

"나는 오지 말걸."

제러마이아는 내 말을 못 들은 체했다. "형이 냉장고에 넣어 둔 건 맥주뿐이라는 데 10달러 건다." 그리고 말했다. "반대 내기할 사람?"

제러마이아는 나를 웃기려고 했지만, 나는 웃지 않았다. 웃을 수가 없었다. "그런 내기는 바보나 하지." 나는 입술을 깨물었다. 정말, 절대 울고 싶지 않았다.

"형 말에 마음 상하지 마." 제러마이아가 말했다. 그는 내 묶은 머리를 잡아 뱀처럼 자기 손목에 감았다.

"어쩔 수 없는걸." 콘래드가 나를 보는 눈빛. 내가 아무런 의미도 없는, 그보다도 못한 존재라는 눈빛.

"형은 멍청이야. 마음에도 없는 말만 해." 제러마이아가 말했다. 그리고 나를 쿡 찔렀다. "여기 온 게 후회돼?"

"응."

제러마이아가 비죽 웃었다. "뭐, 난 아니야. 난 네가 와서 기뻐. 형의 헛소리를 나 혼자 듣지 않아서 다행이다."

제러마이아가 노력하니 나도 노력했다. 나는 〈정확한 가격(The Price Is Right)〉(출연자들이 상품 가격을 알아맞혀 상금을 타는 퀴즈 프로그램—옮긴이)에 출연한, 드레스를 입고 보석 박힌 하이힐을 신은 여자들처럼 당당하게 냉장고를 열어젖혔다.

"짜잔." 내가 말했다. 제러마이아의 말이 옳았다. 안에 든 것은 아이스하우스(미국의 맥주 브랜드—옮긴이) 맥주 두 상자뿐이었다. 수재나 아줌마가 자기 냉장고가 어떻게 변했는지 본다면 까무러쳤을 것이다. "이제 어떡하지?" 내가 물었다.

제러마이아는 창밖, 해변을 내다봤다. "오늘 밤은 여기서 자야 할 것 같아. 내가 형을 설득해 볼게. 형은 갈 거야. 시간이 좀 필요할 뿐이지." 제러마이아가 잠시 말을 멈췄다. "음, 이러면 어떨까? 너는 저녁에 먹을 것을 구해 와. 나는 여기서 형과 이야기를 해 볼게."

제러마이아가 나를 내보내려는 것을 알고 반가웠다. 나는 그 집에서, 콘래드에게서 벗어나야 했다. "저녁에 조개 샌드위치 먹을까?" 내가 물었다.

제러마이아는 고개를 끄덕였다. 안심한 표정이었다. "맛있겠다. 네가 먹고 싶은 걸로 해." 제러마이아가 지갑을 꺼내려 해서 내가 말렸다.

"괜찮아."

제러마이아는 고개를 저었다. "네 돈을 쓰게 하고 싶지 않아." 제러마이아는 구겨진 20달러 두 장과 차 열쇠를 건넸다. "도와주러 여기까지 왔는걸."

"나도 오고 싶었어."

"넌 좋은 사람이고, 형을 돕고 싶었으니까." 제러마이아가 말했다.

"둘 다 돕고 싶었어." 내가 말했다. "아니, 지금도 마찬가지야. 이 문제를 혼자서 다 감당하지 않아도 돼."

아주 잠시, 제러마이아가 딴사람처럼 보였다. 그는 자기 아빠같은 표정을 지었다. "내가 아니면 누가 감당하겠어?" 그러고 나서 제러마이아는 내게 미소를 지었다. 그러자 다시 원래 모습으로 돌아왔다. 반짝이는 미소로 가득한 수재나 아줌마의 아들로. 아줌마의 작은 천사로.

나는 제러마이아의 차로 수동 기어 운전을 배웠다. 다시 운전석에 앉으니 기분이 좋았다. 에어컨을 켜는 대신, 창문을 내리고 바닷바람을 쐬었다. 천천히 시내로 들어가 오래된 침례교 교회 옆에 차를 세웠다.

수영복과 반바지를 입은 아이들, 면바지를 입은 부모와 목줄 안 한 골

든레트리버가 뛰어다니고 있었다. 아마 대부분에게 방학 첫 주말이었을 것이다. 방학을 맞이해 들뜬 분위기가 느껴졌다. 한 남자아이가 누나로 보이는 여자아이 둘을 따라 달리는 모습을 보니 미소가 떠올랐다. "같이 가." 남자아이가 플립플롭을 보도에 찰싹거리며 외쳤다. 여자아이들은 돌아보지 않고 그냥 빠르게 걸어갔다.

처음 들른 곳은 잡화점이었다. 전에는 캔디를 구경하며 그곳에 몇 시간씩 머무르곤 했다. 나는 하나하나 신중히 골랐다. 남자아이들은 이것 한 스쿱, 저것 한 줌, 아무렇게나 캔디를 퍼 담았다. 하지만 나는 세심하게 골랐다. 스웨덴 물고기 열 개, 몰트 볼 다섯 개, 배 맛 젤리 벨리는 중간 크기 스쿱 하나. 나는 옛날을 추억하며 봉지 하나를 채웠다. 제러마이아에게 줄 구버스 초코바도 넣고, 콘래드에게 줄 클라크 초코바도 넣고, 지금 여기에 없지만 스티븐 오빠에게 줄 레몬헤드도 넣었다. 그것은 캔디 기념비였다. 캔디 고르기가 하루 중 가장 중대하고 즐거운 시간이었던 우리의 어린 시절 커즌스를 기리는 헌물이었다.

계산하려고 줄을 서 있는데 누군가 "벨리?" 하고 불렀다.

내가 돌아섰다. 시내에서 고급 모자 상점인 모린 모자점을 운영하는 모린 오라일리 아줌마였다. 모린 아줌마는 50대 후반으로 우리 엄마 아빠보다 나이가 많았다. 그리고 엄마와 수재나 아줌마와 친했다. 아줌마는 자기 가게 모자에 진심이었다.

우리는 얼싸안았다. 예전과 똑같이 아줌마한테서는 머피 오일 비누 향이 났다.

"어머니는 잘 계시니? 수재나는?"

"엄마는 잘 계세요." 내가 대답했다. 줄이 앞으로 움직여서 나는 모린 아줌마와 멀어졌다.

모린 아줌마가 나와 함께 움직였다. "수재나는?"

나는 목청을 가다듬었다. "아줌마는 암이 재발해서 돌아가셨어요."

놀란 모린 아줌마의 그을린 얼굴에 주름이 졌다. "저런, 몰랐구나. 수재나를 참 좋아했는데. 언제?"

"5월 초에요." 내가 말했다. 계산할 차례가 거의 다 됐다. 그러면 나는 여길 떠나고 이 대화는 끝이 나겠지?

그런데 모린 아줌마가 내 손을 꽉 쥐었다. 나는 손을 홱 빼내고 싶은 충동에 사로잡혔다. 모린 아줌마를 늘 좋아했지만, 잡화점에 서서 수재나 아줌마가 세상을 떠났다는 이야기를 동네 사람 이야기하듯 할 수는 없었다. 수재나 아줌마 이야기였으니까.

모린 아줌마도 내 마음을 느낀 것이 분명했다. 그래서 손을 놓았을 것이다. 아줌마가 말했다. "나도 알았더라면 좋았을걸. 수재나 아들들과 네 어머니에게 위로를 전해 주렴. 그리고 벨리, 언제 우리 가게에 한번 들러. 모자 하나 맞춰 줄테니. 이제 너도 챙 있는 모자를 가질 때가 됐단다."

"모자는 한 번도 안 써 봤어요." 나는 지갑을 찾으며 말했다.

"이제 써 보면 되지." 모린 아줌마가 말을 이었다. "널 돋보이게 해 줄 거야. 꼭 들러라. 내가 맞춰 줄게. 선물이야."

그러고 나서 나는 천천히 시내를 가로질러 걷다가 서점과 서핑 숍에 들렀다. 이리저리 걸어 다니면서 이따금 캔디 봉지에 손을 넣었다. 또 다른 사람과 마주치고 싶지 않았다. 하지만 집에 급히 돌아갈 이유도 없었다. 콘래드가 나를 원하지 않는 것이 틀림없었다. 나 때문에 일이 더 틀어지는 것일까? 콘래드가 나를 보는 눈빛이……, 그를 다시 보는 것이 생각보다 더 힘들었다. 그 집에 다시 들어가는 것이, 백만 배 더 힘들었다.

조개 샌드위치를 담은 기름 밴 종이봉투를 들고 집에 돌아갔다. 제러마이아와 콘래드는 뒤쪽 테라스에서 맥주를 마시고 있었다. 해가 지고 있었다. 아름다운 석양이 될 것 같았다.

나는 차 열쇠와 봉투를 탁자에 내려놓고 라운지체어에 누웠다. "맥주 좀 줘." 내가 말했다. 특별히 맥주를 좋아해서가 아니었다. 좋아하지 않았다. 나도 그들과 함께하고 싶어서였다. 뒷마당에서 함께 맥주를 마시고 그 둘이 조금은 가까워진 것 같아서였다. 예전처럼, 나도 함께하고 싶었을 뿐이다.

콘래드가 나를 노려보며 안 된다고, 맥주를 줄 수 없다고 할 줄 알았다. 그가 그러지 않자, 놀랍게도 나는 실망했다. 제러마이아가 아이스박스에 손을 뻗어 아이스하우스 한 캔을 내게 던져 줬다. 그가 눈을 찡긋하며 말했다. "언제부터 우리 벨리 버튼이 술을 마셨지?"

"열일곱이 다 됐거든." 나는 제러마이아에게 알려 줬다. "그렇게 부르기엔 내가 다 컸다고 생각 안 해?"

"네가 몇 살인지는 알지." 제러마이아가 말했다.

콘래드가 봉투에서 샌드위치를 꺼냈다. 허겁지겁 베어 무는 모습에 온종일 아무것도 안 먹은 것이 아닌가 싶었다.

"고맙다는 인사는 안 해도 돼." 내가 그에게 말했다. 나도 어쩔 수 없었다. 내가 돌아온 후 콘래드는 내 쪽을 한 번도 안 봤다. 그가 나를 인정하게 만들고 싶었다.

콘래드는 마지못해 고맙다고 했고, 제러마이아는 경고하는 눈빛으로 나를 봤다. 마치 '분위기 좋은데 형 열받게 하지 마.'라고 하듯.

제러마이아의 휴대전화가 식탁 위에서 진동했지만, 그는 움직이지 않았다. 콘래드가 말했다. "난 이 집에서 안 나가. 아빠한테 그렇게 전해."

나는 고개를 번쩍 들었다. 안 나간다니 무슨 뜻일까? 영영 안 나간다고? 콘래드를 빤히 봤지만 그의 얼굴은 내내 무표정했다.

제러마이아가 일어나 전화를 받더니 집 안으로 들어갔다. 그리고 유리문을 닫았다. 처음으로 콘래드와 나만 남았다. 분위기가 무거워졌다. 나는 콘래드가 좀 전에 한 말을 후회하는지 궁금했다. 내가 무슨 말을 해야할지, 화해하려고 시도해야 할지 궁금했다. 하지만 뭐라고 한단 말인가? 내가 할 수 있는 말이 있는지조차 알 수 없었다.

그래서 시도하지 않았다. 대신 시간이 흘러가기를 기다리며 한숨을 쉬고 의자에 등을 기댔다. 하늘은 분홍빛이 감도는 금빛이었다. 그보다 아름다운 광경은 없을 것 같았다. 그날의 석양은 세상 그 어떤 것의 아름다움보다 열 배는 더 아름다웠다. 그날의 모든 긴장이 내게서 바다로 흘러나가는 것이 느껴졌다. 그곳에 다시 오지 못할 경우를 대비해 그 모든 것을 기억하고 싶었다. 어떤 장소를 언제 마지막으로 보게 될지는 모르는법이니까. 사람도 마찬가지다.

우리는 둘러앉아서 한동안 티브이를 봤다. 제러마이아는 콘래드에게 더는 말을 걸지 않았다. 그리고 아무도 학교나 피셔 아저씨 이야기를 입에 올리지 않았다. 제러마이아가 다시 콘래드와 단둘이 남기를 기다리나 싶었다.

나는 억지로 하품을 했다. 딱히 누구에게 하는 말인지 모르게 "너무 피곤하네."라고 말했다.

그렇게 말하자마자, 정말 피곤했다. 너무나 피곤했다. 평생 가장 긴 하루 같았다. 내가 한 일이라고는 차를 타고 이곳에 온 것뿐이었지만, 온몸에서 기운이 다 빠져나간 느낌이었다.

"나는 자러 갈게." 이렇게 말하며 다시 하품했다. 그때는 진짜였다.

"잘 자." 제러마이아가 말했고, 콘래드는 아무 말도 하지 않았다.

나는 방에 들어와 곧장 가방을 열었다. 그리고 내용물을 보는 순간 질색했다. 테일러가 새로 산 깅엄 비키니와 그 애가 아끼는 굽 높은 샌들,

레이스 소재 원피스, 테일러의 아빠가 '데님 속옷'이라고 부르는 반바지, 실크 상의 몇 벌, 그리고 내가 잠옷으로 입으려던 큰 티셔츠 대신 빨간 하트가 그려진 분홍색 파자마 세트가 들어 있었다. 테일러를 죽이고 싶었다. 내가 싼 짐에 그 애가 몇 가지를 더 넣은 줄 알았지, 이렇게 완전히 바꿔 넣은 줄은 몰랐다. 내 물건 중 그대로 둔 것은 속옷뿐이었다.

그 파자마를 입고서 집 안을 돌아다니고, 이 닦으러 가다가 콘래드나 제러마이아 눈에 띈다고 생각하니 테일러를 패고 싶었다. 아주 세게. 테일러가 좋은 뜻으로 한 행동이라는 건 알았다. 나를 도와준다고 생각했을 것이다. 테일러에게 그 굽 높은 샌들을 하룻밤 내주는 일은 이타적인 희생이었다. 그래도 나는 화가 났다.

코리 때와 똑같았다. 테일러는 멋대로 행동하면서 그걸 내가 어떻게 생각하는지에는 관심이 없었다. 그 애는 내 생각을 염두에 두는 법이 없었다. 하지만 그 애 잘못만은 아니었다. 내가 그렇게 하도록 내버려 두었으니까.

이를 닦은 뒤 테일러의 파자마를 입고 잠자리에 들었다. 잠들기 전에 책장에 꽂혀 있는 옛날 책을 읽을까 말까 고민하고 있는데 누군가가 문을 두드렸다. 나는 이불을 목까지 끌어당긴 뒤 "들어와!"라고 말했다.

제러마이아였다. 그는 들어와서 문을 닫더니 침대 발치에 앉았다. "벨리." 그가 속삭였다.

나는 이불을 꼭 쥐고 있던 손에 힘을 뺐다. 제러마이아였으니까. "응. 어떻게 됐어? 콘래드랑 이야기했어?"

"아직. 오늘 밤에는 그냥 두고 내일 다시 이야기해 보려고. 우선 밭을 갈고 씨를 심을 생각이야." 제러마이아가 다 알지 않느냐는 눈빛으로 나를 봤다. "너도 형을 알잖아."

물론이었다. "그래. 그러는 게 좋겠다."

제러마이아가 하이 파이브를 하자고 손을 내밀었다. "걱정 마. 우리가 해낼 거야."

나는 하이 파이브를 했다. "우리가 해낼 거야." 나도 따라 말했다. 내 목소리에는 확신이 없었지만, 제러마이아는 이미 성공했다는 듯 미소를 지었다.

제러마이아

벨리가 자러 간 것은 나더러 형과 학교 이야기를 하라고 자리를 비켜
준 행동이었다. 우리는 어릴 때 서로 텔레파시를 연습하곤 했기 때문에
알 수 있었다. 벨리는 내가 자기 생각을 읽을 수 있고 자기는 내 생각을
읽을 수 있다고 확신했다. 사실, 나는 벨리를 보기만 해도 알 수 있었다.
벨리는 거짓말을 할 때 왼쪽 눈을 조금 찡그렸다. 긴장했을 때는 말하기
전에 뺨을 쪽 빨아들였다. 벨리는 언제나 쉽게 읽혔다.

나는 콘래드 형을 보며 물었다. "내일 일찍 일어나서 서핑할래?"
"그래." 형이 대답했다.
내일 형에게 학교 이야기를 하면서 꼭 돌아가야 한다고 설득할 생각이
었다. 다 해결될 것이라고 믿었다.

우리는 티브이를 좀 더 봤고 형이 소파에서 잠들자 나는 위층 내 방으로 올라갔다. 복도 끝 벨리 방에 불이 켜져 있었다. 방 앞에 가서 살며시 문을 두드렸다. 벨리 방 앞에서 노크를 하고 서 있다니 정말 바보 같았다. 어릴 적에는 아무 생각 없이 서로의 방에 드나들었는데. 그렇게 모든 것이 단순하던 시절이 그리웠다.

"들어와." 벨리가 말했다.

나는 들어가서 침대 끝에 앉았다. 벨리가 이미 파자마를 입은 것을 보고 곧바로 뒤돌아 나올 뻔했다. 그녀가 파자마 입은 모습은 백만 번쯤 봤으니 별일도 아니란 사실을 기억 속에서 끄집어내야 했다. 하지만 벨리는 늘 우리처럼 커다란 티셔츠를 입었었는데, 그날은 가느다란 끈이 달린 노출이 심한 분홍색 상의를 입고 있었다. 그런 것을 입고 자면 편한지 궁금했다.

7월 4일

이튿날 아침, 잠에서 깼을 때 나는 바로 일어나지 못했다. 침대에 누운 채 별장에서 보내는 여느 아침인 척했다. 시트에서는 똑같은 냄새가 났다. 내 북극곰 인형 주니어 민트도 여전히 서랍장 위에 앉아 있었다. 언제나 그랬듯이. 수재나 아줌마와 엄마는 해변을 산책하고, 콘래드와 제러마이아와 스티븐 오빠는 블루베리 머핀을 다 먹어 치우고 내 몫으로는 엄마가 준비한 통곡물 시리얼만 남겨 두었다. 우유는 통 밑바닥에 조금 남아 있고 주스는 바닥났을 것이다. 전에는 그것 때문에 화가 무지하게 났었는데, 지금은 그 생각을 하며 미소를 지었다.

하지만 그것은 다 허상이었다. 나도 알고 있었다. 엄마도, 오빠도, 수재나 아줌마도 그곳에 없었다.

전날 밤에 일찍 잤는데도 늦잠을 잤다. 이미 11시가 다 됐다. 열두 시간을 잔 것이었다. 그렇게 푹 잔 것은 몇 주 만이었다.

침대에서 일어나 창가로 가서 밖을 내다봤다. 별장 내 방에서 창밖을 보면 항상 기분이 좋아졌다. 모든 창문에 바다가, 끝없이 펼쳐지는 모래와 바다만 보이면 좋을 것 같았다. 해변에서 제러마이아와 콘래드가 검은색 서핑복을 입고 서핑 보드를 타고 있었다. 참 익숙한 광경이었다. 그 광경을 보니 희망이 솟았다. 제러마이아의 말이 맞을 것 같았다. 콘래드는 결국 우리와 함께 돌아갈 것 같았다.

그러면 나는 집으로 돌아가, 콘래드와 그가 떠올리게 하는 모든 것들에서 멀어질 수 있었다. 나는 이웃집 수영장에 누워 테일러와 스낵바에서 놀고, 그러면 곧 여름은 지나갈 것 같았다. 예전의 여름을 잊을 수 있을 것 같았다.

그때가 정말 마지막이었다.

테일러에게 전화를 걸었다. 우리 셋이 모두 커즌스에 있고, 콘래드를 설득해서 학교로 돌아가 계절 학기를 마치게 해야 한다는 이야기를 전했다.

테일러가 맨 먼저 한 말은 이랬다. "벨리, 너 지금 뭐 하는 거니?"

"무슨 말이야?"

"무슨 말인지 알잖아. 지금 이 상황은 정상이 아니야. 네가 있어야 할 곳은 집이라고. 어서 돌아와." 테일러의 말에 나는 한숨을 쉬었다. "콘래드가 대학을 중퇴하건 말건 그게 너랑 무슨 상관인데?" 테일러가 말했다. "인생 망치고 싶으면 망치라고 해."

아무도 내 말을 들을 수 없다는 걸 알면서도 나는 목소리를 낮췄다.

"힘든 일이 많아서 그래. 우리가 함께 있어 줘야지."

"동생이 함께 있잖아. 참고로 그 동생이 콘래드보다 섹시하고. 얘! 콘래드에겐 네가 필요 없어. 널 버리고 바람피웠잖아."

나는 속삭였다. "날 버리고 바람피운 거 아니야. 너도 알잖아. 우리가 헤어진 뒤였어. 처음부터 우리는 사귄 것도 아니었고." 마지막 부분은 차마 말하기 어려웠다.

"아, 그래. 바람피운 게 아니라 파티가 끝나고 바로 널 버렸지. 참 대단한 남자야."

나는 테일러의 말을 무시했다. "우리 엄마가 전화하면 내가 거기 있다고 해 줄래?"

테일러가 코를 훌쩍였다. "뭐, 나는 의리 있는 친구니까."

"고마워. 참, 내 옷을 다 꺼내 버린 것도 아주 고맙다."

"별말씀을." 테일러가 우쭐거리며 말했다. "그리고 있잖아, 벨리?"

"응?"

"당면한 과제를 잊지 마."

"응, 제러마이아가 설득하고 있고……."

"그거 말고, 바보야. 난 '미션'을 말하는 거야. 콘래드가 너랑 다시 사귀고 싶게 만든 다음에 네가 뻥 차 버려야 해. 잔인하게."

우리가 통화 중이라 어이없어하는 내 표정이 안 보여서 다행이었다. 하지만 테일러 말도 일리가 있었다. 테일러는 늘 결정권을 쥐니 상처받지 않았다. 늘 테일러가 원하는 대로 했다. 남자아이들이 테일러를 원하는 것이지, 테일러가 남자아이를 원하는 것이 아니었다. 테일러는 늘 〈프리티 우먼〉에 나오는 주인공의 대사를 인용했다. "상대도 내가 정하고,

시간도 내가 정해. 다시 말하지만 상대는 내가 정해."

나도 그러고 싶지 않은 것은 아니었다. 다만 그렇게 결심해 봐야 소용없었다. 아주 잠시라도 콘래드가 나를 눈여겨보게 하는 것이 거의 불가능했었다. 또다시 성공하지 못할 것 같았다.

테일러와 통화를 마친 뒤, 엄마에게 전화했다. 그날 밤도 테일러 집에서 잘 것이라고, 테일러가 너무 슬퍼해서 집에 갈 수가 없다고 했다. 엄마도 그러라고 했다. "좋은 친구구나." 엄마가 말했다. 테일러의 부모님에게 안부 전하라는 엄마 목소리에서 안도감이 느껴졌다.

엄마는 거짓말 아닌지 캐묻지도 않았다. 전화기 너머로도 느낄 수 있었다. 엄마는 너무 슬퍼서 혼자 있고 싶은 것이었다.

전화를 끊고 나서 나는 샤워를 하고 테일러가 고른 옷을 입었다. 위쪽에 꽃을 수놓은 흰색 민소매 상의와 그 유명한 반바지를.

머리가 채 마르지 않은 상태로 나는 반바지를 아래로 잡아당기며 아래층으로 내려갔다. 그 둘이 돌아와 식탁 앞에 앉아서 수재나 아줌마가 일찍 일어나 사러 나가곤 했던 커다란 시나몬 머핀을 먹고 있었다.

"내가 뭐 사 왔는지 볼래?" 제러마이아가 말했다. 그는 흰 종이봉투를 내게 밀어줬다.

나는 봉투를 잡아 머핀 절반을 입에 밀어 넣었다. 아직 따뜻했다. "맛있다." 입 안에 머핀이 가득한 채로 내가 물었다. "그래서…… 어떻게 됐어?"

제러마이아가 희망 가득한 눈빛으로 콘래드를 봤다. "형?"

"독립기념일이라 차 막힐 테니 너희는 일찍 출발해." 콘래드가 말했다. 제러마이아의 표정을 보고 마음이 아팠다.

"형 없이는 안 가." 제러마이아가 말했다.

콘래드는 한숨을 내쉬었다. "제러, 여기 와 준 건 고마워. 하지만 보다시피 난 멀쩡해. 내 일은 내가 알아서 해."

"잘도 그러겠다. 형, 월요일에 시험 안 치면 형은 퇴학이야. 형이 계절학기를 듣는 것도 지난 학기를 못 마쳤기 때문이잖아. 어떡하려고 안 돌아가겠다는 거야?"

"걱정 마. 내가 알아서 할게."

"계속 그렇게 말하는데, 형은 아무것도 알아서 하지 못했어. 지금까지 한 거라곤 도망친 것뿐이지."

콘래드가 노려보는 것을 보니, 제러마이아의 말이 옳다는 것을 알 수 있었다. 콘래드의 예전 가치관이 분노에 묻힌 채 사라지고 있었다. 예전의 콘래드라면 절대 포기하지 않았을 것이다.

내가 말할 차례였다. 숨을 크게 들이쉬고 말했다. "그럼, 학위 없이 의사는 어떻게 되려고, 콘?"

콘래드는 깜짝 놀라서 잠시 멍해 있다가 나를 빤히 쳐다봤다. 나도 마주 봤다. 그래, 나는 말했다. 그에게 상처를 주더라도, 할 말을 할 생각이었다.

우리가 했던 거의 모든 게임에서 콘래드를 지켜보며 배운 것이 그것이었다. 나약함의 첫 번째 낌새가 보이기 시작하면 바로 전력을 다해 공격해야 한다. 무기고에 있는 무기를 모두 동원해 공격하면서 누그러져서는 안 된다. 자비를 베풀어서는 안 된다.

"의사가 되겠다고 한 적 없어." 콘래드가 쏘아붙였다. "모르면 입 다

물어."

"그럼 말해 봐." 이렇게 말하는데 심장이 너무나 빠르게 뛰었다.

아무도 말하지 않았다. 잠시 나는 그가 우리에게 설득된 줄 알았다.

하지만 결국 콘래드는 자리에서 일어섰다. "할 말 없어. 난 다시 해변으로 나갈 거야. 머핀 잘 먹었다, 제러." 내게는 콘래드가 이렇게 말했다. "너, 얼굴이 설탕 범벅이야." 콘래드가 테라스 문을 밀어젖혔다.

그가 나가자 제러마이아가 외쳤다. "젠장!"

내가 말했다. "설득한다면서!" 내 생각보다 더 비난조로 들렸다.

"형은 너무 세게 밀어붙이면 안 돼. 그러면 마음을 아예 닫아 버린다고." 제러마이아가 종이봉투를 구기며 말했다.

"벌써 닫아 버린걸."

제러마이아는 몹시 실망한 표정이었다. 그에게 쏘아붙인 것이 미안했다. 그래서 손을 뻗어 그의 팔을 잡으며 말했다. "걱정 마. 아직 시간이 있어. 이제 토요일이잖아, 안 그래?"

"그렇지." 제러마이아가 대답했지만, 진심 같지 않았다.

우리는 둘 다 더 말하지 않았다. 언제나 그렇듯이 집 전체의 분위기를, 모두의 기분을 결정하는 것은 콘래드였다. 콘래드가 멀쩡해지기 전까지 그 무엇도 멀쩡하게 느껴지지 않았다.

그날 처음으로 불현듯 생각이 떠오른 것은 욕실에서 얼굴에 묻은 설탕을 씻어 내고 있을 때였다. 걸려 있는 수건이 없어서 벽장을 열었는데 비치 타월 아래에 수재나 아줌마의 커다란 모자가 놓여 있었다. 아줌마가 해변에 앉아 있을 때 늘 쓰던 모자였다. 아줌마는 피부를 세심하게 관리했다. 그랬었다.

수재나 아줌마를 생각하지 않는 것, 의식적으로 떠올리지 않는 것이 더 쉬웠다. 그러면 아줌마가 정말로 떠난 것이 아니었으니까. 그저 외출 중이라는 느낌이었으니까. 아줌마가 세상을 떠난 후로 나는 그렇게 했다. 아줌마 생각을 하지 않았다. 집에서는 그러기가 더 쉬웠다. 하지만 그곳, 여름 별장에서는 어딜 보나 아줌마가 떠올랐다.

아줌마 모자를 집어서 잠시 들고 있다가 제자리에 도로 넣어 두고 벽장 문을 닫았다. 가슴이 너무 아파서 숨을 쉴 수가 없었다. 너무 힘들었다. 그곳, 그 집에 있기가 너무 힘들었다.

나는 최대한 빨리 계단을 올라갔다. 콘래드의 목걸이를 풀고 옷을 벗고 테일러의 비키니로 갈아입었다. 그것을 입은 내가 얼마나 멍청해 보이든 신경 쓰지 않았다. 그냥 물속에 들어가고 싶을 뿐이었다. 그 무엇도 생각하지 않아도 되는 곳, 그 무엇도 존재하지 않는 곳에 들어가고 싶었다. 수영을 하고, 떠다니고, 호흡을 하며 존재하고 싶었다.

내 랄프 로렌 곰돌이 타월은 언제나처럼 벽장 안에 있었다. 나는 그것을 담요처럼 어깨에 두르고 밖으로 나갔다. 제러마이아는 달걀 샌드위치를 먹으면서 우유를 통째 마시고 있었다. "벨리." 제러마이아가 말했다.

"응. 나 수영할 거야." 나는 콘래드가 어디 있는지 묻지 않았고, 제러마이아에게 함께 수영하자고 하지도 않았다. 혼자만의 시간이 필요했다.

유리문을 밀어 연 뒤, 제러마이아의 대답을 기다리지 않고 문을 닫았다. 타월을 의자에 던져 놓고 다이빙했다. 바로 수면 위로 올라가지 않았다. 물속에 머물렀다. 마지막 순간까지 숨을 참았다.

수면 위로 올라가자 다시 숨 쉴 수 있을 것 같았고, 근육에 긴장이 풀리는 듯했다. 나는 수영장을 계속 가로질렀다. 그곳에는 다른 무엇도 존재하지 않았다. 그곳에서는 생각할 필요가 없었다. 물속에 들어갈 때마다 최대한 오래 숨을 참았다.

물속에서 내 이름을 부르는 제러마이아의 목소리를 들었다. 나는 마지못해 수면 위로 얼굴을 내밀었다. 제러마이아가 수영장 가장자리에 쪼그리고 앉아 있었다. "나 나갔다 올게. 넬로스에서 피자 사 오려고." 그가 일어나며 말했다.

나는 눈가에 붙은 머리카락을 걷어 내며 말했다. "너 방금 샌드위치 먹지 않았어? 머핀도 잔뜩 먹었고."

"나는 성장기라고. 그리고 그건 한 시간 반 전이었어."

한 시간 반 전? 수영을 한 시간 반이나 했나? 내가 느끼기엔 몇 분밖에 안 된 것 같았다. "아." 내가 말했다. 손가락을 살펴봤다. 퉁퉁 불어 있었다.

"열심히 해." 제러마이아가 내게 경례하는 시늉을 하며 말했다.

나는 수영장 벽을 발로 차며 말했다. "있다 봐." 그리고 반대편으로 최대한 빨리 수영해 간 뒤 그가 계속 보고 있을 것 같아 플립 턴을 했다. 제러마이아는 내 플립 턴에 늘 감탄했다.

나는 수영장에 한 시간쯤 더 있었다. 마지막 한 바퀴를 돌고 숨을 쉬러 물 밖으로 나오자 콘래드가 내가 타월을 둔 의자에 앉아 있었다. 그는 말없이 내게 타월을 건넸다.

나는 물에서 나왔다. 불현듯 몸이 떨렸다. 그에게서 타월을 받아 몸에 둘렀다. "너, 아직도 올림픽에 나간 척하냐?" 콘래드가 물었다.

나는 흠칫 놀랐지만 이내 고개를 저으며 콘래드 옆에 앉았다. "아니." 그리고 어색한 침묵이 흘렀다. 나는 무릎을 감싸 안았다. "이젠 안 그래."

"넌 수영할 때는……." 콘래드가 말을 꺼냈다. 그러다가 말 줄 알았는데 이어서 말했다. "집에 불이 나도 모를걸. 딴 데 가 있는 것처럼 수영에 몰입하잖아."

콘래드는 내심 나를 인정하는 듯한 말투로 말했다. 나를 오랫동안, 몇 년 동안 지켜본 것처럼. 아마도 그는 실제로 그랬을 것이다.

내가 대답하려고 입을 여는 사이 콘래드는 이미 일어나 집으로 들어가고 있었다. 문을 닫는 그를 향해 내가 외쳤다. "그래서 수영이 좋아."

내 방으로 돌아와 비키니를 벗으려는데 휴대전화가 울렸다. 스티븐 오빠의 벨소리, 오빠가 싫어하는 척 몰래 좋아하는 테일러 스위프트의 노래였다. 순간, 전화를 받지 말까 생각했다. 하지만 전화를 안 받으면 오빠는 계속 전화할지도 모른다. 그런 면에선 짜증 나는 성격이었다.

"여보세요?" 나는 오빠인 줄 모르는 것처럼, 이렇게 전화를 받았다.

"어이." 오빠가 말했다. "어딘지는 몰라도 네가 테일러랑 안 있는 건 안다."

"어떻게 알았어?" 내가 목소리를 낮춰 물었다.

"방금 쇼핑몰에서 테일러랑 마주쳤어. 걔는 너보다 거짓말을 더 못 하더라. 너 대체 어디야?"

나는 윗입술을 깨물며 말했다. "별장에. 커즌스야."

"뭐?" 오빠는 고함치듯 말했다. "왜?"

"이야기가 길어. 제러마이아가 콘래드 때문에 도와 달라고 했어."

"그래서 '너'한테 전화를 했다고?" 오빠는 믿을 수 없다는 말투였고, 또 아주 조금은 부러워하는 듯했다.

"응." 오빠는 내게 더 많은 것을 묻고 싶었을 테지만, 나는 오빠가 자존심 때문에 차마 캐묻지 못하리라는 걸 알고 있었다. 스티븐 오빠는 소외되는 것을 싫어했다. 오빠는 잠시 아무 말도 하지 않았고, 그 순간 난 오빠가 자기만 빼놓고 우리가 별장에서 무엇을 할지 궁금해하고 있다는 걸 알아차렸다.

마침내 오빠는 이렇게 말했다. "엄마가 엄청 화낼 거다."

"오빠가 무슨 상관이야?"

"난 상관 안 하지만, 엄마는 하겠지."

"오빠, 진정해. 곧 돌아갈 거야. 마지막으로 한 가지만 해결하면 돼."

"마지막으로 뭘?" 내가 아는 것을 모른다는 사실에, 평소와 달리 자기만 빠졌다는 사실에 오빠는 어쩔 줄 몰라 했다. 나는 좀 더 그 상황을 즐기고 싶었지만, 이상하게 오빠가 불쌍했다.

그래서 평소처럼 기뻐하는 대신, 이렇게 말했다. "콘래드가 계절 학기를 그만두고 나와서 월요일 중간고사 때까지 학교로 돌려보내야 해."

내가 콘래드에게 마지막으로 해 줄 일이었다. 학교로 돌려보내기. 그러면 콘래드는 자유가 될 테고, 나도 마찬가지였다.

스티븐 오빠와 통화를 마친 뒤, 집 앞에 차가 멈춰 서는 소리를 들었다. 창밖을 내다보니 빨간색 혼다 차가 있었다. 모르는 차였다. 별장을 찾아오는 손님은 거의 없었다.

나는 머리를 빗고 타월을 몸에 두르고서 서둘러 계단을 내려갔다. 콘래드가 문을 여는 것을 보고 멈춰 서 있는데, 웬 여자가 들어왔다. 체구가 작고, 빛바랜 금발을 대충 틀어 올리고, 검은색 바지에 산호색 실크 블라우스를 입은 여자였다. 손톱도 같은 색이었다. 여자는 손에 큼직한 파일과 열쇠 꾸러미를 들고 있었다.

"어머, 안녕하세요." 여자가 말했다. 여자는 그곳에 있어야 할 사람은 자신이지 콘래드가 아니라는 듯 놀란 말투였다.

"안녕하세요." 콘래드가 말했다. "무슨 일이시죠?"

"당신이 콘래드로군요." 여자가 말했다. "우리 통화한 적 있죠? 저는 당신 아버지에게 의뢰받은 부동산 중개인 샌디 도너티예요."

콘래드는 아무 말도 하지 않았다.

여자가 장난스럽게 손가락질하며 말했다. "당신은 저한테 아버지가 이 집을 매도할 마음을 바꾸셨다고 말했어요."

콘래드가 계속 아무 말도 하지 않자 여자는 주위를 둘러보다가 계단 앞에 선 나를 봤다. 여자가 얼굴을 찡그리며 말했다. "집을 확인하러 왔어요. 짐을 싸고 있는지."

"이사업체는 내가 돌려보냈어요." 콘래드가 아무렇지 않게 말했다.

"그건 정말 유감이군요." 여자가 입술을 꾹 다물며 말했다. 콘래드가 어깨를 으쓱이자 여자가 덧붙였다. "집이 비어 있을 거라고 들었는데요."

"잘못된 정보를 받았군요. 여름 내내 내가 여기서 지낼 거예요." 콘래드가 나를 가리켰다. "저 사람은 벨리예요."

"벨리?" 여자가 따라 말했다.

"네, 내 여자 친구예요."

나는 켁 소리를 냈던 것 같다.

콘래드는 팔짱을 끼고서 벽에 기대 말했다. "그건 그렇고, 당신이랑 우

~ 140 ~

리 아빠는 어떻게 만났죠?"

샌디가 얼굴을 붉혔다. "아버지가 이 집을 내놓기로 했을 때 만났어요." 여자가 쏘아붙였다.

"음, 그런데 말이죠, 샌디, 이 집은 아빠가 팔고 말고 할 수 없어요. 사실 우리 엄마 집이니까요. 아빠가 그 얘긴 했나요?"

"네."

"그럼 엄마가 돌아가신 것도 말했겠군요."

샌디는 머뭇거렸다. 어머니가 돌아가셨다는 말에 화가 누그러진 것 같았다. 샌디는 불편해진 나머지 문 쪽으로 움직이고 있었다. "네, 그 이야기도 들었어요. 어머니께서 돌아가신 건 유감입니다."

콘래드가 말했다. "고마워요, 샌디. 그렇게 말해 주니 큰 위로가 되네요."

샌디는 마지막으로 한 번 더 실내를 둘러봤다. "그럼 아버지와 의논한 뒤 다시 오겠어요."

"그렇게 해요. 집을 팔지 않기로 했다는 걸 꼭 알려 드리세요."

샌디는 입술을 오므리더니 뭐라고 말하려다가 그만뒀다. 콘래드가 문을 열어 주었고, 샌디는 밖으로 나갔다.

나는 크게 숨을 내쉬었다. 백만 가지 생각이 머릿속을 헤집고 다녔다. 부끄럽지만 맨 처음 든 생각에 '여자 친구'란 단어도 있었다. 콘래드는 나를 보지 않고 말했다. "제러마이아한테 집 이야기는 하지 마."

"왜?" 내가 물었다. 내 마음은 여전히 '여자 친구'라는 단어에 머물러 있었다. 콘래드가 한참 동안 대답하지 않길래 위층으로 올라가는데 그제야 이렇게 말했다. "내가 말할게. 제러마이아에게 아직은 알리고 싶지 않아서 그래. 아빠에 대해서."

나는 걸음을 멈췄다. 그리고 아무 생각 없이 물었다. "무슨 뜻이야?"

"너도 알잖아." 콘래드는 흔들림 없는 눈빛으로 나를 봤다.

알 것 같았다. 콘래드는 자신의 아빠가 몹쓸 사람이라는 사실로부터 제러마이아를 지키고 싶은 것이었다. 하지만 제러마이아가 모르는 사실도 아니었다. 제러마이아가 아무것도 모르는 바보는 아니었으니까. 그 집을 팔려고 내놓았다면, 제러마이아도 그 사실을 알 권리가 있었다.

콘래드가 내 얼굴에서 그런 생각을 모두 읽었는지, 특유의 조롱하는 듯한 무심한 말투로 이렇게 말했다. "그러니까 날 위해 그렇게 해 줄래, 벨리? 제러마이아에게 비밀을 지켜 줄 수 있겠니? 너희 둘 사이에 비밀이 없는 건 알지만, 이번만 좀 봐줄래?"

내가 그를 노려보며 어째서 비밀이 필요한지 물으려는데 콘래드가 "부탁해."라고 말했다. 그의 목소리는 간절했다.

그래서 대답했다. "알았어. 하지만 당분간만이야."

"고마워." 콘래드는 그렇게 말하고는 나를 지나쳐 위층으로 올라갔다. 그의 방문이 닫히고, 에어컨이 켜졌다.

나는 그대로 있었다.

모든 것을 이해하는 데 잠깐 시간이 걸렸다. 콘래드는 단순히 서핑을 하겠다고 달아난 게 아니었다. 달아나기 위해 달아난 게 아니었다. 집을 지키려고 온 것이었다.

그날 오후 제러마이아와 콘래드는 다시 서핑하러 갔다. 콘래드가 동생과 단둘이 집 이야기를 하고 싶은 모양이라고 생각했다. 그리고 제러마이아는 형과 단둘이 학교 이야기를 하고 싶은 모양이라고. 아무래도 상관없었다. 나는 지켜보는 것으로 만족했다.

나는 테라스에서 그들을 지켜봤다. 타월을 몸에 꼭 두르고 접이식 의자에 앉아 있었다. 수영장에서 젖은 채로 나와서 엄마가 어깨에 망토처럼 타월을 둘러 줄 때면 너무나 편안하고 좋은 느낌을 느꼈다. 엄마가 거기 없어도 포근하고 기분 좋았다. 가슴 아플 정도로 친숙한 그 느낌에, 나는 아직 여덟 살이기를 바라게 됐다. 여덟 살일 때는 죽음도 이혼도 상심도 겪기 전이었으니까. 여덟 살은 그저 여덟 살이었으니까. 핫도그와 땅콩버터, 모기 물린 자국과 마룻바닥에 걸려 넘어진 흉터, 자전거와 서핑 보드가 전부였으니까. 헝클어진 머리, 볕에 탄 어깨, 주디 블룸(Judy Blume: 미국의 그림책 작가—옮긴이), 9시 30분 취침 시간이 전부였으니까.

나는 그곳에 앉아 한동안 그렇게 서글픈 생각에 잠겨 있었다. 누군가가 바비큐를 하고 있었다. 숯불 타는 냄새가 났다. 루벤스타인 씨 집인지, 톨러 씨 집인지 궁금했다. 버거를 굽는지, 스테이크를 굽는지도 궁금했다. 나는 배가 고프다는 사실을 깨달았다.

주방에 가 봤지만 먹을 것은 없었다. 콘래드의 맥주뿐이었다. 테일러가 맥주는 빵과 같다고 말한 적이 있었다. 전부 탄수화물이라고. 맥주 맛이 싫지만, 포만감이 든다면 마실 수 있을 것 같았다.

그래서 맥주를 한 캔 들고 다시 밖으로 나가 접이식 의자에 기대앉아 캔을 땄다. 캔 뚜껑이 딸깍 기분 좋게 꺾였다. 그 집에 혼자 있으니 기분이 이상했다. 나쁜 것이 아니라, 다른 느낌이었다. 여름마다 그 집에서 지냈지만 혼자 있었던 적은 다섯 손가락으로 꼽을 수 있었다. 나이가 든 느낌이었다. 실제로도 그랬지만, 지난여름에는 나이 들었다고 느낀 기억은 없었다.

나는 맥주를 길게 한 모금 마시고 제러마이아와 콘래드가 보지 않아 다행이라고 여겼다. 그 둘이 찡그린 내 얼굴을 봤다면 실컷 놀려 댔을 테니까.

한 모금 더 마시는데 누군가 목청을 가다듬는 소리가 들렸다. 고개를 들어 위를 올려다보던 나는 사레가 들 뻔했다. 피셔 아저씨였다.

"잘 있었니, 벨리?" 피셔 아저씨가 말했다. 아저씨는 직장에서 곧바로 왔는지 정장 차림이었다. 그날은 토요일이었지만, 아마 그랬을 것이다. 오랫동안 운전했을 텐데도 어쩐 일인지 아저씨가 입은 정장엔 구김이 전혀 없었다.

"안녕하세요, 아저씨." 대답하는 내 목소리가 긴장되고 떨렸다.

처음 든 생각은 이랬다. '콘래드를 차에 강제로 태워서라도 학교로 데려가 시험을 치르게 했어야 했는데.' 그에게 시간을 준 것은 큰 실수였다. 나는 그제야 깨달았다. 제러마이아를 다그쳐서 콘래드를 설득하도록 만들었어야 했다.

아저씨는 내 손에 들린 맥주를 보고 눈썹을 치켜올렸고, 나는 내가 아직 맥주를 들고 있다는 걸 알아차렸다. 맥주 캔을 너무 꽉 쥐고 있어서 손가락이 얼얼할 정도였다. 고개를 숙여 맥주 캔을 바닥에 내려놓는데 머리카락이 얼굴에 드리워졌다. 다행이다 싶었다. 잠시 머리카락 뒤에 숨어 다음에 무슨 말을 할지 생각할 시간을 벌었다.

나는 늘 하던 대로 그 둘 얘기로 말을 돌렸다. "음, 콘래드랑 제러마이아는 지금 집에 없어요." 가슴이 쿵쾅쿵쾅 뛰었다. 두 사람은 곧 돌아올 것이다.

피셔 아저씨는 잠자코 고개를 끄덕이더니 목덜미를 문질렀다. 그리고 테라스 계단을 걸어 올라와 내 옆 의자에 앉았다. 아저씨가 내 맥주를 들어 쭉 들이켰다. "콘래드는 어떠니?" 아저씨가 의자 팔걸이에 맥주 캔을 내려놓으며 물었다.

"잘 있어요." 나는 곧바로 대답했다. 그러고는 곧 바보 같은 대답이라고 생각했다. 그는 잘 있지 못했다. 엄마가 돌아가셨으니까. 학교에서 달아났으니까. 그런데 어떻게 잘 지낸단 말인가? 우리 모두 마찬가지였다. 하지만 어떤 면에서 콘래드는 잘 지냈는지도 모른다. 다시 목표를 가졌으니까. 살아갈 이유를 찾았으니까. 콘래드에게는 목표가 생겼다. 적도 생겼다. 그것은 의욕을 키워 주었다. 비록 적이 그의 아빠라고 해도.

"그 애가 무슨 생각을 하고 있는지 모르겠구나." 아저씨가 고개를 저으며 말했다.

내가 그 말에 뭐라고 대답할 수 있겠는가? 나도 콘래드가 무슨 생각을 하는지 알지 못했다. 그걸 아는 사람은 많지 않았다. 그렇다고 해도, 나는 콘래드를 두둔하고 싶었다. 보호하고 싶었다.

피셔 아저씨와 나는 말없이 앉아 있었다. 편안한 친구 사이의 침묵이 아니라, 어색하고 불편한 침묵이었다. 아저씨는 언제나 내게 할 말이 없었고 나는 아저씨에게 무슨 말을 해야 할지 알 수 없었다. 결국 아저씨는 헛기침을 하더니 물었다. "학교는 어떠니?"

"방학했어요." 나는 아랫입술을 깨물며 열두 살로 돌아간 기분으로 대답했다. "얼마 전에 방학했어요. 올가을에 졸업반이 돼요."

"어느 대학교에 갈지 정했니?"

"아뇨." 잘못된 대답이라는 걸 알았다. 아저씨는 대학 이야기에만 관심이 있었으니까. 그것도 좋은 대학 말이다.

이내 우리는 다시 조용해졌다.

이것 역시 익숙했다. 곧 재앙이 닥칠 것 같은 두려움. 정말 큰일 났구나 싶은 느낌. 우리 모두 큰일 났다는 느낌.

밀크셰이크. 피셔 아저씨는 밀크셰이크를 좋아했다. 아저씨가 여름에 별장에 오면 늘 밀크셰이크가 있었다. 아저씨는 아이스크림을 상자째 사 오곤 했다. 스티븐 오빠와 콘래드는 초콜릿, 제러마이아는 딸기, 나는 웬디스에서 파는 아이스크림처럼 바닐라와 초콜릿이 섞인 걸 좋아했다. 하지만 중요한 사실은, 피셔 아저씨의 밀크셰이크가 웬디스 것보다 맛있다는 것이었다. 아저씨는 고급 블렌더를 가지고 있었는데, 우리가 함부로 만지면 안 되는 물건이었다. 그렇다고 아저씨가 손대지 말라고 한 것은 아니지만, 우리는 알 수 있었다. 그리고 만지지 않았다. 제러마이아가 쿨에이드 슬러시를 만들자고 하기 전까지는.

커즌스에는 세븐일레븐이 없었고, 우리는 밀크셰이크를 먹으면서도 가끔 슬러시를 그리워했다. 밖이 특히 더운 날이면 우리 중 하나가 이렇게 말하곤 했다. "와, 슬러시 먹고 싶다." 그러면 모두 온종일 슬러시 생각만 했다. 그래서 제러마이아가 쿨에이드로 슬러시를 만들자고 했을 때,

그건 마치 운명 같았다. 제러마이아는 아홉 살, 나는 여덟 살이었고 당시에는 그것이 세계 역사상 최고의 아이디어 같았다.

우리는 찬장 맨 위에 놓인 블렌더에 눈길을 돌렸다. 그것을 사용해야 했다. 사실, 그것을 꼭 사용하고 싶었다. 하지만 무언의 규칙이 있었다.

집에는 우리 둘뿐, 아무도 없었다. 아무도 모를 것 같았다.

"무슨 맛이 좋아?" 제러마이아가 한참 만에 내게 물었다.

그러니 결정된 셈이었다. 정말로. 금지된 일을 하는 것에 두려움과 기쁨을 함께 느꼈다. 나는 규칙을 잘 어기지 않았지만, 그때만큼은 어기는 것이 좋아 보였다.

"블랙체리." 내가 말했다.

제러마이아가 찬장 안을 들여다봤지만, 체리 맛은 없었다. "두 번째로 좋아하는 맛은 뭐야?"

"포도."

제러마이아는 자기도 포도 맛 쿨에이드 슬러시가 좋다고 했다. 그가 '쿨에이드 슬러시'라는 말을 할 때마다 내 기대는 점점 더 커져만 갔다.

제러마이아가 의자를 가져와 맨 위 선반에서 블렌더를 내렸다. 그는 블렌더에 포도 맛 쿨에이드 한 봉지를 다 쏟아붓고 설탕을 커다란 플라스틱 컵으로 두 컵 넣었다. 그리고 내게 저으라고 했다. 제러마이아는 블렌더가 가득 차도록 얼음통에 든 얼음 절반을 넣었다. 그러고는 피셔 아저씨가 백만 번쯤 하던 대로 따라서 뚜껑을 딸깍 닫았다.

"진동으로 해? 프라페로 해?" 제러마이아가 물었다.

나는 어깨를 으쓱였다. 피셔 아저씨가 블렌더를 쓸 때 눈여겨본 적이 없었다. "프라페 아닐까?" '프라페'라는 단어의 발음이 마음에 들어서 그렇게 말했다.

제러마이아는 프라페 버튼을 눌렀고 블렌더가 돌기 시작했다. 하지만 아랫부분만 섞이고 있어서 제러마이아가 액화 버튼을 눌렀다. 그렇게 1분쯤 돌아가자 블렌더에서 고무 타는 냄새가 나기 시작했다. 나는 얼음이 많아서 기계가 너무 힘든 것이 아닌가 싶었다.

"좀 더 섞어야 해." 내가 말했다. "기계를 도와줘야겠어."

나는 커다란 나무 숟가락을 가지고 와서 블렌더 뚜껑을 열고 휘휘 저었다. "봐, 맞지?" 내가 말했다.

그러고는 뚜껑을 다시 닫았지만, 제대로 닫지 않은 모양이었다. 제러마이아가 프라페 버튼을 누르는 순간 우리의 포도 맛 쿨에이드 슬러시가 사방으로 튀었다. 제러마이아와 나도 다 뒤집어썼다. 새하얀 싱크대와 바닥, 피셔 아저씨의 갈색 가죽 가방까지 전부 다.

우리는 공포에 질려서 서로를 마주 봤다.

"키친타월 가져와! 얼른." 제러마이아가 블렌더의 플러그를 뽑으며 소리쳤다. 나는 아저씨 가방으로 달려가 티셔츠 자락으로 가방을 닦았다. 가죽은 이미 얼룩이 졌고 끈적거렸다.

"어, 어떡하지?" 제러마이아가 속닥였다. "아빠가 아끼는 가방인데."

정말이었다. 금속 버클에 피셔 아저씨 이름도 새겨져 있었다. 아저씨는 그 가방을 정말 아꼈다. 어쩌면 블렌더보다 더.

속이 상했다. 눈물이 나서 눈이 따끔거렸다. 다 내 잘못이었다. "미안해." 내가 말했다.

제러마이아는 엎드려서 바닥을 닦고 있었다. 그가 나를 올려다보는데 이마에서 포도 맛 쿨에이드 슬러시가 줄줄 흘러내렸다. "네 잘못 아니야.”

"아냐, 내 잘못이야.” 내가 가죽을 문지르며 말했다. 가방을 너무 세게 문질러서 티셔츠가 갈색으로 변하기 시작했다.

"응, 그렇기도 하지.” 제러마이아가 말했다. 그리고 손을 뻗어 손가락으로 내 뺨에 묻은 설탕물을 찍어 맛을 보았다. "그래도 맛은 좋아.”

우리는 키득거리면서 키친타월을 발로 밟고서 미끄럼을 타듯이 바닥을 문질러 닦았다. 그때 모두가 돌아왔다. 바닷가재를 담은 기다란 종이봉투를 들고서. 스티븐 오빠와 콘래드는 아이스크림을 들고 있었다.

피셔 아저씨가 말했다. "무슨 일이지?”

제러마이아가 허둥지둥 일어났다. "그게 그러니까……."

나는 손을 떨며 가방을 피셔 아저씨에게 건넸다. "죄송해요.” 기어들어 가는 소리로 말했다. "사고였어요.”

피셔 아저씨는 내게서 가방을 받아 들고 얼룩을 봤다. "어째서 내 블렌더를 쓴 거지?” 피셔 아저씨가 따져 물었지만, 제러마이아를 향한 말이었다. 아저씨는 목까지 빨개져 있었다. "내 블렌더를 함부로 쓰면 안 되는 거 알잖니.”

제러마이아가 끄덕였다. "죄송해요.”

"제 잘못이에요.” 내가 작은 소리로 말했다.

"오, 벨리.” 엄마가 나를 보며 고개를 저었다. 엄마는 바닥에 무릎을 꿇고서 젖은 키친타월을 주섬주섬 주웠다. 수재나 아줌마는 걸레를 가지러 갔다.

피셔 아저씨는 크게 한숨을 내쉬었다. "왜 넌 내 말을 한 번도 안 듣는 거냐? 젠장. 이 블렌더를 쓰지 말라고 했냐, 안 했냐?”

제러마이아는 입술을 깨물었고 턱이 떨리는 것으로 봐서 곧 울 것 같았다.

"질문을 하면 대답을 해."

그때 수재나 아줌마가 대걸레와 양동이를 들고 왔다. "애덤, 사고였잖아. 그만해." 아줌마가 제러마이아를 안았다.

"수재나, 자꾸 오냐오냐하면 배우질 못해. 계속 어린애처럼 굴 거라고." 피셔 아저씨가 말했다. "제러, 애들은 블렌더를 쓰면 안 된다고 말했냐, 안 했냐?"

제러마이아는 눈에 눈물이 고이자 재빨리 눈을 깜박였지만, 결국 눈물이 흘러내렸다. 계속 흘러내렸다. 정말 괴로웠다. 제러마이아의 모습에 나는 너무 당황했고 그런 일을 겪은 것이 내 탓이라는 죄책감도 느꼈다. 하지만 사람들 앞에서 혼나며 우는 것이 내가 아니라 다행이라는 생각도 했다.

그때 콘래드가 말했다. "그런데 아빠, 말 안 했어요." 콘래드의 뺨에 초콜릿 아이스크림이 묻어 있었다.

피셔 아저씨가 돌아서서 콘래드를 쳐다보며 되물었다. "뭐?"

"아빠가 그런 말 안 했다고요. 우리도 블렌더를 쓰면 안 된다는 건 알았지만, 아빠가 그런 말을 한 적은 없어요." 콘래드는 겁먹은 표정이었지만, 담담하게 말했다.

피셔 아저씨는 고개를 저으며 제러마이아를 돌아봤다. "가서 씻어라." 거친 말투였다. 아저씨도 당황했다는 걸 나는 알 수 있었다.

수재나 아줌마는 피셔 아저씨를 노려보더니 제러마이아를 데리고 욕실로 갔다. 싱크대를 닦는 엄마의 어깨가 뻣뻣이 경직되어 있었다. "스티븐, 동생을 욕실에 데려다주렴." 엄마가 말했다. 뭐라고 대꾸할 수 없는 목소리였다. 스티븐 오빠는 내 팔을 잡고 위층으로 데려갔다.

"나 혼날 거 같아?" 내가 오빠에게 물었다.

오빠는 화장지를 적셔 내 뺨을 쓱쓱 닦았다. "응. 하지만 너보다 피셔 아저씨가 큰일 난 거 같아. 엄마가 아저씨한테 본때를 보일 거야."

"그게 무슨 뜻이야?"

스티븐 오빠가 어깨를 으쓱였다. "나도 들은 말이야. 아저씨가 혼날 거라는 뜻이야."

얼굴을 닦은 뒤 오빠와 나는 살그머니 복도로 나갔다. 엄마와 피셔 아저씨가 다투고 있었다. 우리는 눈이 휘둥그레져서 엄마가 쏘아붙이는 소리를 들었다. "당신은 참 밥맛없게 굴 때가 있어, 애덤."

내가 놀라서 소리를 지르려던 찰나, 오빠가 손으로 내 입을 막고서 남자들 방으로 끌고 들어갔다. 오빠는 문을 닫았다. 오빠도 흥분해서 눈을 반짝였다. 엄마가 피셔 아저씨에게 욕을 하다니.

내가 말했다. "엄마가 피셔 아저씨에게 밥맛없다고 했어." 밥맛없다는 게 무슨 뜻인지도 몰랐지만, 우스운 것만은 분명했다. 피셔 아저씨 얼굴에 묻은 밥풀을 떼어 내는 모습을 상상했다. 그러곤 키득거렸다.

참 흥분되고 두려운 일이었다. 여름 별장에서는 우리 중 누구도 혼나는 일이 없었다. 크게 혼나는 일은 없었다. 그곳은 혼나지 않는 구역이었다.

엄마들은 별장에서 느긋하게 지냈다. 엄마는 집에서 스티븐 오빠가 말대꾸하면 크게 혼내곤 했는데, 별장에서는 별로 신경 쓰지 않았다. 아마 커즌스 별장에서는 우리 같은 아이들이 세상의 중심이 아니었기 때문인 듯싶었다. 엄마는 수재나 아줌마와 화분에 식물을 심고 갤러리에 가고 스케치를 하고 책을 읽는 등, 다른 일을 하느라 바빴다. 엄마는 너무 바쁜 나머지 화를 내거나 신경 쓸 겨를이 없었다. 우리는 엄마의 관심을 완전히 끌지 못했다.

그것은 좋기도 하고 나쁘기도 했다. 혼나지 않는 것은 좋았다. 잘 시간이 지나 해변에 나가서 놀아도, 디저트를 두 번 먹어도, 아무도 신경 쓰지 않았다. 그곳에서는 스티븐 오빠와 내가 중요하지 않다는 막연한 느낌, 엄마 마음속에 다른 것이 가득하다는 느낌이 드는 것은 나빴다. 우리와 무관한 추억, 우리가 존재하기 전의 삶이 엄마 머릿속에 자리 잡았다. 그리고 스티븐 오빠와 내가 존재하지 않는, 엄마 마음속의 비밀스러운 삶도 비집고 들어왔다. 엄마가 우리 없이 여행을 떠난 것만 같았다. 엄마는 우리를 그리워하지도, 우리 생각을 많이 하지도 않았다.

그런 생각을 하기 싫었지만, 사실이었다. 엄마들은 우리와 별개로 온전한 삶을 살았다. 우리도 그랬던 것 같다.

제러마이아와 콘래드가 보드를 팔에 끼고 별장으로 걸어올 때, 나는 어떻게든 그 둘에게 경고를 해 줘야 한다는 정신 나간 생각이 들었다. 휘파람을 불든가. 하지만 휘파람 부는 법도 알지 못했고, 어쨌든 너무 늦었다.

두 사람은 집 아래에 보드를 내려놓고 계단을 올라와 거기 앉아 있는 우리를 봤다. 제러마이아는 숨죽여 "젠장."이라고 중얼거렸다. 그리고 말했다. "아빠, 왔어요?" 콘래드는 우리를 그대로 지나쳐 집으로 들어갔다.

피셔 아저씨가 따라 들어갔고 제러마이아와 나는 잠시 서로 마주 봤다. 제러마이아가 내게 다가와 말했다. "내가 물건을 챙겨 올 동안 네가 차를 끌고 와서 달아나는 게 어떨까?"

나는 키득거리다가 손으로 입을 막았다. 이렇게 심각한 일이 벌어지고 있는데, 내가 키득거리면 피셔 아저씨가 좋아하지 않을 것 같았다. 나는 일어나서 타월을 겨드랑이 아래로 더 단단히 감았다. 그리고 우리도 안으로 들어갔다.

콘래드와 피셔 아저씨는 주방에 있었다. 콘래드는 자기 아빠를 보지도 않고 맥주를 따고 있었다. "너희 여기서 대체 무슨 장난질이냐?" 피셔 아저씨가 물었다. 집 안에서 들리는 아저씨의 목소리는 정말 크고 부자연스러웠다. 아저씨는 주방과 거실을 둘러봤다.

제러마이아가 입을 열었다. "아빠……."

피셔 아저씨는 제러마이아를 똑바로 보며 말했다. "샌디 도너티가 오늘 아침에 전화해서 자초지종을 알려 줬다. 너는 형을 학교로 돌려보내야지, 여기서 파티나 하면서 집 매매를 방해하기나 해서 되겠냐?"

제러마이아가 눈을 끔벅이며 물었다. "샌디 도너티가 누군데요?"

"부동산 중개인이야." 콘래드가 말했다.

나는 입이 벌어진 것을 깨닫고 꾹 다물었다. 팔짱을 꼭 끼고 투명 인간이 되려고 노력했다. 나와 제러마이아가 도망치기에 너무 늦지 않았을 수도 있었다. 그러면 집을 팔려고 내놓은 사실을 나도 알고 있었다는 것을 제러마이아에게 들키지 않을 수도 있었다. 그날 오후부터 그 사실을 내가 알고 있었다고 해서 달라지는 것이 있을까? 그럴 것 같지 않았다.

제러마이아는 콘래드와 피셔 아저씨를 번갈아 바라봤다. "우리한테 부동산 중개인이 있는지 몰랐는데. 집을 판다는 이야기는 나한테 안 했잖아요."

"그럴 수도 있다고 말했었다."

"하지만 실제로 집을 내놓았다는 이야기는 한 적이 없어요."

콘래드가 껴들더니 제러마이아에게만 말했다. "그러거나 말거나 상관없어. 집은 안 팔아." 콘래드는 침착하게 맥주를 마셨고 우리는 모두 그가 다음에 무슨 말을 할지 기다렸다. "아빠가 팔 물건이 아니야."

"아니, 팔 수 있다." 피셔 아저씨가 콧김을 뿜으며 말했다. "날 위해 이러는 게 아니다. 집 판 돈은 너희에게 줄 거야."

"내가 돈을 원하는 것 같아요?" 콘래드가 차가운 눈으로 그제야 피셔 아저씨를 봤다. 단조로운 목소리였다. "난 아빠와 달라요. 돈 따위는 상관없어요. 집이 소중해요. 엄마의 집이."

"콘래드."

"아빠는 여기 올 권리가 없어요. 돌아가요."

피셔 아저씨가 침을 삼키자 울대뼈가 위아래로 움직였다. "아니, 안 간다."

"샌디에게 다시는 오지 말라고 해요." 콘래드는 '샌디'를 욕설처럼 발음했다. 그럴 생각이었던 것 같다.

"난 네 아버지다." 피셔 아저씨가 갈라진 목소리로 말했다. "그리고 네 엄마는 내게 결정을 맡겼다. 엄마도 이걸 원했을 거다."

콘래드가 쓰고 있던 단단한 가면에 금이 가면서 그의 목소리가 떨렸다. "엄마가 뭘 원했을지 함부로 말하지 마요."

"젠장, 내 아내였다. 나도 아내를 잃었어."

그 말이 사실일지언정 그 순간 콘래드에게 해서는 안 될 말이었다. 그 말에 콘래드는 폭발했다. 콘래드는 옆의 벽을 주먹으로 쳤고 나는 흠칫했다. 벽에 구멍이 안 난 것이 놀라웠다.

콘래드가 말했다. "아빠는 엄마를 잃은 게 아니야. 엄마를 버렸지. 엄마가 뭘 원했을지 아빠는 아무것도 몰라. 엄마가 아플 때 함께 있지도 않았잖아. 형편없는 아빠에, 더 형편없는 남편이었어. 그러니 이제 와서 올

바른 일을 하겠다고 애쓰지 마요. 개판 치지 말고."

제러마이아가 말했다. "형, 그만, 그만해."

콘래드가 홱 돌아보며 소리쳤다. "넌 아직도 아빠를 감싸냐? 그래서 우리가 너한테 말 안 한 거야!"

"우리?" 제러마이아가 되물었다. 그리고 나를 봤고, 비통한 그의 표정이 내 가슴을 찔렀다.

나는 해명하려고 입을 열었지만, "난 오늘 알았어, 맹세해……."까지 말했을 때 피셔 아저씨가 말을 잘랐다.

피셔 아저씨가 말했다. "너만 마음 아픈 게 아니다, 콘래드. 내게 그런 식으로 말할 수는 없어."

"그럴 수 있는 것 같은데요."

실내가 쥐 죽은 듯 고요해졌다. 피셔 아저씨는 너무 화가 나서 콘래드를 칠 것 같았다. 두 사람은 서로를 노려봤고 콘래드는 절대 물러설 성격이 아니었다.

눈길을 돌린 것은 피셔 아저씨였다. "짐 옮길 사람들이 다시 올 거다, 콘래드. 이미 진행되고 있는 일이야. 네가 짜증을 낸다고 그걸 멈출 수는 없다."

피셔 아저씨는 곧 돌아갔다. 아침에 오겠다는 말을 남겼는데, 불길했다. 아저씨는 시내 호텔에 묵겠다고 했다. 그 집에서 어서 나가고 싶은 것이 분명했다.

피셔 아저씨가 떠난 뒤 우리 셋은 주방에 모여 서서 아무 말도 하지 않았다. 특히 나는 입을 열고 싶지 않았다. 나는 그곳에 있어야 할 사람도 아니었다. 그때만큼은 그 상황에서 멀찍이 벗어나 엄마와 스티븐 오빠,

테일러와 함께 집에 있고 싶었다.

제러마이아가 먼저 입을 열었다. "이 집을 정말로 판다니 믿을 수가 없어." 혼잣말 같았다.

"믿어." 콘래드가 차갑게 말했다.

"왜 나한테는 말 안 했어?" 제러마이아가 따졌다.

콘래드는 나를 쓱 쳐다본 다음 말했다. "넌 알 필요 없다고 생각했어."

제러마이아가 눈을 가늘게 떴다. "무슨 소리야, 형? 여긴 내 집이기도 해."

"제러, 나도 안 지 얼마 안 돼." 콘래드는 싱크대에 몸을 기대고서 고개를 숙였다. "옷을 챙기러 집에 갔는데 부동산 중개인이라는 샌디가 전화해서 메시지를 남겼어. 이사업체에서 짐을 옮기러 올 거라고. 그래서 학교로 가서 짐을 챙겨서 곧장 여기로 왔어."

콘래드는 별장을 지키려고 학교와 모든 것을 팽개치고 이곳에 왔다. 그런데 우리는 그가 허튼짓을 한다고 여기고 그를 데리러 이곳에 왔다. 실제로는 콘래드가 우리에게 소중한 것을 지키고 있었는데.

나는 조금이라도 그의 편에 서서 생각해 보지 않은 것이 미안했다. 제러마이아도 나와 같은 마음이었다. 우리는 재빨리 시선을 주고받았고, 똑같은 생각을 하고 있었다. 그러고 나서 내게도 화가 났던 것이 기억났는지 제러마이아는 눈길을 돌렸다.

"그래서 그런 거였어?" 제러마이아가 말했다.

콘래드는 곧바로 대답하지 않았다. 조금 뒤 그가 고개를 들더니 말했다. "그래, 그런 것 같다."

"뭐, 아주 잘 처리하셨네, 형."

"내가 혼자 알아서 하고 있었어." 콘래드가 쏘아붙였다. "내가 너한테 도움을 받은 것도 아니잖아."

"글쎄, 형이 말해 줬더라면……."

콘래드가 그의 말을 잘랐다. "네가 뭘 어떻게 했을 건데?"

"아빠랑 이야기했겠지."

"그래, 바로 그거야." 더할 나위 없이 경멸적인 말투였다.

"무슨 소리야?" 제러마이아가 물었다.

"넌 아빠에게 잘 보이고 싶은 나머지 아빠가 어떤 사람인지 제대로 못 본다는 거야."

제러마이아는 잠시 아무 말도 하지 않았고 나는 상황이 어디로 치달을지 몹시 두려웠다. 콘래드는 싸움을 걸고 있었다. 하지만 두 사람이 주 방바닥을 뒹굴며 물건을 부수고 서로 다치게 하는 것만큼은 안 될 일이었다. 지금은 우리 엄마가 그 둘을 말릴 수도 없었다. 그곳에는 나뿐이었고, 나는 아무 소용도 없었다.

그때 제러마이아가 말했다. "그래도 우리 아빠잖아." 담담하고 차분한 목소리여서 나는 작게 안도의 한숨을 내쉬었다. 싸움은 일어나지 않을 것 같았다. 제러마이아가 싸울 생각이 없었으니까.

하지만 콘래드는 진저리가 난다는 듯 고개를 저었다. "인간쓰레기야."

"아빠한테 그렇게 말하지 마."

"어떤 인간이 바람피우다가 아내가 암에 걸리니까 버리냐? 어떤 인간이 그런 짓을 해? 난 아빠 꼴도 보기 싫어. 이제 와서 순교자인 척, 슬픔에 빠진 홀아비인 척하는 거, 속이 뒤집힌다고. 엄마한테 아빠가 필요할 때는 어디 갔던 거야, 응? 제러?"

"나도 몰라, 형. 형은 어디 있었어?"

실내가 조용해졌다. 갑자기 공기가 얼어붙은 느낌이었다. 콘래드는 흠칫했고 제러마이아는 그렇게 말한 뒤 숨을 흡 들이쉬었다. 제러마이아는 그 말을 취소하고 싶었고, 그러려고 하는 순간 콘래드가 중얼거렸다. "그건 반칙이지."

"미안해." 제러마이아가 말했다.

콘래드는 상관없다는 듯, 어깨를 으쓱해 보였다.

그때 제러마이아가 말했다. "형은 왜 그냥 잊어버리질 못해? 왜 형에게 일어난 나쁜 일을 전부 붙잡고 있는 거야?"

"난 너랑 달리 현실에서 사니까. 너는 사람들의 진짜 모습을 보느니 차라리 환상 속에서 살잖아." 콘래드의 말에 나는 누구 이야기를 하는 것인지 의아해졌다.

제러마이아가 발끈했다. 그는 나와 콘래드를 번갈아 보더니 말했다. "질투하는 거잖아. 인정해."

"질투?"

"아빠랑 내가 이제 친해져서 질투하는 거야. 이젠 형만 애지중지하지 않으니까 죽겠지?"

콘래드는 정말로 웃었다. 신랄하고 지독한 소리로 웃었다. "개소리한다." 콘래드가 내게 물었다. "벨리, 들었어? 제러마이아가 나더러 질투한단다."

제러마이아가 '내 편이 되어 줘.'라는 눈빛으로 나를 쳐다봤고, 그렇게 해 주면 집 매매에 대해 말하지 않은 것을 용서해 줄 것만 같았다. 나를 한가운데에 밀어 넣고 선택하게 한 콘래드가 미웠다. 나는 내가 누구 편인지 알 수 없었다. 둘 다 옳기도 했고, 틀리기도 했다.

내가 대답하는 데 너무 오래 걸렸는지, 제러마이아가 고개를 돌리더니 말했다. "형은 나빠. 모든 사람이 형처럼 괴로워하기를 바랄 뿐이야." 그 말을 남기고 제러마이아는 나가 버렸다. 현관문이 쾅 닫혔다.

나도 제러마이아를 따라 나가야 할 것 같았다. 그가 나를 가장 필요로 할 때 실망하게 만든 것 같았다.

그때 콘래드가 내게 물었다. "내가 나쁜 놈이야, 벨리?" 그는 맥주를 하나 더 따면서 무심한 척 말했지만 손이 떨리고 있었다.

"응." 내가 말했다. "정말 그래."

나는 창가로 가서 제러마이아가 차에 타는 모습을 봤다. 따라가기에는 너무 늦었다. 제러마이아의 차는 이미 움직이고 있었다.

"돌아올 거야." 콘래드가 말했다.

나는 망설이다가 말했다. "그런 말은 왜 했어?"

"그러게."

"나더러 제러마이아에게 비밀로 하라는 말도 하지 말았어야 해."

콘래드는 벌써 잊었다는 듯 어깨를 으쓱였지만, 창밖을 내다보는 것을 보니 염려하는 것이 분명했다. 콘래드가 내게 던져 준 맥주를 받아서 한 모금 길게 마셨다. 맛이 나쁘지도 않았다. 아마 적응하는 모양이었다. 나는 요란하게 입맛을 다셨다.

나를 보던 콘래드는 우습다는 표정을 지었다. "이제 맥주를 좋아하는구나?"

나는 어깨를 으쓱였다. "괜찮네." 그렇게 말하니 어른이 된 기분이었다. 하지만 이렇게 덧붙였다. "그래도 아직은 체리 콜라가 더 좋아."

콘래드는 "하나도 안 변했네, 벨리. 네 몸을 가르면 흰 설탕이 쏟아져 나올 거다."라고 말하며 미소를 지을 뻔했다.

"그게 나야." 내가 말했다. "설탕이랑 양념이랑 좋은 건 전부 다."

콘래드가 말했다. "그건 모르겠고."

그리고 우리는 아무 말도 하지 않았다. 나는 맥주를 한 모금 더 마시고 콘래드 옆에 놓았다. "내 생각엔 오빠가 제러마이아 마음을 상하게 한 것 같아."

콘래드는 어깨를 으쓱였다. "걔한텐 현실 파악이 필요했어."

"그렇게까지 할 건 없잖아."

"내 생각에 제러마이아의 마음을 상하게 한 건 너야."

나는 입을 열려다가 다물었다. 무슨 말이냐고 물으면, 콘래드는 분명히 대답했을 것이다. 하지만 나는 듣고 싶지 않았다. 그래서 맥주를 한 모금 마시고 말했다. "이제 어떡하지?"

콘래드는 그렇게 쉽게 넘어가지 않았다. "너랑 제러마이아가 이제 어떡하냐는 말이야, 너랑 내가 이제 어떡하냐는 말이야?"

나를 놀리는 그가 미웠다. 나는 뺨이 달아오르는 것을 느끼며 이렇게 말했다. "이 집은 이제 어떡하냐는 말이었어."

콘래드는 싱크대에 몸을 기댔다. "사실, 할 일은 없어. 나는 변호사를 구할 수 있어. 이제 열여덟 살이니까. 막아 볼 수 있어. 하지만 그런다고 될까 싶어. 우리 아빠는 고집이 세거든. 욕심도 많고."

나는 망설이다가 말했다. "꼭 욕심 때문에 그러시는 건지는 모르겠어."

콘래드의 표정이 굳었다. "내 말 믿어. 욕심 때문이야."

이 질문을 안 할 수 없었다. "계절 학기는 어쩔 셈이야?"

"지금은 학교에 관심 없어."

"하지만……."

"됐어, 벨리." 그렇게 말하고서 콘래드는 주방을 지나 테라스 문을 열고 밖으로 나갔다.

대화는 끝났다.

제러마이아

나는 평생 콘래드 형을 우러러보며 살았다. 형은 늘 더 똑똑하고, 빨랐다. 모든 면에서 월등했다. 그리고 나는 그런 형을 못마땅하게 여긴 적이 없었다. 형은 형이었으니까. 형은 어쩔 수 없이 모든 것을 잘했다. 형은 우노 게임(바비 인형으로 유명한 마텔이 판권을 가지고 있는 세계적으로 인기 있는 보드게임—옮긴이)이든 경주든 성적이든 절대 지지 않는 존재였다. 아마 내게는 그런 존재가 필요했던 것 같다. 우러러볼 존재. 내 형, 지지 않는 형.

하지만 내가 열세 살 때 이런 일이 있었다. 우리는 거실에서 30분쯤 레슬링을 하고 있었다. 아빠는 늘 우리에게 레슬링을 시켰다. 대학 시절 레슬링 팀에 있었던 아빠는 우리에게 새로운 기술을 가르치는 것을 좋아했다. 우리는 레슬링을 했고 엄마는 주방에서 베이컨으로 감싼 관자 요리를 하고 있었다. 그날 저녁 손님이 오는 데다 아빠가 가장 좋아하는 요리였기 때문이다.

"꽉 잡아라, 콘래드." 아빠가 말했다.

우리는 정말 열중하고 있었다. 이미 엄마가 아끼는 은촛대를 쓰러뜨린 뒤였다. 형은 씩씩거렸다. 나를 쉽게 이길 줄 알았던 것이다. 하지만 내 실력이 좋아지고 있었다. 나는 포기하지 않았다. 형이 겨드랑이로 내 머리를 조이자 나는 형의 무릎을 잡았고 우리는 같이 쓰러졌다. 뭔가 변하는 것을 느꼈다. 내가 형을 잡았다. 이기기 직전이었다. 아빠가 자랑스러워할 것 같았다.

내가 형을 꼼짝 못 하게 하자, 아빠가 말했다. "코니, 무릎을 구부리라고 했잖니."

나는 고개를 들어 아빠의 표정을 봤다. 아빠는 형이 무엇인가 잘못했을 때 짓는, 눈가에 주름을 잡고서 짜증스러워하는 표정을 짓고 있었다. 아빠는 나를 그렇게 본 적이 한 번도 없었다.

아빠는 "잘했다, 제러."라고 말하지 않았다. 그저 형을 평가하며 고쳐야 할 점을 말할 뿐이었다. 그리고 형은 그 말을 듣고 있었다. 붉어진 얼굴로 이마에서 땀을 뻘뻘 흘리며 고개만 끄덕거리고 있었다. 그러고 나서 나에게 고개를 끄덕이며 진심으로 말했다. "잘했어, 제러."

그때 아빠가 끼어들어 "그래, 잘했다, 제러."라고 말했다.

문득 나는 울고 싶었다. 형을 다시는 이기고 싶지 않았다. 이길 가치가 없었다.

집에서 그런 일이 있고 나서 나는 차에 타 무작정 운전하기 시작했다.

어디로 가는지도 알 수 없었고, 마음 한구석으로는 돌아가고 싶지도 않았다. 형이 처음부터 원하던 대로 이 혼란을 혼자 처리하기를 바라는 마음도 있었다. 벨리가 형을 상대하기를. 그 두 사람이 알아서 하기를. 30분쯤 차를 몰았다.

하지만 운전을 하면서도 결국은 돌아가게 되리라는 것을 알고 있었다. 그냥 떠날 수는 없었다. 그것은 형 스타일이지 내 스타일이 아니었다. 그리고 엄마가 편찮으실 때 형도 함께하지 않았다는 말은 반칙이었다. 엄마가 돌아가실 것을 형이 몰랐던 것은 아니다. 형은 대학교에 있었다. 형잘못이 아니었다. 하지만 다시 상황이 나빠졌을 때 형은 엄마 곁에 있지 않았다. 모든 것이 너무나 빠르게 진행됐다. 형도 알 수 없었던 일이다. 형이 알았다면 집에 왔을 것이다. 분명하다.

우리 아빠는 좋은 아빠가 아니었다. 결점이 분명히 있었다. 하지만 중요할 때는, 결국, 집에 왔다. 아빠는 적절한 말을 했다. 엄마를 행복하게 해 줬다. 콘래드 형은 그런 꼴을 볼 수 없었다. 형은 보고 싶어 하지 않았다.

나는 곧바로 집으로 돌아가지 않았다.

먼저 피자 식당에 들렀다. 저녁때가 다 되었는데 별장엔 먹을 것이 없었다. 전에 알던 마이키란 아이가 아르바이트를 하고 있었다. 토핑을 모두 얹은 큰 사이즈 피자를 주문하고 론은 배달하러 나갔는지 물었다. 마이키는 론이 곧 돌아올 테니 기다리라고 했다.

론은 커즌스에서 1년 내내 살았다. 그는 낮에는 지방 전문 대학에 다니고 밤에는 피자 배달을 했다. 괜찮은 친구였다. 내가 기억하는 한, 미성년자들에게 대신 맥주를 사 주는 사람이었다. 20달러를 주면 사 줬다.

그날이 우리의 마지막 밤이라면 그런 식으로 끝낼 수 없다는 것만은 분명했다.

내가 집에 도착했을 때 콘래드 형은 테라스에 앉아 있었다. 나를 기다린 것이었다. 내게 했던 말이 마음에 걸렸던 것이다. 나는 클랙슨을 울리며 창밖으로 머리를 내밀고서 외쳤다. "와서 나 좀 도와줘."

형이 차로 와서 맥주 상자와 술이 든 봉투를 보더니 말했다. "론이?"

"응." 나는 맥주 두 상자를 들어 형에게 건네며 말했다. "파티하자."

다툰 뒤, 그리고 피셔 아저씨가 돌아간 뒤, 나는 내 방에 올라와 있었다. 제러마이아가 돌아와 콘래드와 2차전을 벌일까 봐 밖에 있고 싶지 않았다. 스티븐 오빠와 나와는 달리, 그 둘은 거의 싸우지 않았다. 내가 알고 지낸 내내 두 사람이 싸우는 것은 세 번 정도밖에 보지 못했다. 제러마이아는 콘래드를 존경했고 콘래드는 제러마이아를 보호했다. 그것이 전부였다.

거기 두고 갔던 내 물건이 있는지 서랍장과 옷장을 살폈다. 엄마는 떠날 때마다 우리에게 물건을 빠짐없이 챙기도록 했지만, 혹시 모르는 일이니까. 확인해 보는 게 좋을 것 같았다. 피셔 아저씨는 아마 짐 옮기는 사람들에게 쓰레기는 전부 버리라고 할 것이었다.

책상 서랍 맨 밑에서 〈꼬마 스파이 해리(Harriet the Spy)〉 시절에 쓰던 공책을 발견했다. 분홍색과 초록색, 노란색 형광펜으로 표시되어 있었다. 내가 그들을 며칠 동안 따라다니며 공책에 적자 스티븐 오빠가 짜증을 내며 엄마에게 일렀다.

나는 이렇게 적었다.

6월 28일: 제러마이아가 보는 사람이 없다고 생각하고 거울 앞에서
　　　　 춤추는 것을 봤다. 보지 말걸!
6월 30일: 콘래드가 또 파란색 아이스바를 다 먹었다. 하지만
　　　　 일러바치지는 않았다.
7월 1일: 스티븐 오빠가 이유도 없이 나를 걷어찼다.

그런 식으로 끝없이 이어졌다. 그러다가 7월 중순쯤 질려서 그만뒀다. 그때 나는 그들을 졸졸 따라다니는 아이였다. 여덟 살의 나는 이 마지막 모험에 내가 끼어 있다는 사실을 알면 좋아했을 것이다. 나는 콘래드와 제러마이아와 함께 있고, 스티븐 오빠는 집에 있다는 사실에 기뻐했을 것이다.

반쯤 쓰다 남은 체리 립글로스, 먼지 앉은 머리띠 등 쓰레기 몇 가지가 더 나왔다. 선반에는 전에 읽던 주디 블룸 책과 그 뒤에 감춰 둔 V. C. 앤드루스 책이 있었다. 그런 것은 그냥 두고 가기로 했다.

딱 하나 가져갈 것은 낡은 북극곰 인형 주니어 민트였다. 콘래드가 백만 년 전에 보드워크에서 따 준 인형이었다. 주니어 민트를 쓰레기처럼 내다 버리게 할 수는 없었다. 오래전 내게 소중했던 녀석이니까.

나는 위층에서 한동안 내 물건을 보며 있었다. 또 하나 간직할 만한 물건을 찾았다. 장난감 망원경이었다. 아빠가 그것을 사 준 날이 기억났다. 보드워크의 작은 골동품 가게에 있던 망원경인데 비쌌지만 아빠는 내게

필요한 물건이라고 했다. 나는 별과 혜성, 별자리에 집착하던 시절이 있었고 아빠는 내가 천문학자가 될지도 모른다고 생각했다. 한때의 취미였지만, 그 당시에는 재미있었다. 나는 아빠가 그때 나를 보던 눈빛이 좋았다. 내가 아빠를 닮은, 아빠의 딸이라는 듯 흐뭇해하던 모습이 좋았다.

아빠는 여전히 나를 그렇게 보곤 했다. 내가 식당에서 타바스코소스를 달라고 하거나, 아빠가 부탁하지 않아도 NPR을 켤 때. 나는 타바스코소스는 좋아했지만, NPR은 별로 좋아하지 않았다. 아빠가 좋아할 줄 알았기에 그 방송을 틀었던 것이다.

피셔 아저씨가 아니라 아빠가 내 아빠라 다행이었다. 아빠는 내게 고함을 지르거나 욕을 한 적이 없었고, 쿨에이드를 쏟았다고 화낸 적도 없었다. 아빠는 그런 사람이 아니었다. 하지만 아빠의 성품이 얼마나 좋은지, 나는 잘 모르고 지냈다.

28

우리 아빠는 별장에 거의 찾아오지 않았다. 8월 주말에 한 번 정도가 전부였다. 나는 그 까닭을 궁금해한 적이 없었다. 아빠와 피셔 아저씨가 동시에 찾아온 주말이 딱 한 번 있었다. 공통점이 많아 곧 친해질 수 있을 것처럼 행동했지만, 사실 아빠와 피셔 아저씨는 너무나 달랐다. 피셔 아저씨는 말하고, 말하고, 또 말했고, 아빠는 할 말이 있을 때만 말했다. 피셔 아저씨는 늘 스포츠 뉴스를 봤고 아빠는 티브이 자체를 거의 보지 않았다. 더구나 스포츠는 전혀 보지 않았다.

어른들은 다이어스타운의 고급 레스토랑에 갔다. 토요일 밤에는 밴드가 연주하고, 작은 댄스 플로어도 있었다. 우리 엄마 아빠가 춤을 춘다고 생각하니 이상했다. 우리 부모님이 춤추는 것은 못 봤지만, 수재나 아줌마와 피셔 아저씨는 늘 춤을 출 것 같았다. 거실에서 아줌마와 아저씨가 춤추는 것을 본 적도 있었다. 콘래드가 얼굴을 붉히며 돌아서던 것이 기억났다.

나는 수재나 아줌마의 침대에 엎드려 엄마와 아줌마가 욕실에서 준비하는 모습을 지켜봤다.

수재나 아줌마가 엄마에게 자기 드레스를 입으라고 설득했다. 아주 깊게 파인 붉은색 브이넥 드레스였다.

"어떤 것 같아, 벡?" 엄마가 자신 없는 표정으로 물었다. 어색했을 것이다. 엄마는 주로 바지를 입었으니까.

"근사해 보여. 그 드레스는 네가 가져야겠다. 붉은색이 정말 잘 어울려, 로럴." 수재나 아줌마는 거울을 보면서 속눈썹을 말아 올려 눈을 크게 만들고 있었다.

어른들이 나가면 나는 뷰러로 속눈썹 올리는 법을 연습할 생각이었다. 엄마에게는 뷰러가 없었다. 엄마의 화장품 가방은 크리니크에서 사은품으로 준 초록색 비닐 백이었다. 버츠비 립밤과 갈색 아이라이너, 핑크색과 초록색으로 구성된 메이블린 마스카라, 자외선 차단제가 다였다. 따분했다.

반면 수재나 아줌마의 화장품 가방은 보물 상자였다. 진청색 뱀 가죽 케이스에는 금색 버클이 달려 있었고, 거기에 아줌마 이름이 새겨져 있었다. 안에는 조그만 통과 팔레트, 검은색 브러시와 향수 샘플이 들어 있었다. 아줌마는 아무것도 버리지 않았다. 그것들을 살펴보며 색깔별로 반듯하게 줄지어 정리하는 것이 좋았다. 가끔 아줌마는 내게 립스틱이나 너무 진하지 않은 색의 샘플 아이섀도를 주기도 했다.

"벨리, 눈 화장 해 줄까?" 수재나 아줌마가 물었다.

나는 일어나 앉았다. "네!"

"벡, 제발 내 딸한테 귀신 같이 화장해 주지 마." 엄마가 젖은 머리를 빗으며 말했다.

수재나 아줌마는 어이없다는 표정을 지었다. "스모키 아이라는 거야, 로럴."

"그래, 엄마. 스모키 아이야." 내가 목소리를 높였다.

수재나 아줌마가 손가락을 까닥였다. "이리 오렴, 벨리."

나는 욕실로 쪼르르 달려가 세면대에 올라앉았다. 나는 세면대 아래로 다리를 늘어뜨리고 앉아 이야기를 듣는 것이 좋았다.

아줌마는 검은색 아이라이너 통에 작은 브러시를 넣었다 뺐다. "눈 감아." 아줌마가 말했다.

나는 수재나 아줌마가 시키는 대로 했고, 아줌마는 브러시로 내 아이라인을 따라 선을 그으면서 엄지로 솜씨 좋게 색을 섞고 번지는 효과를 냈다. 그리고 눈두덩에는 아이섀도를 발랐다. 나는 신이 나서 앉은 채 꼼지락거렸다. 수재나 아줌마가 화장을 해 주면 즐거웠다. 어떤 모습으로 변신했을지 어서 보고 싶었다.

"오늘 밤에 피셔 아저씨랑 춤추실 거예요?" 내가 물었다.

수재나 아줌마가 웃었다. "글쎄다. 아마 추겠지."

"엄마, 엄마랑 아빠는?"

엄마도 웃었다. "잘 모르겠네. 아마 안 출 거야. 네 아빠가 춤추는 걸 싫어하잖니."

"아빠는 지루해." 나는 이렇게 말하고서 몸을 돌려 내 모습을 보려고 했다. 수재나 아줌마가 부드럽게 내 어깨를 잡아 똑바로 앉혔다.

"아빠는 지루하지 않아." 엄마가 말했다. "단지 취미가 다른 것뿐이지. 아빠가 너한테 별자리 가르쳐 주면 좋아하면서, 안 그래?"

나는 어깨를 으쓱였다. "응."

"그리고 아빠는 인내심이 많고, 늘 네 이야기를 들어 주지." 엄마가 내게 상기시켜 줬다.

"맞아. 하지만 그거랑 지루한 거랑 무슨 상관이야?"

"별로 상관없긴 하지. 하지만 좋은 아빠인 것과는 상관이 있어. 네 아빠는 좋은 아빠야."

"그렇고말고." 수재나 아줌마도 맞장구치더니 내 머리 위로 엄마와 눈짓을 주고받았다. "네 모습 좀 보렴."

나는 홱 돌아서 거울을 봤다. 눈이 아주 진한 회색이었다. 신비해 보였다. 내가 춤추러 나가야 할 것 같았다.

"봐, 귀신 같지 않잖아." 수재나 아줌마가 당당히 말했다.

"눈에 멍이 든 것 같네." 엄마가 말했다.

"아냐, 난 신비해 보여. 백작 부인처럼 신비한 것 같아." 나는 세면대에서 뛰어내렸다. "고마워요, 수재나 아줌마."

"천만에."

우리는 점심 식사를 하러 모인 귀족 부인처럼 뺨을 맞대며 키스했다. 그리고 아줌마는 내 손을 잡고 화장대로 데려갔다. 아줌마는 내게 보석 상자를 건네고는 말했다. "벨리, 네 안목이 최고야. 오늘 밤에 무슨 액세서리를 할지 골라 주겠니?"

나는 나무 상자를 들고 침대에 앉아 내용물을 조심스레 뒤졌다. 내가 찾으려던 것이 나왔다. 달랑거리는 오팔 귀고리와 오팔 반지였다. "이거요." 나는 그 액세서리를 손바닥에 얹어 아줌마에게 내밀었다.

수재나 아줌마가 내 말대로 귀고리를 착용하는데 엄마가 말했다. "그게 정말 맞는지 모르겠네."

돌이켜 보면, 나도 그것이 정말 잘 어울렸는지 모르겠다. 하지만 나는 그 오팔 액세서리를 좋아했다. 무엇보다 더 좋아했다. 그래서 말했다. "엄마, 엄마가 스타일에 대해 뭘 알아?"

엄마가 화낼까 봐 곧바로 걱정했지만, 그냥 지나쳤고, 따지고 보면 내 말이 옳았다. 엄마는 화장이든 액세서리든 잘 몰랐다.

수재나 아줌마가 웃었고 엄마도 따라 웃었다. "자, 백작 부인, 아래층에 내려가서 남자분들께 5분 후에 출발할 거라고 전하렴." 엄마가 말했다.

나는 침대에서 뛰어내려 극적으로 허리 숙여 인사했다. "네, 엄마."

엄마와 아줌마가 모두 웃었다. 엄마가 말했다. "어서, 장난꾸러기."

나는 아래층으로 달려갔다. 어릴 적 나는 어딜 가나 뛰어다녔다. "준비 다 됐대요." 내가 외쳤다.

피셔 아저씨는 아빠에게 새 낚싯대를 보여 주고 있었다. 나를 본 아빠는 안도한 표정을 짓다가 물었다. "벨리, 얼굴이 어떻게 된 거냐?"

"수재나 아줌마가 화장해 줬어. 마음에 들어?"

아빠는 가까이 다가오라고 하더니 진지하게 내 얼굴을 살폈다. "글쎄다. 아주 성숙해 보인다."

"정말?"

"그래, 아주, 아주 성숙해 보여."

나는 아빠 겨드랑이로 파고들어 아빠 허리에 머리를 대고서 기분 좋은 표정을 감추려고 했다. 내게는 성숙하다는 것보다 더 큰 칭찬이 없었다.

잠시 후 모두 출발했다. 아빠들은 다림질한 면바지에 셔츠를 입고 엄마들은 드레스를 입고서. 피셔 아저씨와 아빠는 그렇게 차려입어도 별로 달라 보이지 않았다. 아빠는 나를 안고 작별 인사를 하면서 집에 돌아왔을 때 내가 깨어 있으면 테라스에 앉아 별똥별을 찾자고 했다. 엄마는 아마도 늦을 거라고 했고 아빠는 내게 윙크했다.

나가는 길에 아빠가 엄마에게 뭐라고 속삭이자 엄마는 입을 막고서 쉰 목소리로 나지막하게 웃었다. 아빠가 뭐라고 했는지 궁금했다.

엄마 아빠가 마지막으로 행복했던 때였다. 내가 그때를 더 즐기지 못한 것이 정말 아쉽다.

우리 부모님은 늘 안정적이었고, 정말이지 지루했다. 두 사람은 한 번도 싸우지 않았다. 테일러의 부모님은 늘 싸웠다. 나는 종종 테일러네 집에서 자고 오곤 했는데, 주얼 아저씨가 늦게 귀가하는 날엔 테일러 엄마는 정말로 화가 나서 슬리퍼를 신고 온 집을 요란하게 돌아다니고 냄비를 두드려 대곤 했다. 우리는 저녁 식사 중이었고 테일러는 바보 같은 이야기를 끝없이 늘어놓았다. 베로니카 제러드가 체육관에서 이틀 연속 같은 양말을 신었다거나 대학교에 입학하면 풋볼팀 응원단에 자원하자거나.

테일러네 부모님이 이혼했을 때, 나는 조금이라도 마음이 놓였는지 테일러에게 물었다. 테일러는 아니라고 했다. 테일러는 부모님이 늘 싸웠지만 적어도 한 가족인 것이 좋았다고 했다. "너희 부모님은 싸우지도 않았잖아." 테일러가 말했고, 그 목소리에서 업신여기는 기색이 느껴졌다.

나는 테일러가 무슨 말을 하는지 알았다. 나도 그것이 의아했으니까. 어떻게 열렬히 사랑했던 두 사람이 싸우지도 않을 수 있는지? 싸움으로 문제를 해결할 생각도 없었을까? 서로와 싸울 뿐 아니라, 결혼을 유지

하기 위해 싸우는 것 아닌가? 정말로 사랑에 빠진 적이 있긴 했을까? 엄마는 내가 콘래드에게 느끼는 감정을, 살아 있고, 미칠 것 같고, 마음이 약해지는 이 느낌을 아빠에게 가져 본 적 있을까? 나는 그 질문들을 떨칠 수 없었다.

나는 부모님과 같은 실수를 저지르고 싶지 않았다. 나는 내 사랑이 오래된 흉터처럼 언젠가 사라지는 것을 원하지 않았다. 내 사랑은 영원히 타오르기를 바랐다.

29

　한참 뒤 내가 아래층으로 다시 내려갔을 때, 밖은 어두워진 뒤였고 제러마이아는 돌아와 있었다. 제러마이아와 콘래드는 싸운 적 없는 사람들처럼 소파에 앉아서 티브이를 보고 있었다. 남자들은 그런 모양이었다. 테일러와 내가 싸우면 적어도 일주일은 화를 냈고 누가 어느 친구와 한편이 될지를 놓고 알력이 있었다. "넌 누구 편이니?" 우리는 케이티나 마시에게 따져 묻곤 했다. 우리는 주워 담을 수 없는 못된 소리를 하고, 울고, 화해하곤 했다. 내가 위층에 있는 동안 콘래드와 제러마이아가 울고 화해한 것 같지는 않았다.

　나도 용서받았는지, 제러마이아에게 비밀을 만들고 그의 편을 들지 않은 것을 용서받았는지 궁금했다. 실제로 우리는 이곳에 파트너로서, 팀으로서 왔는데, 그에게 내가 필요한 순간에 내가 실망을 주었기 때문이다. 나는 가야 할지 말아야 할지 몰라 계단에 잠시 머물렀고, 나를 올려다보는 제러마이아를 보자 알 수 있었다. 용서받았다는 것을. 제러마이아는 미소를, 진짜 미소를 지었다. 제러마이아의 진짜 미소는 아이스크림을 녹일 수 있었다. 나도 너무나 고마운 마음으로 마주 웃었다.

"너 데리러 가려던 참이야." 제러마이아가 말했다. "파티하자."

커피 탁자 위에 피자 상자가 있었다. "피자 파티야?" 내가 물었다.

수재나 아줌마는 우리 아이들을 위해 늘 피자 파티를 열곤 했다. 그저 '저녁으로 먹는 피자'인 적은 없었다. 피자 파티였다. 다만, 지금은 맥주를 곁들인 피자 파티였다. 테킬라도. 이게 끝이구나 싶었다. 우리의 마지막 밤이었다. 스티븐 오빠도 함께했다면 훨씬 더 실감 났을 것 같았다. 우리 넷이 다시 함께하는, 완전체가 된 느낌이 들었을 것이다.

"시내에서 몇 명을 만났어. 나중에 통을 가지고 올 거야."

"통?" 내가 물었다.

"응. 맥주 통 알지?"

"아, 그렇구나." 내가 말했다. "통."

그리고 나는 바닥에 앉아 피자 상자를 열었다. 한 조각, 그것도 작은 조각이 남아 있었다. "너희는 정말 돼지야." 나는 피자 조각을 입에 넣으며 말했다.

"이런, 미안." 제러마이아가 말했다. 그러고는 주방에 가더니 컵 세 개를 가지고 돌아왔다. 한 개는 팔꿈치와 옆구리 사이에 끼우고 왔다. 그 컵을 내게 건넸다. "건배." 제러마이아가 말하고는 콘래드에게도 컵을 건넸다.

나는 수상쩍은 느낌으로 킁킁거렸다. 연갈색에 라임 조각이 떠다니는 술이었다. "냄새가 강한걸." 내가 말했다.

"테킬라니까요." 제러마이아가 노래하듯 말했다. 그리고 컵을 공중에 치켜들었다. "우리의 마지막 밤을 위하여."

"마지막 밤을 위하여." 콘래드와 나도 따라 말했다.

제러마이아와 콘래드는 단번에 잔을 비웠다. 나는 살짝 맛을 봤다. 나쁘지 않았다. 테킬라는 처음이었다. 나머지는 빠르게 마셨다. "꽤 맛있네." 내가 말했다. "세지 않아."

제러마이아가 웃음을 터뜨렸다. "네 술은 95퍼센트 물이니까."

콘래드도 웃었고 나는 둘을 노려봤다. "너무해." 내가 말했다. "나도 그걸로 마시고 싶어."

"미안. 하지만 미성년자에겐 팔지 않아." 제러마이아가 내 옆 바닥에 앉으며 말했다.

나는 그의 어깨를 주먹으로 쳤다. "너도 미성년자잖아, 바보야. 우리 모두 미성년자라고."

"그래. 하지만 넌 진짜 미성년자야." 제러마이아가 말했다. "엄마가 알면 날 죽일걸."

우리 중 누군가가 수재나 아줌마 이야기를 꺼낸 것은 그때가 처음이었다. 나는 재빨리 콘래드를 힐끔거렸지만, 태연한 얼굴이었다. 나는 그제야 숨을 내쉬었다. 그리고 한 가지 생각이 떠올랐는데, 정말 좋은 생각이었다. 벌떡 일어나서 티브이 콘솔 문을 열었다. 수재나 아줌마가 기울어진 필기체로 쓴 라벨을 붙여서 정리해 놓은 디브이디와 홈 비디오테이프가 든 서랍을 뒤졌다. 그리고 곧 내가 찾고 있던 것을 발견했다.

"뭐 해?" 제러마이아가 물었다.

"잠깐만." 나는 그 둘을 등진 채 말했다. 티브이를 켜고 비디오테이프를 넣었다.

화면에 열두 살의 콘래드가 나왔다. 치아 교정기를 하고 여드름이 난 콘래드였다. 해변에 담요를 깔고 누워 얼굴을 찡그리고 있었다. 그해 여름 콘래드는 사진을 찍지 못하게 했다.

피셔 아저씨가 카메라를 들고 평소처럼 말하고 있었다. "어서. '즐거운 독립 기념일 되세요.'라고 해 봐라, 코니."

제러마이아와 나는 서로 마주 보고 웃음을 터뜨렸다. 콘래드가 우리를 노려봤다. 리모컨을 잡으려고 했지만 제러마이아가 한발 앞섰다. 제러마이아는 리모컨을 높이 쳐들고서 숨넘어갈 듯 웃었다. 둘이 몸싸움을 시작하다가 멈췄다.

카메라가 수재나 아줌마에게 초점을 맞췄다. 아줌마는 챙 넓은 커다란 모자를 쓰고 수영복 위에 긴 흰색 셔츠를 입고 있었다.

"수재나, 여보, 우리나라 생일인 오늘 기분이 어때?"

아줌마는 어이없다는 표정을 지었다. "그만해, 애덤. 애들이나 찍어." 그리고 모자 아래서 아줌마는 미소를 지었다. 아줌마 특유의 느릿하게, 진심으로 짓는 미소였다. 카메라를 들고 있는 사람을 정말 진심으로 사랑하는 여자의 미소였다.

콘래드는 리모컨을 빼앗으려고 싸우던 것을 멈추고서 화면을 잠시 보더니 말했다. "꺼."

제러마이아가 말했다. "왜 그래, 형? 그냥 보자."

콘래드는 아무런 대꾸도 하지 않았지만, 눈길을 거두지 못했다.

그러다가 카메라가 나를 찍었고 제러마이아는 다시 웃기 시작했다. 콘래드도 웃었다. 내가 기다리던 부분이었다. 웃음을 자아낼 줄 알고 있었다.

커다란 안경을 쓰고 무지갯빛 줄무늬 수영복을 입은, 네 살짜리처럼 동그란 배가 볼록 튀어나온 나. 나는 스티븐 오빠와 제러마이아에게서 도 망치며 목청껏 비명을 지르고 있었다. 그들은 불가사리를 잡았다며 나를 뒤쫓았는데, 나중에 알고 보니 해초 덩어리였다.

제러마이아의 머리카락은 햇볕을 받아 은빛으로 빛났는데, 내 기억 속 의 모습 그대로였다.

"벨리, 너 비치 볼 같다." 제러마이아가 폭소를 터뜨리며 말했다.

나도 조금 웃었다. "잘 봐. 저 해 여름은 정말 좋았어. 우리가 이곳에 서 보낸 모든 여름은 정말…… 좋았어."

좋았다는 말로는 부족하기 짝이 없었다.

콘래드는 잠자코 일어나더니 테킬라를 가지고 돌아왔다. 우리에게 조 금씩 따라 줬는데, 이번에는 내 테킬라에 물을 섞지 않았다.

우리는 함께 테킬라를 마셨고, 나는 테킬라를 마시고 목이 타들어 가 는 것 같아 눈물을 줄줄 흘렸다. 콘래드와 제러마이아는 다시 웃기 시작 했다. "라임을 빨아 먹어." 콘래드가 시키는 대로 했다. 곧 따뜻하고 느긋 하고 좋은 기분이 됐다. 나는 바닥에 머리카락을 펼치고 드러누워 천장 에서 빙글빙글 돌고 있는 선풍기를 봤다.

콘래드가 일어나 화장실에 가자 제러마이아가 모로 누웠다. "어이, 벨 리." 제러마이아가 말했다. "진실 게임 하자. 진실을 말할래, 시키는 대 로 할래?"

"바보 같은 소리 하지 마." 내가 말했다.

"아, 그러지 말고. 나랑 놀아, 벨리, 응?"

나는 어이없다는 표정을 지으며 일어나 앉았다. "그럼 시키는 대로 할게."

제러마이아의 눈이 사기꾼처럼 빛났다. 수재나 아줌마의 병이 재발한 이후 처음 보는 표정이었다. "나한테 키스해, 정식으로. 지난번 이후로 많이 배웠거든."

나는 웃었다. 제러마이아가 무엇을 시킬지 예상한 것도 없지만, 키스라니 의외였다.

제러마이아가 내게 얼굴을 갖다 댔고 나는 다시 웃었다. 나는 다가가그의 턱을 당긴 뒤 뺨에 쪽 키스했다.

"어우, 야!" 제러마이아가 이의를 제기했다. "그건 진짜 키스가 아니잖아."

"정확히 말하지 않았잖아." 그렇게 말하는데 뺨이 뜨거워졌다.

"그러지 말고, 벨리. 지난번에는 그렇게 키스하지 않았잖아." 제러마이아가 말했다.

그때 콘래드가 청바지에 손을 닦으며 돌아왔다. "무슨 소리야, 제러? 너 여자 친구 있지 않냐?"

제러마이아를 보니 뺨이 새빨갛게 달아올라 있었다. "여자 친구 생겼어?" 내 목소리에서 느껴지는 비난의 기색이 싫었다. 제러마이아가 내게 빚진 것은 없었다. 그가 내 것도 아니었다. 하지만 제러마이아는 항상 내 것처럼 느껴지게 행동했다.

내내 함께 있으면서도 제러마이아는 여자 친구가 생겼다는 말을 하지 않았다. 믿을 수가 없었다. 나만 비밀이 생긴 것이 아니라는 생각에 슬퍼졌다.

"우리 헤어졌어. 걔는 툴레인에 있는 대학에 갔고 나는 여기 있잖아.

계속 사귀는 게 의미가 없다고 결정 내렸어." 제러마이아는 콘래드를 노려보더니 내게 시선을 돌렸다. "사귀고 헤어지고를 계속 되풀이했어. 정신 나간 애야."

제러마이아가 정신 나간 애, 그가 좋아서 자꾸만 되돌아오는 애랑 사귄다고 생각하니 더 싫었다. "음, 걔 이름이 뭔데?" 내가 물었다.

제러마이아가 망설이더니 한참 만에 말했다. "마라."

술기운에 용기를 내서 이렇게 물어볼 수 있었다. "그 앨 사랑해?"

제러마이아는 그때만큼은 망설이지 않았다. "아니."

나는 피자 테두리를 깨작거리며 말했다. "좋아, 내 차례야. 콘래드, 진실을 말할래, 시키는 대로 할래?"

콘래드는 소파에 엎드렸다. "나도 한다고는 안 했어."

"겁쟁이." 제러마이아와 내가 동시에 말했다.

"찌찌뽕." 우리는 동시에 말했다.

"너희 진짜 유치하다." 콘래드가 중얼거렸다.

제러마이아가 일어나더니 "꼬꼬, 꼬꼬, 꼬꼬." 닭 우는 소리를 흉내 내며 우스꽝스러운 춤을 추기 시작했다.

"진실을 말할래, 시키는 대로 할래?" 내가 되풀이해 물었다.

콘래드가 앓는 소리로 말했다. "진실."

나는 콘래드와 함께 게임 하는 것이 너무 기쁜 나머지 좋은 질문을 생각해 내지 못했다. 물어보고 싶은 것이 백만 가지였으니까. 우리 사이는 어떻게 된 것인지, 날 좋아한 적은 있는지, 우리가 정말로 사귄 적은 있는지 묻고 싶었다. 하지만 그런 것은 물어볼 수 없었다. 아무리 테킬라에 취한 상태라 해도, 그 정도 지각은 있었다.

대신 나는 이렇게 물었다. "보드워크에서 일하는 여자애 좋아했던 그해 여름 기억나? 앤지라는 애?"

"아니." 콘래드가 대답했지만, 나는 그가 거짓말한다는 것을 알았다. "근데 걔가 뭐?"

"걔랑 키스해 봤어?"

콘래드는 드디어 소파에서 고개를 들었다. "아니."

"거짓말."

"딱 한 번 시도는 했어. 그런데 내 머리를 때리더니 자기는 그런 여자가 아니랬어. 여호와의 증인인가 싶어."

제러마이아와 나는 웃음을 터뜨렸다. 제러마이아는 너무 심하게 웃느라 허리를 숙이고 무릎을 꿇었다. "와, 정말." 제러마이아가 숨을 헐떡이며 말했다. "엄청나다."

그랬다. 술을 많이 마신 탓이지만, 콘래드가 긴장을 풀고 우리와 대화하다니, 그야말로 엄청났다. 기적 같았다.

콘래드가 팔꿈치를 짚고 몸을 일으켰다. "좋아, 내 차례야."

그곳에 우리 둘뿐이라는 듯 콘래드가 나를 보자 덜컥 겁이 났다. 그리고 들떴다. 하지만 우리 둘을 보고 있는 제러마이아 쪽을 보고 나니, 문득 모든 감정이 사라졌다.

나는 엄숙하게 말했다. "아니, 아니. 내게 질문할 수 없어. 내가 방금 오빠한테 질문했으니까. 그게 규칙이야."

"규칙?" 콘래드가 물었다.

"응." 내가 소파에 머리를 기대며 말했다.

"적어도 내가 뭘 물어보려고 했는지 궁금하지 않아?"

"아니, 전혀." 거짓말이었다. 당연히 궁금했다. 궁금해서 죽을 것 같았다.

나는 손을 뻗어 테킬라를 내 컵에 더 따르고 몸을 일으켰다. 무릎이 후들거렸다. 머리가 어지러웠다. "우리의 마지막 밤을 위하여!"

"그 건배는 이미 했다고. 잊었어?" 제러마이아가 말했다.

나는 혀를 쏙 내밀었다. "좋아, 그럼." 테킬라 덕분에 나는 다시 용감해졌다. 정말 하고 싶은 말을 할 수 있었다. 밤새 생각하고 있었던 말을. "오늘 밤 이곳에…… 이곳에 못 온 모두를 위해 건배. 엄마, 스티븐 오빠, 그리고 무엇보다도 수재나 아줌마를 위해. 응?"

콘래드가 나를 올려다봤다. 한순간, 나는 그가 무슨 말을 할지 두려웠다. 하지만 콘래드도 컵을 들었고 제러마이아도 들었다. 우리는 일제히 컵을 비웠다. 테킬라는 액체로 만든 불처럼 뜨거웠다. 나는 콜록거렸다.

다시 앉아서 제러마이아에게 물었다. "파티에 누가 와?"

제러마이아는 어깨를 으쓱였다. "작년 여름 컨트리클럽 수영장에서 만난 애들. 걔들도 사람들을 부르겠지. 참, 그리고 마이키랑 피트랑 그런 애들."

나는 '마이키랑 피트랑 그런 애들'이 누군지 궁금했다. 사람들이 오기 전에 청소를 해야 할지도 궁금했다.

"몇 시에 오는데?" 내가 제러마이아에게 물었다.

제러마이아는 어깨를 으쓱였다. "10시? 11시?"

나는 벌떡 일어났다. "벌써 9시가 다 됐어! 옷 입어야지."

콘래드가 말했다. "옷은 입고 있잖아?"

나는 그 말에는 대답도 하지 않고 곧바로 위층으로 달려 올라갔다.

가방 안에 든 물건을 바닥에 쏟아 놓는데 테일러한테서 전화가 왔다. 그제야 그날이 토요일인 것이 기억났다. 그보다 훨씬 더 오래 떠나 있었던 느낌이었다. 그리고 그날이 7월 4일이라는 사실도 기억났다. 그렇다면 나는 테일러와 데이비스와 모두와 함께 보트 파티에 가야 했다. 헉.

"안녕, 테일러." 내가 말했다.

"안녕, 지금 어디야?" 테일러가 화를 내지 않아서 더 무서웠다.

"음, 아직 커즌스야. 미안한데, 보트 파티 때까지 못 돌아갈 것 같아." 옷 무더기에서 어깨가 한쪽만 있는 시폰 소재 블라우스를 골라 입어 봤다. 테일러는 그 옷을 입을 때마다 머리를 한쪽으로 모았었다.

"온종일 비가 와서 보트 파티는 취소됐어. 대신 코리가 오늘 밤에 자기 형 콘도에서 파티를 한대. 너는?"

"우리도 파티를 하나 봐. 제러마이아가 방금 맥주랑 테킬라를 엄청 사왔어." 나는 블라우스 맵시를 고치며 말했다. 어깨를 얼마나 내놓아야 하는지 잘 몰랐다.

"파티?" 테일러가 쉿소리로 외쳤다. "나도 가고 싶다!"

나는 테일러의 굽 높은 샌들에 발을 끼워 넣어 봤다. 파티와 테킬라 이야기를 한 것을 후회했다. 테일러는 테킬라 보디 샷(테킬라에 곁들이는 소금과 라임을 파트너의 몸에 얹고 핥도록 하는 음주 게임-옮긴이)에 미쳐 있었다. "코리네 파티는 어쩌고." 내가 말했다. "걔 형네 콘도에 자쿠지가 있다며? 너 자쿠지 좋아하잖아."

"맞아. 하지만 너희와도 파티하고 싶어! 해변 파티가 가장 재미있잖아." 테일러가 말했다. "참, 레이철 스피로가 그러는데, 대학 신입생 중에 잘 노는 애들이 온대. 그러니 거기 가는 게 무슨 의미가 있는지 모르겠다. 아, 그냥 차 타고 커즌스로 가야 할까 봐!"

"네가 여기 도착하면 파티는 이미 끝났을걸. 그냥 코리네 가는 게 좋을 거야."

차가 서는 소리가 들렸다. 사람들이 벌써 도착했다. 그러니까 거짓말이 아니었다.

그만 끊어야겠다고 말하려는데, 테일러가 작은 목소리로 말했다. "너, 혹시, 내가 가는 게 싫어?"

"그런 말은 안 했어." 내가 말했다.

"그렇게 말한 셈이잖아."

"테일러." 하지만 그다음에 무슨 말을 해야 할지 알 수 없었다. 그 애 말이 옳았으니까. 나는 테일러가 오는 것을 원하지 않았다. 그 애가 오면, 늘 그랬듯이 그 애가 주인공이 될 테니까. 그날은 커즌스에서, 그 별장에서 내가 보내는 마지막 밤이었다. 그 집에 다시는 올 수 없었다. 그날 밤

주인공은 나와 콘래드, 제러마이아이기를 바랐다.

테일러는 내 대답을, 적어도 아니라고 부인하기를 기다렸지만 내가 아무 말도 하지 않자 이렇게 내뱉었다. "네가 얼마나 이기적인지 믿을 수가 없다, 벨리."

"내가?"

"그래, 너. 네 여름 별장이랑 남자들을 너만 가지고 나랑 나누려고 하지 않잖아. 이제야 여름 내내 함께 지내게 됐는데, 좋아하지도 않고! 네가 신경 쓰는 건 커즌스에서 그들이랑 지내는 시간뿐이야." 정말 원망스러운 말투였다. 하지만 나는 평소와 달리 죄책감 대신 짜증만 느꼈다.

"테일러." 내가 말했다.

"그런 식으로 내 이름 부르지 마."

"어떻게?"

"어린애 이름 부르는 것처럼."

"그럼 초대 못 받았다고 어린애처럼 굴지 마." 나는 그렇게 말하고는 곧 후회했다.

"관둬, 벨리! 나도 참을 만큼 참았다고. 넌 진짜 구린 친구야, 그거 아니?"

나는 한숨을 쉬었다. "테일러……. 닥쳐."

테일러가 놀라는 소리를 냈다. "나한테 닥치라니! 난 항상 널 도와주려고 했어, 벨리. 네가 하는 콘래드 헛소리를 다 들어 주고도 불평 한마디 안 했어. 너희가 깨졌을 때 너한테 아이스크림 떠먹여 주고 침대에서 나오라고 설득한 게 누구니? 나잖아! 그런데 고마운 줄도 모르고. 넌 이제 재미도 없어."

내가 빈정거리며 말했다. "야, 테일러, 재미없어서 미안하다. 사랑하는 사람이 죽으면 그렇게 돼."

"그러지 마. 모든 게 그 일 탓이라고 하지 말라고. 너는 항상 콘래드만 따라다녔지. 이제 불쌍하다. 제발 좀 잊어! 콘래드는 너를 좋아하지 않아. 좋아한 적도 없을걸."

테일러가 내게 한 말 중 가장 못 된 말이었을 것이다. 내가 "난 적어도 다리털 면도하는 남자랑 첫 경험을 하진 않았어!"라고 받아치지만 않았다면, 그 애가 사과했을지도 모른다.

테일러는 헉하고 놀랐다. 테일러는 데이비스가 수영팀에 들어가느라 다리털을 면도했다고 내게만 알려 줬다. 그 애는 잠시 아무 말도 하지 않았다. 그러더니 말했다. "오늘 밤에 내 샌들 신지 않는 게 좋을 거야."

"너무 늦었네. 벌써 신었거든!" 그렇게 말하고 나는 전화를 끊었다.

테일러 말을 믿을 수 없었다. 구린 친구는 내가 아니라 테일러였다. 이기적인 건 그 애였다. 너무 화가 나서 아이라이너를 쥔 손이 바르르 떨리는 바람에 지우고 다시 그려야 했다. 테일러의 블라우스를 입고 그 애 신발을 신고 나도 머리를 한쪽으로 모았다. 그 애가 알면 화낼 것을 알았기에 그렇게 했다.

그리고 마지막으로 콘래드의 목걸이를 했다. 블라우스 아래 목걸이를 감춘 뒤, 아래층으로 내려갔다.

31

"어서 와." 나는 레드 제플린 티셔츠를 입은 남자에게 말했다.

"부츠 멋지다." 나는 카우보이 부츠를 신은 여자에게 말했다.

사람들 사이를 돌아다니며 음료를 나눠 주고 빈 캔을 버렸다. 콘래드가 팔짱을 끼고 나를 지켜봤다. "뭐 하냐?" 콘래드가 물었다.

"모두 편안하게 즐기도록 하는 거야." 나는 테일러의 블라우스 매무새를 고치며 설명했다. 수재나 아줌마는 손님맞이에 탁월했다. 모든 사람을 환영하고 반기는 재능이 있었다. 테일러가 한 말이 아직도 뇌리에서 사라지지 않았다. 나는 이기적인 사람이 아니었다. 나는 좋은 친구였고, 손님맞이도 잘했다. 그 애에게 보란 듯이 행동할 생각이었다.

비디오월드의 트래비스가 커피 탁자에 발을 올리고 꽃병을 쓰러뜨릴 뻔했을 때, 나는 이렇게 고함쳤다. "조심해. 그리고 가구에서 발 떼." 그러고는 뒤늦게 덧붙였다. "부탁해."

음료를 더 가지러 주방으로 가려다가 그 여자를 봤다. 지난해 여름에

본 여자. 콘래드가 좋아했던 니콜이 주방에 서서 제러마이아와 이야기하고 있었다. 레드삭스 모자를 안 쓰고 있었지만, 그 여자 향수는 어디서나 알 수 있었다. 바닐라와 썩은 장미 냄새가 났으니까.

나와 동시에 콘래드도 분명히 그 여자를 봤을 것이다. 숨을 쓱 들이쉬며 "젠장."이라고 중얼거렸으니까.

"쟤한테 상처 줬어?" 내가 물었다. 가볍게 놀리듯이 말하려고 애썼다.

애쓴 보람이 있었다. 콘래드는 내 손을 잡고 테킬라 병을 들더니 말했다. "여기서 나가자."

나는 홀린 듯, 몽유병에 걸린 듯 그를 따라나섰다. 그가 내 손을 잡다니, 꿈만 같았다. 우리가 집에서 벗어나려는데 제러마이아가 우리를 봤다. 가슴이 철렁했다. 제러마이아가 우리에게 이리 오라고 손짓하더니 외쳤다. "이봐! 와서 인사해."

콘래드는 내 손을 놓았지만 테킬라 병은 여전히 쥐고 있었다. "안녕, 니콜." 콘래드가 그쪽으로 다가가며 말했다. 나는 맥주 두 캔을 들고 뒤따라갔다.

"어, 안녕, 콘래드." 니콜은 우리가 주방에 있는 내내 지켜보지 않았다는 듯, 놀란 표정으로 말했다. 니콜은 뒤꿈치를 들고 콘래드를 끌어안았다.

제러마이아는 나와 눈이 마주치자 눈썹을 치켜올렸다. 그러곤 씩 웃었다. "벨리, 니콜 기억하지?"

내가 말했다. "물론이지." 나는 미소를 지었다. '주인 역할을 완벽하게 해야지.'라고 다짐했다. 이기심을 버리고.

니콜은 조심스레 내게 미소를 지었다. 나는 가져온 맥주를 건넸다. "

건배." 내 맥주를 따면서 말했다.

"건배." 니콜이 따라 말했다. 우리는 캔을 부딪치고 마셨다. 나는 빨리 마셨다. 다 마시고 나서 한 캔을 더 가져다가 그것도 마셨다.

문득 실내가 너무 조용하게 느껴져서 음악을 켰다. 음악 소리를 높이고 신발을 벗어 던졌다. 수재나 아줌마는 늘 댄스가 없으면 파티가 아니라고 했다. 나는 제러마이아를 붙잡고 한 팔을 그의 목에 두르고서 춤을 췄다.

"벨리……." 제러마이아가 거부했다.

"춤추자, 제러!" 내가 외쳤다.

그래서 제러마이아는 춤을 췄다. 춤을 참 잘 췄다. 다른 사람들도 춤추기 시작했다. 니콜까지도. 콘래드는 안 췄지만 상관하지 않았다. 알아차리지도 못했다.

1999년으로 돌아간 것처럼 미친 듯이 춤을 췄다. 실연한 사람처럼 춤 췄다. 사실 실연한 셈이었다. 머리카락을 마구 흔들어 댔다.

땀이 나서 이렇게 물었다. "수영장에서 수영해도 될까? 마지막으로 한 번만?"

제러마이아가 말했다. "수영장은 무슨. 바다에서 수영하자."

"좋아!" 멋진 생각 같았다. 완벽한 생각.

"안 돼." 콘래드가 불쑥 튀어나와 말했다. 그는 어느새 내 바로 옆에 서 있었다. "벨리는 취했어. 지금 수영하면 안 돼."

나는 콘래드를 보며 눈살을 찌푸렸다. "하지만 수영하고 싶어."

콘래드가 웃었다. "그래서 뭐?"

"저기, 난 수영 정말 잘해. 취하지도 않았고." 나는 증명해 보이려고 약간 비틀거리며 직선으로 걸었다.

"미안하지만, 넌 완전히 취했어." 콘래드가 말했다.

바보 같고 지루한 콘래드. 그는 가끔 쓸데없이 진지했다.

"오빠 재미없어." 나는 바닥에 앉아 있는 제러마이아를 바라봤다. "콘래드는 재미없어. 그리고 우리 대장도 아니야. 그렇게 생각하지, 다들?"

제러마이아나 다른 누가 대답하기도 전에 나는 문으로 달려 나가 계단을 뛰어내려 바다를 향해 내달렸다. 날아가는 혜성이 되어 하늘에 일직선을 긋는 느낌이었다. 근육을 오래 안 썼더니, 다리를 쭉쭉 뻗으며 달리는 기분이 좋았다.

사람들이 가득 들어차 있는 환히 빛나는 집이 백만 킬로미터는 떨어진 것처럼 느껴졌다. 그가 따라오는 것을 알고 있었다. 돌아보지 않아도 그라는 것을 알 수 있었다. 하지만 그래도 돌아봤다.

"집으로 가자." 콘래드가 말했다. 손에는 테킬라 병을 들고 있었다. 나는 그 병을 낚아채 백만 번쯤 그렇게 해 본 사람처럼, 원래부터 병째 술을 마시는 사람인 것처럼 한 모금 꿀꺽 마셨다.

술을 곧바로 뱉지 않은 나 자신이 자랑스러웠다. 그를 향해 활짝 웃으며 바다를 향해 한 발자국 내디뎠다. 나는 그를 시험하고 있었다.

"벨리." 콘래드가 경고했다. "말해 두는데, 네가 물에 빠져도 네 시체를 바다에서 끌어내지 않을 거야."

나는 그를 향해 눈을 사시처럼 만들어 보이고는 엄지발가락을 물에 담갔다. 물은 생각보다 차가웠다. 갑자기 수영이 그다지 달갑게 느껴지지 않았다. 하지만 콘래드에게 굴복하기 싫었다. 그에게 지기 싫었다. "날 막으려고?"

콘래드는 한숨을 쉬더니 집 쪽을 돌아봤다.

나는 계속해서 테킬라를 한 모금 더 마셨다. 그가 내게 관심을 기울이게 하는 일이라면 뭐든지 할 생각이었다. "아니, 내가 오빠보다 수영을 더 잘하니까. 내가 훨씬 더 빠르잖아. 너는 날 못 잡아."

콘래드가 다시 나를 봤다. "너 쫓아가지 않을 거야."

"정말? 정말 안 올 거야?" 나는 크게 한 걸음, 또 한 걸음 내디뎠다. 물이 무릎까지 차올랐다. 썰물이었고 나는 떨고 있었다. 정말 어리석은 짓이었다. 수영하고 싶은 마음도 사라졌다. 내가 무슨 짓을 하고 있는지도 알 수 없었다. 해변 반대편 멀리에서 누군가가 폭죽을 쐈다. 미사일 소리가 났다. 은빛 버드나무처럼 보였다. 불꽃이 바다에 떨어지는 광경을 지켜봤다.

그리고 막 실망감을 느끼는 순간, 그가 내게 신경 쓰지 않는 것을 보고 단념하려는 순간 그가 나를 향해 움직였다. 그는 나를 들어 올려 어깨에 걸머졌다. 나는 술병을 바다에 빠뜨렸다.

"내려놔!" 나는 그의 등을 두드리며 외쳤다.

"벨리, 너 취했어."

"당장 내려놓으라고!"

그리고 어쩐 일인지 콘래드가 내 말을 들었다. 나를 모래 위에, 엉덩방아를 찧도록 떨어뜨렸다. "아야! 진짜 아팠어!"

그렇게 아프지는 않았지만, 나는 화가 났고, 그보다 창피했다. 그의 등을 향해 모래를 걷어찼는데 바람에 실려 내게로 날아왔다. "재수 없어!" 나는 이렇게 외치면서 모래를 퉤퉤 뱉었다.

콘래드는 고개를 저으며 내게서 돌아섰다. 그의 청바지가 젖었다. 그가 떠났다. 정말로 떠났다. 나는 또다시 모든 것을 망쳐 놓았다.

일어나니 너무 어지러워서 그대로 쓰러질 뻔했다.

"잠깐만." 무릎이 후들거렸다. 모래 묻은 머리카락을 얼굴에서 떼어 내고 심호흡을 했다. 그에게 그 이야기를 해야만 했다. 마지막 기회였다.

콘래드가 돌아섰다. 알 수 없는 표정이었다.

"잠깐만 기다려 줘. 할 이야기가 있어. 그날 내 행동 정말 미안해." 내 목소리는 높고 필사적이었으며 나는 울고 있었다. 우는 것이 싫었지만 어쩔 수 없었다. 계속 이야기해야 했다. 그날이 마지막이었으니까. 마지막 기회였으니까. "장례식 날, 내가 못되게 굴었어. 내가 정말 잘못했어. 내 행동이 너무 부끄러워. 그런 식이 되길 바란 건 아니야. 나는 정말, 네 곁에 있어 주고 싶었어. 그래서 너를 찾으러 여기 온 거였어."

콘래드는 한 번, 그리고 다시 눈을 깜빡였다. "괜찮아."

나는 눈물 묻은 뺨과 콧물을 닦았다. "그 말 진심이야? 날 용서해 주는 거야?"

"응." 콘래드가 말했다. "용서해. 그러니까 그만 울어, 응?"

나는 그에게 다가갔다. 점점 가까워졌지만, 콘래드는 물러서지 않았다. 우리는 키스할 만큼 가까워졌다. 나는 예전처럼 되기를 간절히 바라면서 숨을 참고 있었다.

내가 한 걸음 더 다가가자, 콘래드가 말했다. "돌아가자, 괜찮지?"

콘래드는 내 대답을 기다리지 않았다. 그저 걸어가기 시작했고, 나는 그의 뒤를 따라 걸었다. 토할 것 같았다.

그렇게 그 순간은 끝나 버렸다. 거의 어떤 일이라도 벌어질 수 있었던, 그런 순간이 스쳐 지나갔다. 하지만 콘래드는 그 순간을 끝내 버렸다.

집에 돌아오니 사람들이 옷을 입은 채 수영장에서 수영하고 있었다. 여자 몇 명은 주위에서 작은 폭죽을 흔들고 있었다. 이웃 클레이 버틀릿은 속옷만 입고서 수영장 가장자리로 둥둥 떠다녔다. 그가 내 발목을 잡았다. "이리 와, 벨리. 나랑 수영하자." 그가 말했다.

"놔." 나는 그를 걷어찼고 그러다가 그의 얼굴에 물을 뿌렸다.

테라스에 모인 사람들을 밀치며 집 안으로 들어갔다. 잘못해서 어떤 여자 발을 밟았고, 그 여자가 소리를 질렀다. "미안." 내 목소리가 멀리서 나는 것처럼 느껴졌다. 너무 어지러웠다. 침대에 눕고만 싶었다. 나는 아기였을 때처럼, 게처럼 기어서 계단을 올라갔다. 침대에 쓰러지고 나자 영화에서 이야기하는 것과 똑같이 방이 빙빙 돌았다. 침대도 돌았고, 내가 말한 온갖 바보 같은 소리가 기억나서 울기 시작했다.

그날 해변에서 나는 정말 바보 같은 짓을 했다. 모든 것이 참담했다. 수재나 아줌마가 세상을 떠난 것도, 그 집이 남에게 넘어가는 것도, 콘래드에게 나를 거부할 기회를 다시 준 것도. 테일러 말이 옳았다. 나는 괴롭힘 당하길 즐겼다.

나는 모로 누워 무릎을 끌어안고 울었다. 모든 것이 잘못됐고, 그중 최악은 나였다. 문득 엄마가 보고 싶어졌다.

나는 침대 옆 작은 탁자 위에 놓인 전화기로 손을 뻗었다. 어둠 속에서 숫자들이 반짝였다. 엄마는 네 번째 신호에 전화를 받았다.

졸린 엄마의 목소리가 낯익어 더 눈물이 났다. 세상 그 무엇보다도, 전화기 안으로 들어가서 엄마를 여기로 데려오고 싶었다.

"엄마." 목멘 소리가 나왔다.

"벨리? 왜 그러니? 지금 어디야?"

"수재나 아줌마 집에 있어. 별장에."

"뭐라고? 별장에서 뭐 해?"

"피셔 아저씨가 여길 판대. 여길 판다니까 콘래드가 너무 슬퍼하는데 아저씨는 신경도 안 써. 그냥 별장을 없애려고만 해. 아줌마를 지워 버리려고 해."

"벨리, 진정해. 무슨 말인지 안 들려."

"그냥 와 줘, 응? 엄마가 와서 해결해 줘."

그러고 나서 나는 전화를 끊었다. 손에 든 전화기가 갑자기 너무 무겁게 느껴졌다. 회전목마를 탄 기분이었는데, 그리 좋지는 않았다. 누군가가 밖에서 폭죽을 터뜨렸고 내 머리가 폭죽과 함께 터지는 느낌이었다. 눈을 감으니 더 심해졌다. 하지만 눈꺼풀이 무거워지면서 곧 잠에 빠져들었다.

제러마이아

벨리가 자러 올라간 뒤 나는 곧바로 사람들을 모두 돌려보냈고, 콘래드 형과 나만 남았다. 형은 소파에 엎드려 있었다. 벨리와 해변에서 돌아온 뒤로 형은 엎드린 채 일어나지 않았다. 둘 다 젖어서 모래투성이로 돌아왔다. 벨리는 취했고 울고 있었다. 눈이 빨개져 있었다. 콘래드 형이 울린 것이 분명했다.

사람들이 모래를 묻히고 들어와서 바닥이 온통 모래였다. 사방에 병과 캔이 흩어져 있었다. 누군가 젖은 수건을 두르고 소파에 앉아서 쿠션에 오렌지색 얼룩이 크게 남았다. 나는 그 쿠션을 뒤집었다. "집이 엉망이 됐어." 나는 리클라이너에 털썩 앉으면서 말했다. "내일 아빠가 이 꼴을 보면 난리 나겠네."

콘래드 형은 눈을 뜨지 않았다. "상관없어. 아침에 청소하자."

나는 왠지 기분이 나빠서 형을 노려봤다. 형이 저질러 놓은 짓을 정리하는 것이 지긋지긋했다. "몇 시간은 걸릴 텐데."

그러자 형이 눈을 떴다. "사람들을 부른 건 너야."

일리 있는 말이었다. 파티는 내가 하자고 했다. 집이 엉망이 되어서 기분 나쁜 것이 아니었다. 벨리 때문이었다. 형과 벨리가 함께 있는 것. 그 사실이 나를 불쾌하게 했다.

"형, 바지 젖었잖아." 내가 말했다. "소파에 모래를 다 묻히고 있어."

형이 눈을 비비며 일어나 앉았다. "너 왜 이래?"

더 이상 참을 수 없었다. 나는 일어나려다가 다시 앉았다. "대체 밖에서 둘이 뭘 한 거야?"

"아무것도 안 했어."

"아무것도 안 했다니 무슨 소리야?"

"아무것도 안 했다면 안 했다는 소리야. 그만해, 제러."

형이 이렇게 덤덤하고 태연하게 굴 때가 싫었다. 특히 내가 화를 낼 때. 형은 늘 그랬지만, 그 무렵에는 점점 더 심해졌다. 엄마가 돌아가신 뒤 형은 변했다. 더 이상 그 무엇에도 관심이 없었다. 거기에 벨리도 포함되는지 궁금했다.

알아야만 했다. 형과 벨리 사이를, 형은 솔직히 어떤 감정인지, 어쩔 셈인지 알아야 했다. 모르는 게 문제였다.

그래서 나는 단도직입으로 물었다. "아직 벨리를 좋아해?"

형은 나를 빤히 봤다. 내 질문에 놀라 얼이 빠진 것이었다. 우리는 이런 식으로 벨리 이야기를 한 적이 없었다. 기습 질문을 하길 잘했다 싶었다. 아마 사실대로 말할 것 같았다.

그렇다고 하면 끝이었다. 형이 좋아한다고 하면 나는 포기할 생각이었다. 포기하고 살 수 있었다. 형이 아니라 다른 누구였다면 어쨌든 포기하지 않았을 테지만. 마지막으로 한 번 더 시도했겠지만.

질문에 대답하는 대신 형이 물었다. "너는?"

나는 얼굴이 빨개지는 것을 느꼈다. "학년말 파티에 걔한테 간 건 내가 아니야."

형은 잠시 생각하더니 말했다. "난 걔가 부탁해서 간 것뿐이야."

"형, 벨리를 좋아해, 안 좋아해?" 나는 2초쯤 망설이다가 그냥 말해 버렸다. "난 좋아해서 묻는 거야. 난 벨리가 좋아. 정말 좋아. 형은?"

콘래드 형은 눈도 깜빡이지 않았고, 망설이지도 않았다. "안 좋아해."

그 말에 나는 정말 화가 났다.

형은 말도 안 되는 소리만 했다. 벨리를 좋아하면서. 좋아하는 정도가 아니면서. 하지만 형은 그 사실을 인정하지 못했다. 용기를 내지 못했다. 형은 그런 남자가, 벨리에게 필요한 남자가 될 수 없었다. 벨리를 위해 곁에 있어 주고, 벨리가 기댈 수 있는 남자가. 나는 될 수 있었다. 벨리가 허락만 한다면, 나는 그런 남자가 될 수 있었다.

나는 형에게 화가 났지만 마음이 놓인 것도 사실이었다. 형이 벨리에게 아무리 상처를 줘도, 형이 벨리를 원하기만 하면 두 사람은 사귈 수 있었다. 벨리는 늘 형에게로 돌아갔으니까.

하지만 형이 방해가 안 된다면, 벨리가 내게도 눈길을 줄 것 같았다.

33

7월 5일

"벨리."

나는 돌아누우려고 했지만, 그 목소리가 다시 들렸다. 더 크게.

"벨리!" 누군가가 나를 흔들어 깨웠다.

눈을 떴다. 엄마였다. 엄마 눈은 퀭했고 입술은 꾹 다물어 가느다란 줄밖에 안 보였다. 엄마는 집에서 입는 운동복 차림이었다. 그것을 입고는 밖에 운동하러 나가는 법도 없는 그런 옷이었다. 대체 엄마가 별장에는 왜 온 거지?

삑삑 소리가 들려서 처음에는 알람 시계인 줄 알았는데 알고 보니 전화기를 떨어뜨려서 통화 중 신호음이 들리는 것이었다. 그제야 기억이 났다. 술에 취해 엄마에게 전화한 것이. 엄마를 그곳에 부른 것은 나였다.

일어나 앉으니 머리가 너무 지끈거려서 심장이 그 안에서 망치질을 하는 것만 같았다. 숙취란 그런 것임을 알게 됐다. 렌즈를 낀 채 잠들어서 눈이 쓰라렸다. 침대는 온통 모래였고, 발에도 모래가 붙어 있었다.

엄마가 일어섰다. 흐릿한 덩어리로 보였다. "짐 쌀 시간은 5분이야."

"잠깐……, 뭐?"

"이제 가자."

"하지만 아직은 못 가. 아직……."

엄마는 내 목소리를 꺼 버린 듯, 못 듣는 것 같았다. 나는 바닥에서 소지품을 줍고 테일러의 샌들과 반바지를 가방에 던져 넣었다.

"엄마, 잠깐! 잠깐만 기다려."

"5분 후에 출발할 거야." 엄마가 방 안을 둘러보며 다시 말했다.

"잠깐만 내 말 좀 들어 줘. 여기 꼭 와야 했어. 제러마이아랑 콘래드에게 내가 필요했어."

엄마 표정을 보고 나는 말을 뚝 멈췄다. 엄마가 그렇게 화난 모습은 처음이었다.

"그런데 나한테는 그런 이야기를 할 필요를 못 느꼈어? 벡이 내게 자기 아들들을 돌봐 달라고 부탁했어. 걔들에게 도움이 필요하다는 것도 모르는데, 어떻게 도울 수가 있겠니? 걔들한테 문제가 생겼으면 네가 나에게 알렸어야지. 그러기는커녕 거짓말을 하다니. 넌 거짓말을 했어."

"거짓말하고 싶어서 한 게 아니라……." 내가 설명하기 시작했다.

하지만 엄마는 내 말을 무시하고 계속 말했다. "네가 여기서 무슨 짓을 했는지 몰라도……."

나는 엄마를 멍하니 봤다. 엄마가 그런 말을 하다니 믿을 수가 없었다. "'무슨 짓을 했는지 몰라도'라니, 무슨 뜻이야?"

엄마가 눈을 부라리며 방 안을 한 바퀴 빙 돌았다. "내가 무슨 생각을 하겠니? 너 전에도 콘래드랑 여기 숨어들어서 하룻밤을 보냈잖니! 그럼 네가 말해 봐. 여기서 걔랑 무슨 짓을 하고 있니? 내가 보기엔 넌 여기 와서 술 퍼마시고 남자 친구랑 놀려고 거짓말을 한 것 같으니까."

엄마가 미웠다. 엄마가 너무 미웠다.

"콘래드는 내 남자 친구가 아니야! 엄만 아무것도 모르면서!"

엄마 이마에 있는 혈관이 불룩 튀어나왔다. "넌 새벽 4시에 술에 취해 전화했어. 내가 네 휴대전화로 전화하니 안 받았고. 집 전화로 전화하니 통화 중 신호음만 들리고. 걱정돼서 밤새 미칠 것 같은 심정으로 달려왔더니 온 집이 엉망진창이야. 사방에 맥주 캔이 굴러다니고 온통 쓰레기장이 되어 있어. 대체 무슨 짓을 한 거니, 이사벨? 아니, 네가 무슨 짓을 하는지 알긴 하는 거야?"

그 집 벽은 정말 얇았다. 모두가 엄마 말을 들을 수 있었다.

내가 말했다. "청소하려고 했어. 어제가 여기서 보내는 마지막 밤이었어. 엄마는 모르겠어? 피셔 아저씨가 이 집을 판대. 엄마는 아무렇지도 않아?"

엄마는 이를 악물고서 고개를 저었다. "네가 끼어든다고 상황이 나아질 거라고 생각하니? 이건 우리 일이 아니야. 그걸 몇 번이나 설명해야 하니?"

"아니, 이건 우리 일이야. 수재나 아줌마는 우리가 이 집을 지키길 바랄 거야!"

"수재나가 뭘 바랄지 네가 나한테 말할 것 없다." 엄마가 쏘아붙였다. "이제 옷 입고 물건 챙겨. 갈 테니까."

"싫어." 나는 이불을 어깨까지 끌어당겼다.

"뭐?"

"싫다고 했어. 난 안 가!" 나는 최대한 반항적으로 엄마를 노려봤다. 하지만 턱이 떨리는 게 느껴졌다.

엄마는 침대로 성큼성큼 걸어오더니 내게서 시트를 벗겨 냈다. 엄마는 내 팔을 잡고 침대에서 끌어 내려 문으로 걸어갔고, 나는 몸을 비틀어 엄마에게서 벗어났다.

"날 끌고 갈 순 없어." 내가 흐느꼈다. "나한테 이래라저래라할 순 없어. 엄마한테 그럴 권리는 없어."

내 눈물에도 엄마 마음은 움직이지 않았다. 엄마는 더 화를 냈다. "버릇없는 놈처럼 굴고 있어. 너만 슬퍼서 다른 사람 생각은 못 하니? 우리 모두 벡을 잃었어. 너 자신을 불쌍히 여기는 건 아무 도움도 안 돼."

엄마 말이 얼마나 상처가 되는지, 나도 엄마에게 백만 배 아픈 소리를 하고 싶었다. 그래서 엄마에게 가장 큰 상처가 될 말을 했다. "엄마가 아니라 수재나 아줌마가 내 엄마면 좋겠어."

그런 생각을 얼마나 많이 했고, 내심 바랐던가? 어릴 적에 나는 무슨 일이 있으면 엄마가 아니라 수재나 아줌마에게 달려갔다. 나를 사랑하고, 내가 제대로 못 하는 온갖 일에 실망하지 않는 수재나 아줌마 같은 엄마가 있으면 어떨까 생각하곤 했다.

나는 씩씩거리며 엄마가 대답하기를 기다렸다. 울고, 내게 고함지르기를.

엄마는 울지도, 고함을 지르지도 않았다. 대신 이렇게 말했다. "유감이구나."

아무리 애를 써도 엄마에게서 내가 원하는 반응을 얻을 수 없었다. 엄마는 도저히 뚫을 수 없는 방패 같았다.

내가 말했다. "수재나 아줌마는 이 일로 엄마를 용서하지 않을 거야. 아줌마 집을 잃고, 아들들이 실망하게 내버려 뒀으니까."

엄마가 손을 뻗어 내 뺨을 때렸다. 어찌나 세게 쳤는지 나는 뒤로 휘청거렸다. 예상 못 한 일이었다. 나는 얼굴을 감싸 쥐고 곧바로 울음을 터뜨렸지만, 한편으로는 만족스럽기도 했다. 드디어 원하던 것을 얻었으니까. 엄마도 감정이 있다는 증거를.

엄마 얼굴이 하얗게 질려 있었다. 엄마가 나를 때린 것은 처음이었다. 그런 일은 내 평생 단 한 번도 없었다.

나는 엄마가 미안하다고 말하기를 기다렸다. 때릴 생각은 없었다고, 그런 말을 할 생각도 없었다고 말하기를 기다렸다. 엄마가 그렇게 말하면, 나도 그럴 생각이었다. 나도 미안했으니까. 내가 한 말은 진심이 아니었으니까.

엄마는 아무 말도 하지 않았다. 나는 얼굴을 감싼 채 엄마에게서 물러나 돌아 나왔다. 내 방에서 급하게 달려 나갔다.

제러마이아는 복도에서 입을 벌리고 서서 나를 바라보고 있었다. 그는 나를 알아보지 못하는 사람 같았다. 이 사람이 누군지, 엄마에게 소리를 지르고 지독한 소리를 내뱉는 이 여자아이가 누군지 모르겠다는 표정이었다. "잠깐만." 제러마이아가 손을 뻗어 나를 세웠다.

나는 그를 밀치고 아래층으로 내려갔다.

거실에서 콘래드가 맥주병을 주워 파란색 재활용 쓰레기봉투에 담고 있었다. 그는 나를 보지 않았다. 그도 모든 것을 들었다.

나는 뒷문으로 나간 다음 해변으로 내려가는 계단에서 발을 헛디뎌 넘어질 뻔했다. 그대로 모래에 주저앉아 손바닥으로 화끈거리는 뺨을 감싸고 있었다. 그리고 토했다.

제러마이아가 뒤에서 다가오는 소리가 들렸다. 콘래드는 나를 따라오지 않을 테니 제러마이아가 틀림없었다.

"혼자 있고 싶어." 내가 입을 닦으면서 말했다. 돌아보지 않았다. 그에게 얼굴을 보이고 싶지 않았다.

"벨리." 제러마이아가 말을 걸었다. 그는 내 옆에 앉아 발로 모래를 차서 토사물을 덮었다.

그가 더 이상 아무 말도 하지 않자, 내가 쳐다봤다. "왜?"

제러마이아는 윗입술을 깨물었다. 그리고 손을 뻗어 내 뺨을 만졌다. 손끝이 따뜻했다. 그는 정말 슬퍼 보였다. "너는 아줌마랑 돌아가."

제러마이아가 무슨 말을 할 것이라고 예상했든, 그건 아니었다. 나는 오로지 제러마이아와 콘래드를 도우러 온갖 일을 겪으며 그곳까지 갔는데, 이제 와서 나더러 돌아가라니? 눈가에 눈물이 차올라 손등으로 닦아 냈다. "왜?"

"로럴 아줌마가 너무나 속상해하시잖아. 모든 게 엉망이 됐고, 다 내 탓이야. 널 부른 게 잘못이었어. 미안해."

"난 안 가."

"곧 우리 모두 가야 해."

"그럼 끝이야?"

제러마이아가 어깨를 으쓱였다. "응, 그런 것 같아."

우리는 한동안 모래 위에 앉아 있었다. 이보다 더 황망한 적은 없었다.

나는 조금 더 울었고 제러마이아는 아무 말도 하지 않았다. 그래서 고마웠다. 엄마에게 혼난 뒤 우는 모습을 친구에게 보이는 것보다 더 괴로운 일은 없었다. 내가 다 울고 나자 제러마이아는 일어나더니 손을 내밀었다. "가자." 그는 나를 일으켜 세웠다.

우리는 집 안으로 들어갔다. 콘래드는 안 보였고 거실은 깨끗했다. 엄마가 주방 바닥을 대걸레로 닦고 있었다. 엄마는 나를 보더니 일손을 멈췄다. 대걸레를 양동이에 도로 넣고 벽에 기대어 놓았다.

제러마이아 앞에서 엄마가 말했다. "미안하다."

내가 그를 보자 제러마이아는 주방을 나가 위층으로 올라갔다. 가지 말라고 그를 잡을 뻔했다. 엄마와 단둘이 있고 싶지 않았다. 두려웠다.

엄마가 말했다. "네 말이 맞아. 내가 신경 못 썼어. 내 슬픔에 겨워 너에게 손을 내밀지 못했다. 그건 미안하다."

"엄마······." 내가 입을 열었다. 나도 미안하다고, 좀 전에 한 말이 미안하고, 그런 지독한 소리를 주워 담고 싶다고 말하려고 했다. 하지만 엄마가 손을 들어 내 말을 막았다.

"난 좀····· 정신이 없구나. 벡이 죽은 뒤로 마음이 진정되지 않아." 엄마는 벽에 머리를 기댔다. "지금 네 나이보다 어릴 적부터 나는 벡이랑 여기 왔었다. 나는 이 집을 사랑한단다. 너도 알 거야."

"알아." 내가 말했다. "진심은 아니었어, 아까 한 말."

엄마가 고개를 끄덕였다. "잠깐 앉자, 괜찮지?"

엄마는 식탁에 앉았고 나는 맞은편에 앉았다.

"널 때린 건 잘못했다." 엄마 목소리가 갈라졌다. "미안해."

"전에는 그런 적 없었는걸."

"그래."

엄마는 식탁 위로 손을 뻗어 내 손을 잡고서 누에고치처럼 꼭 감쌌다. 처음에 나는 긴장했지만, 곧 엄마에게 위로받았다. 그 행동이 엄마에게도 위로가 된다는 걸 알 수 있었다. 우리는 아주 오래 그렇게 앉아 있었다.

엄마는 손을 놓고 말했다. "넌 내게 거짓말을 했다, 벨리. 나한테 거짓말하는 법이 없는 아인데."

"그럴 생각은 아니었어. 하지만 콘래드와 제러마이아는 나한테 중요한 사람이야. 두 사람한테 내가 필요해서 왔어."

"나한테 말했으면 좋았을 걸 그랬잖니. 벡의 아들들은 내게도 중요하단다. 무슨 일이 있으면 나도 알고 싶어, 알겠지?"

나는 고개를 끄덕였다.

그러자 엄마가 말했다. "짐 다 쌌니? 일요일이라 길 막히기 전에 돌아가고 싶구나."

나는 엄마를 빤히 봤다. "엄마, 이대로 돌아갈 수는 없어. 이런 상황이 벌어지고 있는데 어떻게 그냥 가. 피셔 아저씨가 이 집을 팔게 할 수는 없어. 절대."

엄마는 한숨을 쉬었다. "내가 무슨 말을 한들, 그 사람 마음을 바꿀 수 있을지 모르겠다, 벨리. 애덤과 나는 여러 가지로 마음이 안 맞아. 그 사람이 집을 팔기로 마음먹었으면 막을 수 없어."

"엄마는 할 수 있어. 피셔 아저씨도 엄마 말은 들을 거야. 콘래드와 제러마이아에겐 이 집이 필요해. 꼭 필요하다고."

나는 식탁에 엎드렸다. 뺨에 닿는 나무가 시원하고 매끄러웠다. 엄마가 내 정수리에 손을 얹어 헝클어진 머리카락을 쓰다듬었다.

"전화해 볼게." 한참 만에 엄마가 말했다. "이제 위층에 올라가서 샤워해라." 나는 희망에 차서 엄마를 올려다봤다. 엄마의 꾹 다문 입술과 가늘게 뜬 눈이 보였다. 그렇다면 아직 끝난 것이 아니었다.

엉망이 된 그 상황을 바로잡을 사람이 있다면, 그건 바로 나의 엄마였다.

제러마이아

나는 열세 살이고, 벨리는 열한 살, 곧 열두 살을 앞두고 있었을 때, 이런 일이 있었다. 벨리가 여름 감기에 걸려서 아주 불쌍했다. 그애가 누워 있는 소파 주위에는 휴지 뭉치를 잔뜩 흩어 놓고 추레한 파자마를 며칠씩이나 입고 있었다. 환자이다 보니, 벨리가 원하는 티브이 프로그램을 고를 수 있었다. 먹을 수 있는 것은 포도 맛 아이스바뿐이었는데, 내가 그것을 고르려고 하면 엄마는 벨리가 먹어야 한다고 말했다. 벨리는 벌써 세 개나 먹었는데도. 나는 노란색밖에 고를 수 없었다.

그때는 오후였고 콘래드 형과 스티븐은 히치하이크로 게임 아케이드에 갔다. 나는 모르는 척해야 했다. 엄마들은 그들이 자전거를 타고 낚시 가게에 고무 지렁이를 사러 간 줄 알고 있었다. 나는 클레이와 보드를 타러 갈 생각으로 수영복을 입고 수건을 목에 걸치고 있다가 주방에서 엄마와 마주쳤다.

"뭐 할 거니, 제러?" 엄마가 물었다.

나는 엄지와 새끼손가락을 들어 보이며 대답했다. "클레이랑 보드 타러 갈 거야. 나중에 봐!"

유리문을 여는데 엄마가 말했다. "흐음, 그거 아니?"

나는 미심쩍은 표정으로 물었다. "뭘?"

"오늘은 밖에 나가지 말고 벨리 기분을 좀 맞춰 주면 좋겠다. 가엾은 녀석에게 그래 줄 사람이 필요해."

"아아, 엄마."

"부탁이야, 제러마이아."

나는 한숨을 쉬었다. 집에 틀어박혀서 벨리 기분이나 맞춰 주고 싶지 않았다. 클레이와 보드를 타고 싶었다.

내가 대답하지 않자, 엄마가 덧붙였다. "오늘 밤에 밖에서 고기 굽자. 너한테 버거를 맡길게."

나는 다시, 더 크게 한숨을 쉬었다. 엄마는 그릴에 불붙이고 햄버거를 뒤집게 하는 것이 큰 상이라도 되는 줄 알았다. 재미없다는 말은 아니지만, 그래도. "됐거든요." 하고 말하려는데 엄마의 애정 어린, 행복한 표정을 봤다. 내가 좋다고 할 것을 예상하고 짓는 표정이었다. 그래서 나는 엄마 예상대로 했다. "좋아." 내가 말했다.

위층으로 올라가 수영복을 갈아입고 벨리와 함께 티브이 방에서 오후를 보냈다. 최대한 벨리에게서 멀리 떨어져 앉았다. 그 애한테 감기가 옮아서 일주일이나 앓아누울 수는 없었다.

"왜 아직 안 갔어?" 벨리가 코를 풀며 물었다.

"밖이 너무 더워." 내가 말했다. "영화 볼래?"

"그렇게 덥지 않은데."

"안 나가 봤으면서 어떻게 알아?"

벨리가 눈을 가늘게 뜨고서 물었다. "아줌마가 나랑 함께 있어 주랬 구나?"

"아니야." 내가 말했다.

"흥!" 벨리는 리모컨을 집어 들더니 채널을 바꿨다. "거짓말하는 거 다 알아."

"거짓말 아니야!"

벨리는 코를 요란하게 풀며 말했다. "텔레파시, 잊었어?"

"그건 가짜야. 리모컨 좀 줄래?"

벨리는 고개를 저으며 리모컨 쥔 손을 가슴에 꼭 붙였다. "싫어. 내 균 이 리모컨에 다 묻었어. 미안해. 음, 토스트 빵 남았나?"

엄마가 직거래 시장에서 산 빵을 벨리는 '토스트 빵'이라고 불렀다. 잘 라 나온 두툼한 흰 빵인데, 단맛이 조금 났다. 그날 아침, 내가 마지막 남 은 토스트 빵 세 쪽을 먹었다. 버터와 블랙베리 잼을 듬뿍 발라서 누군 가 일어나기 전에 재빨리 먹어 치웠다. 아이 넷과 어른 둘이 함께 지내니 빵이 정말 빨리 떨어졌다. 자기 먹을 것은 자기가 알아서 챙겨야 했다.

"토스트 빵은 떨어졌어." 내가 말했다.

"콘래드랑 스티븐 오빠는 정말 돼지야." 벨리가 콧물을 훌쩍이며 말 했다.

나는 켕기는 것이 있어서 이렇게 말했다. "난 네가 포도 맛 아이스바 만 먹고 싶어 하는 줄 알았어."

벨리는 어깨를 으쓱였다. "오늘 아침에 일어났는데 토스트 빵을 먹고 싶더라. 좀 나아지고 있나 봐."

벨리 상태는 그다지 나아 보이지 않았다. 눈은 퉁퉁 붓고 피부는 회색이었고 머리카락은 온통 헝클어져 들러붙은 것을 보니 며칠 동안 못 감은 것 같았다. "샤워를 하면 어떨까?" 내가 말했다. "우리 엄마는 샤워하고 나면 항상 기분이 좋아진대."

"나한테서 냄새난다는 말이야?"

"음, 아니." 나는 창밖을 내다봤다. 구름 한 점 없이 맑은 날이었다. 클레이가 신나게 보드를 탈 것 같았다. 스티븐과 콘래드 형도 마찬가지였다. 콘래드 형은 1학년 때 모은 돼지 저금통을 털어 25센트 동전을 잔뜩 찾았다. 틀림없이 오후 내내 게임 아케이드에서 놀 것이다. 클레이가 얼마나 밖에 있을지 궁금했다. 서너 시간 뒤에 나가도 클레이는 있을 것 같았다. 그때까지 해도 지지 않았을 것이다.

내가 창밖을 내다보는 것을 벨리가 알아차린 모양이었다. 코맹맹이 소리로 이렇게 말했으니까. "가고 싶으면 가."

"안 가고 싶다고 했잖아." 나는 쏘아붙였다. 그리고 숨을 들이쉬었다. 벨리가 이렇게 아픈데 속상하게 만들면 엄마가 좋아하지 않을 것 같았다. 그리고 벨리는 정말 외로워 보였다. 온종일 밖에 못 나가고 있으니 정말 가엾기도 했다. 여름 감기는 정말 별로였다.

그래서 말했다. "포커 게임 하는 법 가르쳐 줄까?"

"자기도 모르면서." 벨리가 비웃었다. "콘래드 오빠가 항상 이기잖아."

"좋아." 내가 말하며 일어났다. 벨리가 그렇게 가엾지는 않았다.

"아냐." 벨리가 말했다. "나 가르쳐 줘."

나는 다시 앉았다. "카드를 돌려." 내가 부루퉁한 얼굴로 말했다.

"나랑 너무 가까이 앉지 마. 감기 옮을지 몰라." 벨리가 이렇게 말하는 것을 보니 내게 미안해하는 것이 분명했다.

"괜찮아." 내가 말했다. "난 안 옮아."

"콘래드 오빠도 그래." 벨리의 말에 나는 어처구니없다는 표정을 지었다. 벨리는 형을 숭배했다. 스티븐이랑 동급이었다.

"콘래드 형도 병 걸려. 겨울에는 계속 감기 걸린다고. 면역력이 약해." 나는 사실인지 아닌지도 모르면서 그렇게 말했다.

벨리는 어깨를 으쓱해 보였지만 내 말을 믿지 않는 눈치였다. 벨리가 내게 카드를 건넸다. "나누기나 해." 벨리가 말했다.

우리는 오후 내내 포커 게임을 했고, 사실 꽤 재미있었다. 이틀 뒤 나도 감기에 걸렸지만, 별로 신경 쓰지 않았다. 벨리와 나는 함께 집에서 지냈고 우리는 포커 게임을 했고 〈심슨 가족들(The Simpsons)〉을 많이 봤다.

제러마이아

벨리가 올라오는 소리를 듣자마자 복도로 나가서 물었다. "그래서? 어떻게 됐어?"

"엄마가 너희 아빠에게 전화하고 있어." 벨리가 심각한 표정으로 말했다.

"그래? 우아."

"응, 그러니까, 아직 포기하기는 일러. 아직 끝난 게 아냐." 그러더니 벨리는 콧잔등을 찡그리며 미소 지었다.

나는 벨리 등을 툭 치고서 계단을 날듯이 달려 내려갔다. 로럴 아줌마가 싱크대를 닦고 있었다. 아줌마가 나를 보더니 말했다. "네 아빠가 온단다. 아침 먹으러."

"여기로요?"

로럴 아줌마가 고개를 끄덕였다. "가게 가서 너희 아빠 좋아하는 것 좀 사 올래? 달걀이랑 베이컨, 머핀 믹스, 그리고 커다란 자몽."

로럴 아줌마는 요리를 싫어했다. 아줌마가 우리 아빠에게 정식으로 아침을 차려 준 적은 지금껏 한 번도 없었다. "왜 아빠한테 아침을 차려 줘요?" 내가 물었다.

"네 아빠는 어린애인데, 애들은 제대로 안 먹이면 짜증을 부리니까." 아줌마는 특유의 건조한 말투로 말했다.

나는 불쑥 이렇게 말했다. "가끔 아빠가 미워요."

아줌마는 잠시 머뭇거리다가 말했다. "가끔 나도 그래."

그런 다음 나는 아줌마가 "하지만 네 아빠잖니."라고 말해 주기를 기다렸다. 엄마가 전에 그랬던 것처럼. 하지만 아줌마는 그런 말을 하지 않았다. 아줌마는 괜한 소리를 안 했다. 마음에 없는 말은 안 하는 사람이었다.

아줌마가 한 말은 이것이 전부였다. "이제 가 봐라."

나는 일어나서 아줌마를 껴안았고, 아줌마는 내 품 안에서 뻣뻣하게 굳었다. 전에 엄마에게 하듯이 아줌마를 조금 안아 올렸다. "고마워요, 로러." 내가 말했다. "정말, 고마워요."

"너희 둘을 위해서는 뭐든지 할 거야. 그거 알지?"

"어떻게 알고 오셨어요?"

"벨리가 전화했어." 아줌마는 눈을 가늘게 뜨고서 나를 바라봤다. "취해서."

아, 맙소사. "로러……."

"날 '로러'라고 부르지 마. 어떻게 걔가 술을 먹게 놔뒀니? 난 널 믿는

다, 제러마이아. 너도 알잖니."

기분이 좋지 않았다. 벨리가 혼나는 것은 정말이지 원하지 않았고, 로럴 아줌마가 나를 안 좋게 생각하는 것이 싫었다. 콘래드 형과 달리 나는 늘 벨리를 지켜 주려고 노력했다. 누군가가 벨리에게 나쁜 영향을 준다면, 내가 아니라 콘래드 형이었다. 형이 아니라 내가 테킬라를 사긴 했지만 말이다.

내가 말했다. "정말 죄송해요. 아빠가 이 집을 판다고 해서, 마지막 밤이라고 어쩌다 보니 그렇게 됐어요. 로럴 아줌마, 맹세해요. 다시는 그런 일 없을 거예요."

아줌마가 어이없다는 표정을 지었다. "다시는 그런 일 없을 거라고? 지키지 못할 약속은 하지 마라."

"제가 보고 있는 한 다시는 그런 일 없을 거예요." 내가 말했다.

아줌마는 입술을 꾹 다물며 말했다. "두고 보자꾸나."

아줌마가 또 한 번 얼굴을 찡그려 미소 짓는 것을 보자 마음이 놓였다. "어서 가게에 다녀와."

"네, 네, 대장님." 아줌마가 진짜 미소를 짓는 것을 보고 싶었다. 내가 계속 웃기는 소리를 하려고 노력하면 아줌마가 웃을 것 같았다. 쉽게 웃길 수 있는 사람이었으니까.

그리고 아줌마는 정말로 미소를 지어 줬다.

엄마 말이 옳았다. 샤워가 도움이 됐다. 샤워기를 향해 고개를 젖히고 뜨거운 물로 몸을 적시니 기분이 아주, 훨씬 나아졌다.

샤워를 하고 나는 새로운 사람이 되어 아래층으로 내려갔다. 엄마는 립스틱을 발랐고 콘래드와 낮은 소리로 이야기하고 있었다.

내가 문 앞에 서 있는 것을 보고 두 사람은 대화를 멈췄다. "훨씬 나아졌네." 엄마가 말했다.

"제러마이아는 어디 있어?" 내가 물었다.

"가게에 다시 갔어. 자몽을 빠뜨리고 왔거든."

타이머가 울리자 엄마는 행주를 들고 오븐에서 머핀을 꺼냈다. 엄마가 실수로 머핀 틀을 맨손으로 잡는 바람에 비명을 지르며 틀을 바닥에 떨어뜨렸다. 머핀이 있는 쪽이 바닥에 닿도록. "이런!"

콘래드가 나보다 먼저 엄마에게 괜찮으냐고 물었다. "괜찮아." 엄마는 손을 찬물로 식히며 말했다.

그리고 틀을 다시 집어서 싱크대 행주 위에 올려놓았다. 나는 싱크대 스툴에 앉아 엄마가 머핀을 바구니에 쏟는 것을 봤다. "우리만의 비밀이야." 엄마가 말했다.

머핀을 틀에서 빼내기 전에 잠깐 식혀야 했지만 나는 아무 말도 하지 않았다. 몇 개는 조금 뭉개졌지만 대부분 괜찮아 보였다.

"머핀 좀 먹을래?" 엄마가 말했다.

한 개 집어 드는데 굉장히 뜨겁고 바스러졌다. 그래도 맛있었다. 나는 재빨리 먹어 치웠다.

다 먹자 엄마가 말했다. "너랑 콘래드는 재활용 쓰레기를 내놓으렴."

콘래드는 말없이 무거운 봉투 두 개를 들고 내 몫으로는 반쯤 빈 것을 남겼다. 나는 뒤따라 집 앞 쓰레기통으로 갔다.

"네가 전화했어?" 콘래드가 물었다.

"그런 것 같아." 상황이 두려워지자마자 엄마에게 전화하는 어린애라는 소리나 듣겠지 싶었다.

하지만 콘래드는 그런 말을 하지 않았다. 대신 "고맙다."라고 했다.

나는 그를 빤히 봤다. "오빠 가끔 날 놀라게 해."

그는 나를 보지 않고 말했다. "넌 나를 놀라게 하는 일이 없지. 넌 여전히 똑같아."

나는 그를 노려봤다. "아주 고맙네." 쓰레기봉투를 쓰레기통에 던져 넣고 뚜껑을 조금 세게 닫았다.

"아니, 내 말은······."

나는 그가 무슨 말을 할지 기다렸다. 무슨 말을 할 것 같았는데, 그 순간 제러마이아의 차가 나타났다. 우리 둘 다 제러마이아가 차를 세우고 비닐봉지를 들고 차에서 내리는 모습을 지켜봤다. 그는 눈을 반짝이며 성큼성큼 걸어왔다. "안녕." 제러마이아는 봉지를 흔들며 내게 말했다.

"안녕." 나는 그의 눈을 똑바로 볼 수도 없었다. 샤워하다가 모든 기억이 떠올랐다. 제러마이아에게 춤추자고 하고, 콘래드에게서 달아나고, 콘래드가 나를 들어 올려 모래에 던진 일이. 정말이지 창피했다. 그런 행동을 그 두 사람에게 보이다니, 정말 끔찍했다.

그때 제러마이아가 내 손을 꼭 잡았다. 내가 올려다보자 "고마워."라고 어찌나 상냥하게 말하는지, 가슴이 저렸다.

우리 셋은 집으로 들어갔다. 폴리스가 〈메시지 인 어 보틀(Message in a Bottle)〉을 부르고 있었다. 스피커 소리가 아주 컸다. 당장 머리가 지끈거리기 시작했고, 다시 눕고 싶은 마음뿐이었다.

"음악 좀 줄여도 돼?" 나는 관자놀이를 문지르며 물었다.

"아니." 엄마가 제러마이아에게서 봉지를 건네받으며 말했다. 엄마는 커다란 자몽을 꺼내 콘래드에게 던졌다. "즙을 짜렴." 엄마가 주스 기계를 가리키며 말했다. 피셔 아저씨의 주스 기계는 크고 복잡한 것으로, 심야 홈 쇼핑에서 파는 잭 레이렌사 제품이었다.

콘래드가 콧방귀를 뀌었다. "우리 아빠 마시라고요? 안 만들래요."

"아니, 만들어야 해." 그러고는 엄마가 나를 보며 말했다. "피셔 아저씨가 아침 먹으러 올 거야."

나는 꽥 소리를 지르면서 엄마에게 달려가 허리를 감싸 안았다. "아침 식사일 뿐이야." 엄마가 경고했다. "너무 큰 기대는 하지 마."

그러나 이미 늦었다. 나는 엄마가 피셔 아저씨의 마음을 바꿔 놓으리라고 믿었다. 틀림없었다. 제러마이아와 콘래드도 마찬가지였다. 그 둘은 엄마의 능력을 믿었고 나도 믿었다. 콘래드가 자몽을 절반으로 자르는 것을 보니 더욱 그랬다. 엄마는 교관처럼 콘래드에게 고갯짓을 했다. 그리고 말했다. "제러, 너는 식탁을 차리렴. 벨리, 넌 달걀을 맡아."

나는 달걀을 깨기 시작했고 엄마는 수재나 아줌마의 주물 프라이팬에 베이컨을 구웠다. 엄마는 내가 달걀프라이를 하도록 베이컨 기름을 남겨 뒀다. 달걀을 빙빙 돌리면서 나는 달걀과 기름 냄새에 토할 것 같았다. 프라이를 하는 동안 숨을 참는 모습을 보고 엄마는 웃음을 감췄다. "괜찮니, 벨리?" 엄마가 물었다.

나는 이를 악물고 끄덕였다.

"또 술 마실 생각이야?" 엄마가 태연하게 물었다.

나는 있는 힘껏 고개를 저었다. "다신, 절대 안 마셔."

30분 뒤 피셔 아저씨가 도착했다. 우리가 준비를 마친 뒤였다. 아저씨가 들어오더니 놀란 표정으로 식탁을 봤다. "와." 그가 말했다. "대단하군, 로럴. 고마워."

아저씨는 엄마에게 의미심장한, 어른끼리만 주고받는 눈빛을 보냈다.

엄마는 모나리자처럼 알쏭달쏭한 미소를 지었다. 아저씨는 앞으로 무슨 일을 당할지 모르고 있었다. "앉자." 엄마가 말했다.

그래서 우리 모두 앉았다. 엄마는 피셔 아저씨 옆에 앉았고 제러마이아는 피셔 아저씨 맞은편에 앉았다. 나는 콘래드 옆에 앉았다. "먹자." 엄마가 말했다.

피셔 아저씨는 접시 위에 달걀을 가득 쌓은 다음 베이컨을 네 줄 올렸다. 아저씨는 베이컨을 좋아했는데, 엄마가 요리한 베이컨을 정말 좋아했다. 바삭하게 거의 태우다시피 구운 베이컨이었다. 나는 베이컨과 달걀은 생략하고 머핀만 하나 집었다.

엄마가 아저씨의 큰 컵에 자몽 주스를 가득 따랐다. "당신 장남이 갓 짠 주스야." 엄마가 말했다. 아저씨는 조금 미심쩍은 표정으로 주스를 받았다. 아저씨가 그러는 것도 무리는 아니다. 아저씨에게 주스를 만들어 준 사람은 수재나 아줌마뿐이었으니까.

하지만 아저씨는 곧 활기를 되찾았다. 포크에 달걀을 잔뜩 얹어 입에 넣으면서 말했다. "있잖아, 다시 말하지만 도와주러 와 줘서 고마워, 로럴. 정말로 감사해." 아저씨는 우리를 보며 미소를 지었다. "이 친구들은 내가 할 말을 하면 그다지 좋아하지 않거든. 지원군이 있어서 기쁘군."

엄마는 유쾌한 표정으로 피셔 아저씨를 향해 미소로 답했다. "당신을 지원하러 온 건 아니야, 애덤. 벡의 아들들을 지원하러 왔지."

아저씨의 얼굴에서 미소가 사라졌다. 그리고 포크를 내려놓았다. "로러……."

"이 집은 팔 수 없어, 애덤. 당신도 알잖아. 애들에게 너무 소중한 곳이야. 지금 실수하는 거야." 엄마는 침착하고 담담했다.

피셔 아저씨는 콘래드와 제러마이아, 그리고 엄마를 번갈아 봤다. "난 이미 마음을 정했어, 로럴. 여기서 나를 악당으로 만들지 마."

숨을 들이쉬면서 엄마가 말했다. "당신을 무엇으로든 만들 생각 없어. 도와주려는 것뿐이지."

우리는 꼼짝 않고 앉아서 피셔 아저씨의 말을 기다렸다. 그는 침착하게 말하려고 애썼지만 얼굴이 붉어지고 있었다. "고맙군. 하지만 마음을 정했어. 이 집은 팔 거야. 그리고 솔직히, 로럴, 당신은 여기서 발언권이 없어. 미안해. 수재나 때문에 이 집이 당신 것처럼 느껴지겠지만, 그렇지 않아."

나는 놀라서 헉 소리를 낼 뻔했다. 재빨리 엄마를 보니, 엄마 역시 얼굴이 붉어지고 있었다. "아, 그건 나도 알지." 엄마가 말했다. "이 집은 순수하게 벡 거야. 늘 그랬어. 이곳은 벡이 가장 좋아하던 곳이야. 그러니까 아들들이 가져야 해."

피셔 아저씨는 일어나더니 의자를 뒤로 밀었다. "이 문제를 놓고 당신과 왈가왈부하지 않겠어, 로럴."

"애덤, 앉아." 엄마가 말했다.

"아니, 그럴 생각 없어."

엄마의 눈에서 거의 불꽃이 튀었다. "앉으라고 했어, 애덤." 아저씨가 입을 딱 벌리고 엄마를 쳐다봤다. 우리 모두 그랬다. 그러자 엄마가 말했다. "얘들아, 나가 있어라."

콘래드는 입을 열다가 마음을 바꾸기로 한 것 같았다. 엄마 표정을 보고 피셔 아저씨가 다시 자리에 앉는 것을 보았으니 더욱 그랬을 것이다. 나는 그 자리를 빨리 벗어나야겠다는 생각뿐이었다. 우리는 모두 주방에서 나와 계단 꼭대기에 앉아서 귀를 쫑긋 세웠다.

오래 기다릴 필요도 없었다. 피셔 아저씨가 말했다. "대체 뭐야, 로럴? 정말로 내 마음을 바꿀 수 있다고 생각하나?"

"미안하지만, 지랄하지 마."

나는 손으로 입을 턱 막았고, 콘래드는 눈을 반짝이면서 경외심에 고개를 절레절레 흔들었다. 하지만 제러마이아는 울 것 같았다. 나는 손을 뻗어 제러마이아의 손을 잡고서 꼭 쥐었다. 그가 손을 빼려고 해도 더 세게 잡았다.

"이 집은 벡에게 전부였어. 당신 슬픔에서 좀 벗어나서 이곳이 아들들에게 어떤 의미인지 봐 줄 수 없어? 아이들에겐 이곳이 필요해. 이곳이 필요하다고. 당신이 이렇게 잔인하다고 믿고 싶지 않아, 애덤."

피셔 아저씨는 대답하지 않았다.

"이 집은 벡 거야. 당신 것이 아니라. 내가 당신을 막도록 하지 말아 줘, 애덤. 안 그러면 막을 테니까. 벡의 아들들에게 이 집을 물려주기 위해서 내가 할 수 있는 일은 다 할 거야."

피셔 아저씨가 말했다. "어떻게 할 건데, 로러?" 아저씨는 정말 지친 목소리였다.

"해야 할 일을 할 거야."

피셔 아저씨는 기어들어 가는 목소리로 말했다. "이곳은 어딜 봐도 그 사람이 있어. 어디에나 있어."

피셔 아저씨는 울고 있었던 것 같다. 불쌍했다. 엄마도 그렇게 느꼈던 모양이다. 이렇게 말할 때 엄마 목소리가 거의 부드러웠으니까. "알아. 하지만 애덤? 당신은 참 후진 남편이었어. 그래도 벡은 당신을 사랑했지. 진심으로 사랑했어. 당신을 다시 받아 줬잖아. 내가 그러지 말라고 설득했어. 열심히 설득했지. 하지만 벡은 내 말을 듣지 않았어. 벡이 누군가를 사랑하면, 그걸로 끝이니까. 애덤, 그러니 그 애정에 보답해. 내 생각이 틀렸음을 증명하라고."

피셔 아저씨가 뭐라고 했는지 잘 들리지 않았다. 그리고 엄마가 말했다. "벡에게 마지막으로 이것 한 가지만 해 줘, 응?"

나는 콘래드를 바라봤다. 그는 딱히 누군지 알 수 없는 상대를 향해 나직이 중얼거렸다. "로럴 아줌마 대단하다."

누군가가 엄마에 대해 그렇게 말하는 것은 처음이었다. 특히 콘래드가 그렇게 말하다니. 엄마가 '대단하다'고 생각해 본 적은 없었다. 하지만 그 순간, 엄마는 대단했다. 정말 대단했다. 내가 말했다. "응, 맞아. 수재나 아줌마도."

콘래드는 나를 잠시 보더니 피셔 아저씨의 말을 기다리지 않고 자기 방으로 들어갔다. 더 들을 필요가 없었다. 엄마가 이겼다. 엄마가 해냈다.

잠시 뒤, 제러마이아와 나는 아래층으로 내려갔다. 엄마와 피셔 아저씨가 어른답게 커피를 마시고 있었다. 아저씨의 눈은 붉어져 있었지만, 엄마는 승자의 맑은 눈을 하고 있었다. 우리를 보더니 아저씨가 물었다. "콘래드는 어디 있지?"

피셔 아저씨가 "콘래드는 어디 있지?"라고 묻는 것을 몇 번이나 들었을까? 수백 번. 백만 번.

"위에 있어요." 제러마이아가 말했다.

"형 좀 데려오렴, 응, 제러?"

제러마이아가 망설이면서 엄마를 보자, 엄마는 고개를 끄덕였다. 제러마이아는 계단을 뛰어 올라갔고, 몇 분 뒤 콘래드와 함께 내려왔다. 콘래드는 경계하는, 조심스러운 표정이었다.

"나와 계약하자." 피셔 아저씨가 말했다. 예전의 피셔 아저씨, 실세이자 협상가가 등장했다. 그는 계약을 좋아했다. 우리에게도 거래를 제안하곤 했다. 이를테면, 우리가 차고에서 모래를 치우면 고 카트 트랙에 데려가 줬다. 혹은 콘래드와 제러마이아, 스티븐 오빠가 낚시 도구 상자를 청소하면 낚시하러 데리고 갔다.

콘래드는 조심스럽게 말했다. "원하는 게 뭔데요? 제 신탁 자금?"

피셔 아저씨가 턱에 힘을 줬다. "아니. 내일 학교에 돌아가는 걸 원한다. 시험을 마쳐라. 그렇게 하면 이 집은 네 것이다. 너랑 제러마이아의 것이다."

제러마이아는 요란하게 환호했다. "됐다!" 그가 외쳤다. 그는 손을 뻗어 피셔 아저씨에게 팔을 둘렀고 아저씨는 아들의 등을 두드렸다.

"조건은 뭐죠?"

"없어. 다만 적어도 C 학점은 받아야 한다. D나 F는 안 돼." 피셔 아저씨는 늘 어려운 계약을 따내는 능력을 자랑했었다. "됐나?"

콘래드는 망설였다. 무엇이 문제인지 나는 곧바로 알 수 있었다. 콘래드는 자기 아빠에게 빚지고 싶지 않았던 것이다. 그 제안을 수락하기를 원하지만, 그래서 여기까지 왔던 것이지만, 그래도. 콘래드는 자기 아빠에게서 그 무엇도 받고 싶지 않았던 것이다.

"공부 안 했어요." 콘래드가 말했다. "통과 못 할지도 몰라요."

콘래드는 피셔 아저씨를 시험하고 있었다. 콘래드는 '통과 못 한' 적이 없었다. B 이상을 받지 못한 적이 없었고 B를 받는 일도 드물었다.

"그럼 계약은 없다." 피셔 아저씨가 말했다. "그게 조건이야."

제러마이아가 다급하게 말했다. "형, 그냥 좋다고 해. 우리가 공부 도와줄게. 그럴 거지, 벨리?"

콘래드는 나를 봤고 나는 엄마를 봤다. "그래도 돼, 엄마?"

엄마가 고개를 끄덕였다. "여기 있어도 되지만, 내일은 돌아와야 해."

"계약해." 내가 콘래드에게 말했다.

"좋아요." 콘래드가 드디어 대답했다.

"그럼 남자답게 악수하자." 피셔 아저씨가 손을 내밀며 말했다.

콘래드는 내키지 않는 표정으로 손을 내밀었고 두 사람은 악수했다. 엄마는 나와 눈이 마주치자 "남자답게 악수하자."라는 말을 입 모양으로 흉내 냈다. 피셔 아저씨의 남성 우월주의를 흉보는 것이었다. 하지만 상관없었다. 우리가 이겼으니까.

"고마워요, 아빠." 제러마이아가 말했다. "정말 고마워요."

제러마이아는 피셔 아저씨를 다시 끌어안았고, 피셔 아저씨도 제러마이아를 안으며 말했다. "나는 돌아가 봐야 한다." 그리고 내게 고개를 끄덕이며 말했다. "콘래드를 도와줘서 고맙다, 벨리."

나는 "천만에요."라고 대답했다. 하지만 왜 "천만에요."라고 말하는지 알 수 없었다. 사실 나는 아무것도 한 게 없었으니까. 내가 그때까지 한 것보다 엄마가 30분 만에 한 일이 콘래드에게 더 큰 도움이 됐다.

피셔 아저씨가 돌아간 뒤 엄마는 그릇을 헹구기 시작했다. 나도 엄마를 도와 그릇을 식기세척기에 넣었다. 나는 엄마 어깨에 살짝 머리를 기대고 말했다. "고마워."

"천만에요."

"엄마 죽인다."

"고운 말 써." 엄마는 그렇게 말하면서도 입꼬리가 올라갔다.

"엄마나 써."

그리고 우리는 조용히 설거지를 했다. 엄마의 슬픈 표정을 보니 수재나 아줌마를 생각하는 것을 알 수 있었다. 무슨 말을 하면 그 표정을 지울 수 있을까 생각해 봤지만, 아무 말도 할 수가 없었다.

우리 셋이 엄마를 차까지 배웅했다. "너희, 내일 벨리를 집에 데려다 줄 거지?" 엄마가 조수석에 가방을 던지며 물었다.

"당연하죠." 제러마이아가 말했다.

이어서 콘래드가 엄마를 불렀다. "로럴 아줌마." 그는 망설이다가 말했다. "돌아오실 거죠?"

엄마가 놀란 표정으로 돌아섰다. 엄마는 감동했다. "나같이 나이 많은 아줌마가 함께 있으면 좋겠어?" 엄마가 물었다. 그러고는 "물론이지, 너희가 좋다면 언제든지 돌아올 거야."라고 말했다.

"언제요?" 콘래드가 물었다. 너무 어리고 너무 연약한 모습에 가슴이 조금 아팠다.

엄마도 같은 느낌이었는지 손을 내밀어 콘래드의 뺨을 쓰다듬었다. 엄마는 남의 뺨을 쓰다듬는 사람이 아니었다. 그런 것은 엄마 방식이 아니었다. 수재나 아줌마는 그런 사람이었지만. "여름 끝나기 전에 돌아와서 집 정리를 할게."

엄마는 차에 탔다. 선글라스를 끼고 창문을 내리고 후진하며 우리에게 손을 흔들었다. "곧 보자." 엄마가 외쳤다.

제러마이아는 손을 흔들고 콘래드가 말했다. "곧 봐요."

엄마는 콘래드가 아주 어렸을 때 엄마를 '우리 로라'라고 불렀다고 했다. "우리 로라 어디 있어?" 콘래드는 이렇게 말하며 엄마를 찾아 돌아다니곤 했다. 엄마는 콘래드가 어디를 가나 쫓아다녔다고 했단다. 화장실도 따라갔다고 했다. 콘래드는 엄마를 여자 친구라고 부르면서 바다에서 모래게와 조개껍데기를 가져다 엄마 발치에 모아 두곤 했단다. 엄마가 그렇게 말했을 때, 나는 생각했다. '콘래드 피셔가 나를 여자 친구라고 부르

고 조개껍데기를 가져다준다면 나는 무슨 짓이라도 할 텐데.'

"콘래드는 기억 못 할 거야." 엄마는 옅게 웃으며 말했었다.

"기억하는지 물어보지?" 내가 말했다. 나는 콘래드 어렸을 적 이야기가 좋았다. 콘래드를 놀리는 것이 좋았다. 그를 놀릴 기회는 참 드물었으니까.

엄마가 말했다. "아냐, 그럼 부끄러워할 거야." 그래서 내가 말했다. "그럼 어때서? 그러려고 이야기하는 거 아니야?"

엄마가 대답했다. "콘래드는 섬세해. 자존심도 강하고. 그걸 지켜 줘야지."

엄마 말을 들으니 엄마는 정말로 콘래드를 이해하는 것 같았다. 나와는 다르게 콘래드를 이해했다. 나는 그것이, 엄마와 콘래드 사이가 부러웠다.

"나는 어땠어?" 내가 물었다.

"너? 넌 내 아기였지."

"나는 어떤 아이였어?" 내가 끈덕지게 물었다.

"넌 남자아이들을 쫓아다녔지. 네가 아이들을 따라다니면서 잘 보이려고 하는 게 정말 귀여웠어." 엄마가 웃었다. "애들이 너한테 춤도 추게 하고 재주도 부리게 했지."

"강아지처럼?" 나는 그렇게 생각하며 찡그렸다.

엄마가 손을 흔들었다. "아니야. 너는 같이 놀고 싶었을 뿐인걸."

제러마이아

로럴 아줌마가 온 날, 집은 엉망에 나는 팬티 바람으로 흰 셔츠를 다리고 있었다. 이미 학년말 파티에 늦었고 기분이 안 좋았다. 엄마는 온종일 두 마디도 안 했고 노나 아줌마조차도 엄마에게서 대화를 끌어내지 못했다.

나는 마라를 데리러 가야 했다. 마라는 내가 늦으면 싫어했다. 마라는 짜증을 내며 내가 기다리게 한 시간만큼 꼼짝하지 않고 부루퉁해 있곤 했다.

다리미를 잠시 내려놓고 셔츠를 뒤집으려다가 팔 뒤를 데고 말았다. "이씨!" 내가 외쳤다. 정말 무지 아팠다.

그때 로럴 아줌마가 나타났다. 아줌마는 현관문으로 들어와 내가 팬티만 입고 거실에 서서 팔을 붙잡고 있는 모습을 봤다.

"찬물에 식히렴." 아줌마가 말했다. 나는 주방으로 달려가 수도꼭지를 틀고 팔을 몇 분간 대고 있다가 돌아와 보니 아줌마가 셔츠 다림질을 마치고 바지를 다리기 시작했다.

"가운데 주름 잡니?" 아줌마가 물었다.

"어, 네." 내가 말했다. "아줌마, 여기서 뭐 하는 거예요? 오늘 화요일인데." 아줌마는 보통 주말에 와서 손님방에서 지냈다.

"그냥 어떤지 보러 왔어." 아줌마가 바지 앞쪽을 다리며 말했다. "오후에 일이 없어서."

"엄마는 벌써 자요." 내가 말했다. "새로운 약 때문에 계속 자요."

"다행이네." 아줌마가 말했다. "그런데 너는? 왜 옷을 차려입니?"

나는 소파에 앉아서 양말을 신었다. "오늘 밤에 학년말 파티가 있어요." 내가 말했다.

로럴 아줌마가 내게 셔츠와 바지를 건넸다. "언제 시작하는데?"

나는 현관 쪽 괘종시계를 봤다. "10분 전에요." 나는 바지를 입으며 말했다.

"어서 가야겠네."

"옷 다려 줘서 고마워요." 내가 말했다.

열쇠를 잡는데 엄마 방에서 나를 부르는 소리가 들렸다. 내가 그쪽으로 돌아서니 로럴 아줌마가 말했다. "어서 파티에 가. 내가 알아서 할게."

나는 머뭇거렸다. "그래도 될까요?"

"천 퍼센트 되고말고. 어서 가."

나는 마라의 집까지 서둘러 갔다. 내가 집 앞에 차를 세우자마자 마라가 나왔다. 내가 좋아하는 붉은 드레스를 입은 모습이 멋있었고 그렇다고 말하려는데 마라가 말했다. "늦었네."

나는 입을 다물었다. 마라는 그날 밤 내내 내게 말을 하지 않았다. 귀여미 커플 상을 받았는데도 마찬가지였다. 마라는 그 뒤에 이어지는 파티에도 가고 싶지 않다고 했고, 나도 가기 싫었다. 밖에 나와 있는 내내 나는 엄마 생각을 하면서 그렇게 오래 집을 비운 것이 마음 쓰였다.

마라의 집에 도착했는데 마라는 바로 내리지 않았다. 할 이야기가 있다는 신호였다. 나는 시동을 껐다.

"왜 그래? 아직도 늦은 것에 화가 난 거야, 마라?"

마라는 괴로운 표정을 지었다. "그냥 우리가 계속 사귀는 건지 알고 싶어. 네가 원하는 걸 말해 주면 그렇게 하자."

"솔직히 난 지금 이런 문제를 생각할 여유가 없어."

"알아. 나도 유감이야."

"하지만 가을에 학기가 시작한 뒤에 우리가 장거리로 계속 사귈지 정해야 한다면……." 나는 머뭇거리다가 그냥 말해 버렸다. "아마 아닐 거 같아."

마라는 울기 시작했고 나는 정말 나쁜 놈이 된 기분이었다. 그냥 거짓말을 하는 편이 나았다.

"나도 그렇게 생각했어." 마라가 말했다. 그리고 내 뺨에 키스하더니 차에서 내려 집으로 달려갔다.

그렇게 우리는 헤어졌다. 정말 솔직히 말한다면, 마라 생각을 더 하지 않아도 되어 마음이 놓였다. 내 머릿속에 떠올릴 수 있는 사람은 엄마뿐이었다.

집에 도착하니 엄마와 로럴 아줌마가 음악을 들으며 카드 게임을 하고 있었다. 며칠 만에 처음으로 엄마 웃음소리가 들렸다.

로럴 아줌마는 그다음 날에도 돌아가지 않았다. 일주일 내내 함께 지냈다. 그때는 아줌마의 직장이나 가정을 염려하지 않았다. 그저 주위에 어른이 있어 주는 것에 감사했다.

38

우리 셋은 집으로 돌아갔다. 등에 닿는 햇살이 뜨거웠고, 해변에 누워 오후 내내 자고 일어나면 얼마나 좋을까 생각했다. 하지만 그럴 시간이 없었다. 내일까지 콘래드의 중간고사 준비를 마쳐야 했으니까.

안으로 들어가자마자 콘래드는 소파에 쓰러졌고 제러마이아는 바닥에 드러누웠다. "너무 피곤해." 제러마이아가 앓는 소리를 냈다.

엄마가 우리를 위해, 나를 위해 해 준 일은 선물이었다. 이제 나도 보답할 때였다. "일어나." 내가 말했다.

둘 다 꼼짝도 안 했다. 콘래드는 눈을 감고 있었다. 그래서 나는 콘래드에게는 쿠션을 던지고 제러마이아의 배를 발로 찔렀다. "공부 시작해야지, 이 게으름뱅이들. 어서 일어나!"

콘래드가 눈을 떴다. "너무 지쳐서 공부 못 하겠어. 우선 낮잠으로 충전해야 해."

"나도." 제러마이아가 말했다.

나는 팔짱을 끼고서 둘을 노려보며 말했다. "나도 피곤해. 하지만 시계를 봐. 벌써 1시라고. 밤새워 공부하고 내일 아침 일찍 출발해야 해."

콘래드는 어깨를 으쓱이며 말했다. "나는 급할 때 공부가 가장 잘돼."

"하지만……."

"진짜야, 벨리. 이런 상태로는 공부 못 해. 한 시간만 자게 해 줘."

제러마이아는 이미 잠들었다. 나는 한숨을 쉬었다. 두 사람을 이길 수 없었다. "좋아, 한 시간이야. 딱 한 시간."

나는 주방으로 가서 콜라를 따랐다. 나도 자고 싶었지만, 그러면 좋은 본보기가 될 수 없었다.

그들이 자는 동안 나는 계획을 실행에 옮겼다. 콘래드의 책을 차에서 꺼내 오고 노트북을 아래층으로 가지고 내려와 주방을 공부방처럼 만들었다. 스탠드를 켜고 책과 파일을 주제에 따라 정리하고 펜과 종이를 꺼내 놓았다. 마지막으로 커피를 한 주전자 내렸다. 나는 커피를 마시지 않지만 잘 끓였다. 엄마를 위해 매일 아침 커피를 내렸으니까. 그리고 제러마이아의 차를 몰고 맥도널드에 가서 치즈버거를 사 왔다. 그 둘은 맥도널드 치즈버거를 좋아했다. 전에는 햄버거를 팬케이크처럼 쌓아 놓고서 치즈버거 먹기 대회를 열기도 했다. 나도 끼워 주기도 했다. 내가 이긴 적도 있었다. 그때 난 치즈버거 아홉 개를 먹었었다.

낮잠 시간을 30분 더 늘렸다. 준비하는 데 시간이 더 걸렸기 때문이었다. 그리고 수재나 아줌마의 분무기에 물을 채웠다. 아줌마가 섬세한 식물에 물을 줄 때 쓰던 것이었다. 콘래드 먼저, 눈에 물을 뿌렸다.

"야." 콘래드가 바로 일어나며 말했다. 티셔츠 자락으로 얼굴을 닦는 콘래드에게 그냥 한 번 더 물을 뿌렸다.

"일어나서 세수해." 내가 노래했다.

그리고 제러마이아에게 가서 물을 뿌렸다. 하지만 제러마이아는 일어나지 않았다. 그는 항상 깨우기 힘들었다. 그는 바닷물이 밀려와도 잤다. 물을 뿌리고 또 뿌렸지만, 제러마이아가 뒤척이기만 해서 분무기 뚜껑을 열어 티셔츠 등에 대고 물을 부었다.

제러마이아는 그제야 깨어나 팔을 쭉 뻗으며 기지개를 켰지만, 바닥에 누운 채였다. 그는 그런 식으로 깨는 것이 익숙한 듯 씨익 웃었다. "좋은 아침." 제러마이아는 깨우기는 어려워도 일어나서 부루퉁한 일은 없었다.

"아침이 아냐. 오후 3시가 다 됐어. 30분 더 자게 해 줬으니까 고마워해야 해." 내가 쏘아붙였다.

"고마워." 제러마이아가 일으켜 달라고 내게 팔을 뻗으며 말했다. 나는 내키지 않는 표정으로 손을 내밀어 그를 일으켜 세웠다. "어서 가자." 내가 말했다.

두 사람은 나를 따라 주방으로 갔다.

"이게 무슨……." 콘래드는 자기 물건을 둘러보며 말했다.

제러마이아는 손뼉을 치더니 하이 파이브를 하자고 손을 내밀었고, 나도 손바닥을 내밀어 마주쳤다. "너 대단하다." 그러고는 킁킁거리더니 기름 묻은 맥도널드 흰 봉투를 보고 환하게 웃었다. "우아! 맥도널드 치즈버거다! 이 냄새는 어디서 맡아도 알 수 있지."

나는 그의 손을 쳐 냈다. "아직 안 돼. 이제부터 보상 시스템을 가동하겠어. 콘래드가 공부를 하면, 버거를 먹는 거야."

제러마이아가 찡그렸다. "나는?"

"콘래드가 공부하면, 모두 버거를 먹는 거야."

콘래드는 내게 눈썹을 치켜올렸다. "보상 시스템? 또 뭘 받는데?"

나는 얼굴을 붉혔다. "치즈버거뿐이야."

콘래드는 외투를 살까 말까 망설이는 사람처럼 나를 훑어봤다. 그의 눈길에 뺨이 뜨거워지는 것이 느껴졌다. "보상 시스템이란 말이 마음에 들지만, 난 패스할래." 콘래드가 한참 뒤에 말했다.

"무슨 소리야?" 제러마이아가 물었다.

콘래드가 어깨를 으쓱였다. "나는 혼자서 공부하는 게 더 잘돼. 이제 알아서 할게. 너희는 가도 돼."

제러마이아가 지겹다는 듯 고개를 저었다. "맨날 저래. 형은 도움을 청하는 법을 모르거든. 뭐, 안됐네. 우린 여기 있을 테니까."

"너희가 대학생 심리에 대해 뭘 알겠냐." 콘래드가 팔짱을 끼며 말했다.

제러마이아가 벌떡 일어났다. "우리가 알아낼게." 그리고 내게 윙크했다. "벨리, 먼저 먹으면 안 될까? 느끼한 음식이 필요해."

나는 상을 탄 기분이었다. 무적이 된 기분이었다. 봉투에 손을 넣으며 말했다. "하나씩만 먹어."

콘래드가 등을 돌려 찬장에서 타바스코소스를 찾을 때 제러마이아가 또 하이 파이브를 하자고 손을 내밀었다. 나는 소리 없이 손을 치고 우리는 마주 보며 웃었다. 그와 나는 언제나 그랬듯이 손발이 잘 맞았다.

우리는 말없이 치즈버거를 먹었다. 다 먹자마자 내가 말했다. "공부를 어떻게 하고 싶어?"

"전혀 하고 싶지 않으니, 네가 정해." 그렇게 말하는 콘래드의 아랫입술에 머스터드가 묻어 있었다.

"좋아, 그럼." 나는 준비해 둔 대답이 있었다. "오빠는 책을 읽어. 나는 심리학 노트 카드를 만들게. 제러마이아는 중요한 부분 표시하고."

"제러는 중요한 부분에 표시할 줄 몰라." 콘래드가 비웃었다.

"형!" 제러마이아가 말했다. 그러고는 내게 말했다. "형 말이 맞아. 나는 그거 잘 못해. 하다 보면 한 페이지 전부 다 형광펜으로 표시하게 된다니까. 내가 노트 카드를 만들 테니, 네가 표시해, 벨리."

나는 카드 한 팩을 뜯어서 제러마이아에게 건넸다. 놀랍게도 콘래드가 말을 들었다. 책더미 속에서 심리학책을 집어 들더니 읽기 시작했다.

식탁 앞에 앉아 이마를 찡그리고 책을 읽는 그는 예전의 콘래드 같았다. 시험에 신경 쓰고 셔츠를 다리고 시간을 지키는 콘래드. 이 상황이 우스운 것은, 제러마이아는 공부에 신경을 쓴 적이 없다는 것이었다. 그는 공부를 싫어했다. 성적을 증오했다. 공부는 언제나 콘래드의 분야였다. 처음부터 콘래드는 화학 실험 도구를 갖고 있었고 우리를 조수 삼아 할 만한 실험을 생각해 냈다. 나는 그가 '부조리하다'라는 말을 배우고는 늘 그 말을 하던 때가 기억났다. 콘래드는 "그건 부조리해."라고 말하곤 했다. 혹은 "멍청이."라고. 콘래드가 가장 좋아하는 욕이었고, 그 말도 아주 많이 했다. 그가 열 살이던 여름, 콘래드는 〈브리태니커 대사전〉을 읽기 시작했다. 다음 해 여름에 만났을 때는 Q 항목을 읽고 있었다.

나는 문득 깨달았다. 그가 그리웠다. 내내. 마음속을 더듬어 보면, 그가 있었다. 언제나 있었다. 그리고 비록 그가 한 발짝 앞에 앉아 있다고 해도, 나는 그 어느 때보다 그가 그리웠다.

나는 눈을 살짝 들어 그를 보며 생각했다. '돌아와. 내가 사랑하고 기억하는 그 콘래드가 되어 줘.'

심리학 공부를 마치고 콘래드가 헤드폰을 쓰고 영어 과제를 하는데 내 휴대전화가 울렸다. 테일러였다. 사과하려는 것인지 당장 자기 물건을 가지고 오라는 것인지 알 수 없었다. 아마 두 가지 모두일 것 같았다. 나는 휴대전화를 꺼 버렸다.

별장과 관련된 일들이 펼쳐지는 동안, 테일러와 다툰 것은 한 번도 생각나지 않았다. 여름 별장에 돌아온 지 이틀밖에 안 됐지만 언제나 그렇듯이 테일러와 집은 모조리 잊어버렸다. 내게 소중한 것은 별장이었다. 늘 그랬다.

그러나 테일러가 한 말은 상처가 됐다. 어쩌면 그 말이 맞는 것 같기도 했다. 하지만 그런 말을 한 테일러를 어떻게 용서할지 모르겠다.

밖이 어두워지는데 제러마이아가 다가와 목소리를 낮춰 말했다. "있잖아, 원하면 오늘 밤에 가도 돼. 내 차 타고 가. 내일, 형이 시험 마친 뒤에 차 가지러 가면 돼. 같이 놀아도 되고."

"아, 아직은 안 갈래. 내일 함께 가고 싶어."

"정말?"

"그럼, 정말이지. 나랑 같이 가고 싶지 않아?" 우리는 가족이 아니라는 듯, 내게 부담이 된다는 듯 제러마이아가 행동하니 마음이 아프기 시작했다.

"아니, 당연히 같이 가고 싶지." 제러마이아는 다른 말을 하려는 듯 잠시 멈췄다.

나는 형광펜으로 제러마이아를 쿡 찔렀다. "마라 때문에 무서워?" 놀리듯 물었지만, 진심으로 궁금했다. 나는 여전히 그가 여자 친구가 생겼다고 알리지 않은 것을 믿을 수 없었다. 그것이 왜 중요한지 잘 모르겠지만, 그래도 중요했다. 우리는 가까운 사이였다. 아니, 적어도 전에는 가까웠다. 그에게 여자 친구가 생기면 나도 알아야 했다. 게다가 두 사람은 '헤어진' 지 얼마나 됐을까? 마라는 장례식에도 오지 않았다. 아니, 적어도 나는 그렇게 알고 있었다. 제러마이아가 마라를 사람들에게 소개하지는 않았으니까. 어떤 여자 친구가 남자 친구 엄마 장례식에 참석하지 않는단 말인가? 콘래드의 전 여자 친구도 왔는데.

제러마이아는 콘래드를 흘끔 보더니 목소리를 낮췄다. "말했잖아, 마라랑 나는 끝났다고."

내가 아무 말도 안 하니 제러마이아가 말했다. "그러지 마, 벨리. 화내지 말라고."

"나한테 그 이야기를 안 하다니 믿을 수가 없어." 내가 한 문단 전체를 형광펜으로 표시하며 말했다. 나는 제러마이아를 보지 않고 말했다. "그걸 비밀로 하다니 믿기지 않아."

"할 이야기가 없었다니까, 맹세해."

"흥!" 내가 말했다. 하지만 기분이 나아졌다. 나는 제러마이아를 살짝 훔쳐봤고 그는 불안한 눈빛으로 나를 마주 봤다.

"됐지?"

"좋아. 이러거나 저러거나 난 상관없어. 그런 일이 있으면 나한테 말해 줄 것으로 생각했을 뿐이야."

제러마이아는 긴장을 풀고 의자에 기댔다. "그렇게 진지한 사이가 아니었어. 그냥 아는 애였지. 콘래드 형이랑……."

내가 흠칫하자 제러마이아는 찔리는 표정으로 말을 멈췄다.

콘래드와 오브리 사이 같은 것이 아니었다. 콘래드는 오브리를 사랑했었다. 오래전, 콘래드는 오브리에게 미쳐 있었다. 내게는 그런 적이 없었다. 한 번도. 하지만 나는 콘래드를 사랑했었다. 나는 평생 그 누구보다도 콘래드를 오래, 진정으로 사랑했고, 다시는 아무도 그렇게 사랑하지 않을 것 같았다. 솔직히, 그렇게 생각하면 마음이 놓였다.

7월 6일

다음 날 아침 일어나서 가장 먼저 창가로 갔다. 이 전망을 몇 번이나 더 볼 수 있을까? 우리는 모두 자라고 있었다. 곧 대학 입학이었다. 하지만 좋은 점, 위안이 되는 점은, 그 별장이 그곳에 계속 있으리라는 사실이었다. 그곳은 사라지지 않았다.

창밖을 내다보니 어디서 하늘이 끝나고 바다가 시작되는지 알 수 없었다. 그곳 아침에 안개가 얼마나 자욱한지 잊고 있었다. 그곳에 서서 모든 것을 기억하고, 그 기억을 오래 간직하려고 노력했다.

그리고 제러마이아와 콘래드의 방으로 달려가 문을 두드렸다. "일어나! 이제 출발하자!" 나는 복도를 달려가며 외쳤다.

주스를 마시러 아래층에 내려가니 콘래드가 식탁 앞에 앉아 있었다. 오전 4시에 내가 자러 올라갔을 때도 그는 거기 앉아 있었다. 콘래드는 이미 옷을 갈아입고 공책에 필기하고 있었다.

나는 주방에서 뒷걸음질 치기 시작했지만, 콘래드가 고개를 들었다. "파자마 멋지네." 그가 말했다.

얼굴이 빨개졌다. 테일러의 바보 같은 파자마 차림이었다. 나는 찡그리며 말했다. "20분 뒤에 출발할 거야. 그러니까 준비해."

나는 위층으로 올라가며 콘래드가 말하는 소리를 들었다. "난 준비 끝났어."

콘래드가 끝났다면 끝난 것이었다. 시험을 틀림없이 통과할 것이다. 아마 좋은 점수를 받을 것 같았다. 콘래드는 마음먹은 일에 실패하는 법이 없었다.

한 시간 뒤, 우리는 출발 직전이었다. 테라스로 나가는 문을 잠그는데, 콘래드가 이렇게 말했다. "할까?"

내가 돌아보며 "뭘 해?"라고 묻는데, 제러마이아가 불쑥 나타났다.

"그래. 추억을 위해서 하자." 제러마이아가 말했다.

어어. "안 돼." 내가 말했다. "절대 안 돼."

그다음 정신을 차리고 보니 제러마이아는 내 다리를, 콘래드는 내 팔을 붙잡았고 둘이서 나를 앞뒤로 흔들었다. 제러마이아가 외쳤다. "벨리 풍당!" 그 둘은 나를 휙 던졌고, 나는 수영장에 떨어지며 생각했다. '형제가 드디어 뭉치기 시작했네.'

나는 수면 위로 올라오며 소리쳤다. "나빠!" 그 둘은 더 크게 웃을 뿐이었다.

안으로 들어가 젖은 옷, 첫날 입은 옷을 벗었다. 테일러의 원피스를 입고 샌들을 신었다. 손수건으로 머리에서 물을 짜내면서도 화내기가 어려웠다. 나 혼자 웃기까지 했다. 아마 내 평생 마지막 벨리 풍당이었을 것이다.

차 한 대로 가면서 콘래드가 가는 길에 공부할 수 있게 하자는 것은 제러마이아의 생각이었다. 콘래드는 앞자리에 앉겠다는 말도 없이 곧장 뒤로 가서 노트 카드를 보기 시작했다.

나는 떠나면서 당연히 울었다. 앞자리에 앉아 선글라스를 쓰고 있으면 그들이 놀리지 않아 다행이라고 생각했다. 나는 그 집을 사랑했고 작별 인사를 하기 싫었다. 왜냐면, 그곳은 단순히 집이 아니었으니까. 그곳은 매년 여름과 매번의 보트 타기, 매일의 석양을 담은 곳이었다. 그곳은 수재나 아줌마가 있던 곳이었다.

한동안 거의 말없이 가다가 라디오에서 브리트니 스피어스의 노래가 나오기에 음량을 크게 높였다. 콘래드가 브리트니 스피어스를 싫어하는 것을 알았지만, 신경 쓰지 않았다. 나는 노래를 따라 부르기 시작했고 제러마이아도 노래했다.

"오, 베이비, 베이비, 그대를 보내지 말았어야 해." 나는 대시보드 쪽으로 몸을 흔들며 노래했다.

"그대가 원하는 것을 보여 줘." 제러마이아가 어깨를 들썩이며 노래를 불렀다.

그 노래가 끝나자 저스틴 팀버레이크 노래가 흘러나왔고, 제러마이아는 팀버레이크 노래를 멋지게 불렀다. 그는 자의식 없이 자신의 진정한 모습에 편안해했다. 나도 그렇게 되고 싶었다.

제러마이아가 나를 향해 노래했다. "그 예쁘장한 몸에 그 예쁘장한 얼굴을 어떻게 갖게 됐는지 말해 줘요." 나는 가슴에 손을 얹고 열광적인 팬처럼 기절하는 척했다.

"빨리빨리 천천히 마음대로 달려요."

나도 함께 코러스를 했다. "이건 스쳐 지나가는 여름의 만남이 아니야⋯⋯."

뒷자리에서 콘래드가 으르렁거렸다. "소리 좀 낮춰 줄래? 나 여기서 공부하거든?"

나는 돌아보고 말했다. "앗, 미안. 신경 쓰여?"

콘래드가 나를 노려봤다.

제러마이아가 말없이 볼륨을 낮췄다. 한 시간쯤 더 가다가 제러마이아가 말했다. "화장실 가고 싶어? 다음 출구에서 주유하러 휴게소에 들를 거야."

나는 고개를 저었다. "아니. 근데 목말라."

우리는 주유소 주차장에 차를 세웠다. 제러마이아가 주유하고 콘래드가 자는 동안 나는 편의점으로 달려갔다. 제러마이아와 내가 마실 것으로 콜라와 체리를 절반씩 섞은 슬러시를 샀다. 나는 오랜 실험 끝에 그 슬러시를 만드는 완벽한 비율을 알게 됐다.

차로 돌아와 제러마이아에게 슬러시를 건넸다. 제러마이아는 환하게 웃었다. "와, 고마워, 벨리. 무슨 맛이야?"

"마셔 봐."

제러마이아는 쭉 마시더니 마음에 든다는 표정으로 끄덕였다. "콜라 반, 체리 반, 네 특별 레시피. 맛있다."

"있잖아, 그때 기억나……?" 내가 물었다.

"응." 제러마이아가 말했다. "아빠는 아직도 블렌더에는 아무도 손대지 못하게 해."

나는 대시 보드에 발을 얹고 슬러시를 마시며 등을 기댔다. 그리고 속으로 생각했다. '행복이란 슬러시와 분홍빛 빨대지.'

뒷자리에서 콘래드가 짜증을 내며 말했다. "내 건 어딨어?"

"아직 자는 줄 알았어." 내가 말했다. "슬러시는 바로 마셔야지, 안 그러면 녹잖아. 그래서…… 안 사 왔어."

콘래드가 노려봤다. "뭐, 그럼 한 모금만 줘."

"하지만 슬러시 싫어하잖아." 사실이었다. 콘래드는 설탕 든 음료를 좋아하지 않았고 마시지도 않았다.

"상관없어. 목말라."

나는 컵을 건네고 돌아앉아 슬러시를 마시는 그의 모습을 지켜봤다. 콘래드가 얼굴을 찡그리거나 할 줄 알았는데, 그냥 마시고 컵을 돌려줬다. 그리고 말했다. "네 전문은 코코아인 줄 알았는데."

나는 콘래드를 빤히 봤다. 정말로 그렇게 말한 것일까? 기억하는 것일까? 한쪽 눈썹을 치켜올리며 나를 보는 표정을 보아하니, 기억하는 것이었다. 나는 시선을 돌렸다.

나도 기억했으니까. 모든 것을 기억했으니까.

41

콘래드가 시험을 치러 가고 난 뒤 제러마이아와 나는 통밀빵에 칠면조
와 아보카도를 넣은 샌드위치를 사서 잔디밭에 앉아 먹었다. 내가 먼저
샌드위치를 다 먹었다. 정말 배가 고팠었다.

제러마이아는 다 먹더니 포장지를 뭉쳐서 쓰레기통에 던졌다. 그리고
내 곁 풀밭에 다시 앉았다. 그는 불쑥 이렇게 말했다. "엄마 돌아가신 뒤
에 왜 나 보러 안 왔어?"

나는 말을 더듬었다. "가, 가, 갔잖아. 장례식에."

제러마이아는 눈도 깜빡이지 않고 가만히 나를 응시했다. "그런 말이
아니잖아."

"내, 내가 찾아가는 걸 원하지 않는 줄 알았어."

"아냐. 네가 오기 싫어서였지. 난 너 보고 싶었어."

제러마이아의 말이 옳았다. 나는 거기 가고 싶지 않았다. 수재나 아줌
마의 집 근처에도 가고 싶지 않았다. 아줌마를 생각하면 마음이 아팠다.

감당할 수 없었다. 하지만 제러마이아가 내 전화를 기다렸다니, 누군가 말 상대가 필요했다니, 그것도 너무 마음 아팠다. "네 말이 맞아." 내가 말했다. "내가 찾아갔어야 했는데."

제러마이아는 콘래드가 필요로 할 때, 수재나 아줌마가 필요로 할 때 함께 있어 줬다. 내가 필요로 할 때도. 그런데 제러마이아를 위해서는 누가 함께 있어 주었을까? 아무도 없었다. 이제부터는 내가 함께 있겠다고 알려 주고 싶었다.

제러마이아는 하늘을 올려다봤다. "힘들거든. 엄마 이야기를 하고 싶으니까. 하지만 콘래드 형은 원하지 않고, 아빠에게 말할 수도 없고, 너도 곁에 없었어. 우리 모두 엄마를 사랑하지만 아무도 엄마 이야기를 못 해."

"무슨 이야기를 하고 싶어?"

제러마이아는 머리를 뒤로 젖히고 생각에 잠겼다. "엄마가 보고 싶다는 이야기. 정말 보고 싶어. 엄마 돌아가신 지 두 달밖에 안 됐지만, 더 오래된 느낌이야. 그리고 방금, 어제 일어난 일 같기도 해."

나는 고개를 끄덕였다. 나도 그렇게 느꼈다.

"엄마가 기뻐하실까?"

콘래드 일에 대해, 우리가 도운 것에 대해 기뻐하시겠냐는 질문이었다. "응."

"나도." 제러마이아는 망설이다가 내게 물었다. "그럼 이제 어떻게 할 거야?"

"무슨 말이야?"

"이번 여름에 돌아올 거냐고."

"음, 그럼. 엄마가 가면 나도 가지."

제러마이아는 고개를 끄덕였다. "좋아. 아빠 말은 틀렸으니까. 거긴 네 집이기도 해. 그리고 로럴 아줌마랑 스티븐의 집이기도 해. 우리 모두의 집이야."

문득 나는 아주 이상한 감정에 사로잡혔다. 손을 뻗어, 손등으로 그의 뺨을 건드리고 싶은, 꼭 그래야만 할 것 같은 느낌. 그렇게 제러마이아에게 그 말이 내게 얼마나 큰 의미인지 알리고, 느끼게 하고 싶었다. 말로는 터무니없이 부족할 때가 있으니까. 그것을 알지만 나는 어쨌든 시도해야 했다. "고마워. 내게는 정말 의미 있는 말이야."

제러마이아가 어깨를 으쓱였다. "사실인걸."

콘래드가 빠른 걸음으로 다가오는 것이 보였다. 우리는 일어서서 그를 기다렸다.

제러마이아가 말했다. "좋은 소식일 것 같아? 내가 보기엔 좋은 소식 같은데."

내게도 그렇게 보였다.

콘래드가 눈을 반짝이며 성큼성큼 다가왔다. "끝장내고 왔어." 그가 당당히 말했다. 수재나 아줌마가 돌아가신 뒤, 그가 처음으로 미소를, 정말로 기뻐서 편안하게 미소를 짓는 모습이었다. 그와 제러마이아가 하이 파이브를 어찌나 세게 했는지 손뼉 소리가 쩌렁쩌렁 울렸다. 그리고 콘래드가 내게 미소를 지으며 내 주위를 빠르게 빙빙 도는 바람에 나는 발을 헛디딜 뻔했다.

나도 웃었다. "그렇지? 그렇지? 그럴 거라고 했잖아!"

콘래드는 나를 번쩍 들어 가볍게 어깨에 걸머졌다. 그 전날 밤처럼. 그가 풋볼 경기장에서 하듯이 좌우로 누비며 달리자 나는 깔깔 웃었다. "내려 줘!" 나는 원피스 자락을 꽉 잡고 비명을 질렀다.

콘래드는 나를 내려놓았다. 부드럽게 바닥에 내려놓아 줬다. "고마워." 콘래드가 내 허리를 잡은 채 말했다. "와 줘서."

내가 미처 대답하기 전에 제러마이아가 다가오더니 말했다. "아직 하나 남았잖아, 형." 그의 굳은 목소리에 나는 원피스 매무새를 고쳤다.

콘래드는 시계를 확인했다. "맞아. 심리학과로 가야 해. 이번 시험은 금방 끝날 거야. 한 시간쯤 있다가 보자."

걸어가는 콘래드의 모습을 보며 백만 가지 질문이 머릿속을 내달렸다. 어지러웠다. 공중에서 빙빙 돈 탓만은 아니었다.

제러마이아가 불쑥 말했다. "화장실 찾아볼게. 차에서 봐." 그는 주머니에서 열쇠를 꺼내더니 내게 던졌다.

"기다려 줄까?" 내가 물었지만 제러마이아는 그냥 걸어가 버렸다.

그는 돌아보지 않고 말했다. "아니, 그냥 가."

나는 차로 곧장 가는 대신, 학교 매점에 들렀다. 음료수와 굵은 글씨로 '브라운'이라고 적힌 후드 티를 샀다. 춥지 않았지만 그것을 입었다.

제러마이아와 나는 차에 앉아 라디오를 들었다. 어두워지고 있었다. 창문을 내리고 있어서 어딘가에서 새 지저귀는 소리가 들렸다. 콘래드가 곧 마지막 시험을 마칠 시각이었다.

"참, 후드 티 잘 어울린다." 제러마이아가 말했다.

"고마워. 브라운대학교 후드 티 갖고 싶었거든."

제러마이아가 고개를 끄덕였다. "기억나."

나는 목걸이를 만지작거리다가 새끼손가락에 감았다. "궁금한 게 있는데……." 이렇게 말끝을 흐리고 제러마이아가 무엇이 궁금한지 재촉하기를 기다렸다. 하지만 제러마이아는 그러지 않았다. 아무것도 묻지 않았다.

제러마이아는 조용했다.

나는 한숨을 내쉬며 창밖을 보면서 물었다. "내 이야기를 혹시 해? 아니, 무슨 말이라도 한 적 있어?"

"관둬." 제러마이아가 쏘아붙였다.

"뭘 관둬?" 나는 무슨 영문인지 몰라 제러마이아를 봤다.

"나한테 그런 거 묻지 마. 형에 대해 묻지 말라고." 제러마이아는 싸늘하고 낮은 목소리로 말했다. 내게도, 그 누구에게도 쓰지 않는 어조였다. 화가 난 듯 턱 근육이 움찔거렸다.

나는 움츠리며 차에 몸을 기댔다. 그에게 뺨을 맞은 느낌이었다. "왜 그래?"

제러마이아가 입을 열었다. 사과를 하려는 것일 수도, 아닐 수도 있었다. 그러다가 멈추고 다가와서 나를, 마치 중력처럼 끌어당겼다. 그가 내게 강하게 키스했고, 뺨에 닿은 그의 피부가 깔끄럽고 거칠었다. 처음 든 생각은 '오늘 아침에 면도할 시간이 없었나 보네.'였다. 그리고 나도 마주 키스했다. 그의 부드러운 금발에 손가락을 넣고, 눈을 감고서. 그는 물에 빠진 사람이고 내가 공기인 것처럼 키스했다. 열렬하고 간절한 키스, 내가 처음 경험해 보는 키스였다.

사람들이 지구가 돌기를 멈추는 순간이라고 할 때 그런 느낌이구나 싶었다. 그 순간, 자동차 밖의 세상은 존재하지 않는 것 같았다. 우리 둘뿐인 것 같았다.

몸을 떼어 낸 제러마이아의 동공이 커다래졌고 초점이 맞지 않았다. 그는 눈을 깜빡이더니 목청을 가다듬었다. "벨리." 흐릿한 목소리였다. 다른 말은 하지 않았다. 내 이름뿐이었다.

"아직도……." 좋아해. 내 생각을 해. 날 원해.

제러마이아는 거칠게 말했다. "응, 그래, 아직도."

그리고 우리는 다시 키스했다.

그가 무슨 소리를 낸 것이 분명했다. 제러마이아와 내가 동시에 고개를 들었으니까.

우리는 놀라 떨어졌다. 콘래드가 우리를 똑바로 보고 있었다. 차 앞에 우뚝 서 있었다. 얼굴이 창백했다.

그가 말했다. "아니, 멈추지 마. 내가 방해했네."

콘래드는 홱 돌아서서 걸어갔다. 제러마이아는 놀라고 두려운 표정으로 나를 마주 봤다. 그리고 내 손이 문을 열었고, 나는 일어서 있었다. 돌아보지 않았다.

내가 달려가며 이름을 불렀지만 콘래드는 돌아서지 않았다. 내가 팔을 잡자 콘래드는 드디어 나를 봤고, 눈에 서린 경멸에 나는 움찔했다. 그렇다 하더라도, 어느 정도는, 그것이 내가 바라던 것이 아니었을까? 그가 내게 했듯이, 그의 마음이 아프게 하는 것? 아니면 내게 동정심이나 무관심 이외의 감정을 느끼게 하는 것? 그가 어떤 감정을, 어떤 감정이든지 느끼게 하는 것?

"그럼 이제 제러마이아를 좋아하는 건가?" 콘래드는 냉소적이고 잔인하게 말할 작정이었고, 실제로도 그렇게 말했지만 고통스러운 목소리이기도 했다. 내 대답이 무엇인지 염려하는 것 같았다.

그래서 나는 기뻤다. 그리고 슬펐다.

내가 말했다. "글쎄. 좋아하면 오빠한테 문제가 돼?"

콘래드가 나를 빤히 보더니 다가와 내 목에 걸린 목걸이를 건드렸다. 온종일 상의 밑에 감추어 둔 목걸이를.

"제러마이아를 좋아하면서 왜 내 목걸이를 걸고 있지?"

나는 입술을 핥았다. "기숙사에서 오빠 짐을 챙기다가 발견했어. 아무 의미도 없어."

"그 목걸이가 무슨 뜻인지 알잖아."

나는 고개를 저었다. "몰라." 하지만 물론 알고 있었다. 콘래드가 무한 개념을 설명해 준 것을 기억했다. 헤아릴 수 없이, 한순간이 그다음으로 계속 연결되는 것. 콘래드가 내게 그 목걸이를 사 줬다. 그는 그 의미를 알고 있었다.

"그럼 돌려줘." 콘래드는 손을 내밀었고, 그 손은 떨리고 있었다.

"싫어." 내가 말했다.

"네 거 아니야. 네게 준 적 없잖아. 멋대로 가져간 거지."

그제야 나는 알게 됐다. 드디어 이해했다. 생각은 효력이 없었다. 중요한 것은 실행이고, 누군가를 위해 행동하는 것이었다. 그 이면의 의도만으로는 충분하지 않았다. 내게는 그랬다. 더는 무의미했다. 콘래드가 마음속 깊이 나를 사랑하는 것을 안다는 것만으로는 충분하지 않았다. 그 마음을 말하고, 나를 소중히 여긴다는 것을 보여 줘야 했다. 그런데 콘래드는 그러지 않았다. 드러내지 않았다.

콘래드는 내가 반박하기를, 저항하기를, 애원하기를 기다리고 있었다. 하지만 나는 아무것도 하지 않았다. 나는 영원처럼 느껴지는 시간 동안, 목에 건 목걸이를 풀어내려고 애썼다. 내 손도 떨리고 있었으니 당연한 일이었다. 나는 결국 목걸이를 풀어 콘래드에게 건넸다.

아주 짧은 순간, 콘래드의 얼굴에 놀란 표정이 떠오르더니 언제나 그렇듯이 무표정이 됐다. 아마 내 상상이었을지도 모른다. 콘래드가 마음을 쓰고 있다고 상상했던 것이다.

콘래드는 주머니에 목걸이를 넣었다. "가."

내가 움직이지 않자, 콘래드가 날카롭게 말했다. "가라고!"

나는 그 자리에 뿌리박힌 나무였다. 두 발이 얼어붙어 있었다.

"제러마이아에게 가. 널 원하는 건 걔니까." 콘래드가 말했다. "난 아니야. 널 원한 적 없어."

그 말에 나는 휘청거리면서 달려갔다.

나는 곧장 차로 돌아가지 않았다. 내 앞에 놓인 것은 불가능한 선택뿐이었다. 그런 일을 겪고 어떻게 제러마이아를 마주 볼 수 있을까? 키스를 하고, 콘래드를 뒤쫓아 달려간 뒤에? 마음이 백만 가지 방향으로 빙빙 돌았다. 자꾸 입술에 손이 갔다. 그리고 목걸이가 걸려 있던 쇄골을 건드렸다. 캠퍼스를 정처 없이 돌아다니다가 한참 뒤에 차로 돌아갔다. 그럴 수밖에 없었다. 아무 말 없이 떠날 수는 없었으니까. 그리고 달리 집에 갈 방법도 없었다.

콘래드도 같은 생각이었던 모양이다. 차로 돌아가니 콘래드는 이미 뒷자리에 앉아 창문을 내리고 있었다. 제러마이아는 보닛에 걸터앉아 있었다. "왔어?" 제러마이아가 말했다.

"응." 나는 그다음에 어떻게 해야 할지 몰라 머뭇거렸다. 그때만큼은 우리의 텔레파시가 통하지 않았다. 제러마이아가 무슨 생각을 하는지 알 수 없었다. 표정을 읽을 수 없었다.

제러마이아가 보닛에서 미끄러져 내려왔다. "집에 갈 준비 됐어?"

내가 끄덕이자 제러마이아가 열쇠를 던져 줬다. "네가 운전해."

차 안에서 콘래드는 나를 완전히 무시했다. 그에게 나는 존재하지 않는 사람이었고, 나는 그런 말을 해 놓고도 죽고 싶었다. 간 것이 후회됐다. 아무도 아무 말도 하지 않았다. 나는 그 둘을 모두 잃었다.

수재나 아줌마는 우리 사이가 그렇게 엉망이 된 것을 보고 뭐라고 했을까? 아줌마가 내게 너무나 실망할 것 같았다. 나는 전혀 도움이 되지 못했다. 나 때문에 상황이 더 나빠졌을 뿐.

다 잘되리라고 생각하는 순간, 우리는 멀어졌다.

얼마나 운전했을까? 비가 내리기 시작했다. 굵은 빗방울이 뚝뚝 떨어지더니 폭우가 됐다.

"앞이 보여?" 제러마이아가 물었다.

"응." 거짓말이었다. 1미터 앞도 겨우 보였다. 와이퍼가 미친 듯이 양 옆으로 움직였다.

차들은 기어가듯 움직이다가 거의 서다시피 했다. 앞에 경찰차 불빛이 보였다.

"사고가 났나 봐." 제러마이아가 말했다.

한 시간쯤 차에 앉아 있는데 우박이 떨어지기 시작했다.

룸미러로 콘래드의 얼굴을 봤지만, 무표정이었다. 다른 곳에 가 있는 것 같았다. "차를 세울까?"

"응. 다음 출구로 나가서 주유소를 찾아보자." 제러마이아가 시계를 확인하며 말했다. 10시 반이었다.

비가 멈추지 않았다. 주유소 주차장에 얼마나 있었는지 모르겠다. 빗소리가 요란했지만 차 안이 너무나 조용해서 내 배에서 나는 꼬르륵 소리가 모두에게 들렸다. 그 소리를 감추려고 기침을 했다.

제러마이아가 차에서 내리더니 주유소 안으로 달려갔다. 돌아온 그는 엉클어진 머리카락에서 물을 뚝뚝 흘렸다. 그는 나를 보지도 않고 땅콩버터와 치즈 크래커를 던져 줬다. "몇 킬로미터 가면 모텔이 있대." 제러마이아가 팔등으로 이마를 닦으며 말했다.

"그냥 기다리자." 콘래드가 말했다. 출발한 이후 처음으로 입을 연 것이었다.

"형, 고속도로는 차단된 셈이야. 기다려 봐야 소용없어. 몇 시간 쉬고 아침에 출발하자."

콘래드는 아무 말도 하지 않았다.

나는 크래커를 먹느라 바빠 아무 말도 못 했다. 밝은 주황색에 짜고 기름진 크래커를 연달아 입에 넣었다. 두 사람에게 먹으라고 권하지도 않았다.

"벨리, 어떡하면 좋겠니?" 제러마이아는 아주 예의 바르게, 내가 먼 친척쯤 되는 것처럼 물었다. 겨우 몇 시간 전에 내 입술에 입술을 댔으면서.

나는 마지막 크래커를 삼켰다. "아무래도 좋아. 하고 싶은 대로 해."

모텔에 도착하자 자정이었다.

나는 엄마에게 전화하러 욕실에 들어갔다. 상황을 설명하니 엄마가 곧바로 말했다. "내가 데리러 갈게."

온 마음을 다해 "응, 엄마, 바로 와 줘."라고 말하고 싶었지만, 엄마 목소리가 너무 피곤하게 들렸다. 그리고 엄마는 이미 많은 일을 해 줬다. 그래서 나는 이렇게 대답했다. "아냐, 괜찮아, 엄마."

"괜찮아, 벨리. 거긴 별로 멀지 않아."

"정말 괜찮아. 내일 아침 일찍 출발할 거야."

엄마가 하품했다. "안전한 곳에 있는 모텔이니?"

"응." 그곳이 어디인지, 안전한 지역에 속하는지 모르면서도 그렇게 대답했다. 하지만 안전한 곳처럼 보였다.

"어서 자고 일찍 일어나. 출발하면서 전화해."

전화를 끊고 나서 나는 잠시 벽에 기대 있었다. 어떻게 여기까지 왔을까?

테일러의 파자마로 갈아입고 새로 산 후드 티를 그 위에 입었다.

천천히 이를 닦고 콘택트렌즈를 뺐다. 그 둘이 욕실을 쓰려고 기다리든 말든 상관하지 않았다. 그들과 떨어져, 혼자 있고 싶었다. 나와 보니 제러마이아와 콘래드는 침대 양옆 바닥에 누워 있었다. 베개와 담요를 하나씩 갖고 있었다. "둘이서 침대 써." 완전히 진심은 아니었지만, 그렇게 말했다. "둘이잖아. 내가 바닥에서 잘게."

콘래드는 무시했지만 제러마이아가 말했다. "아냐, 네가 침대에서 자."

나는 반박하지 않았다. 너무 피곤했다. 그리고 침대에서 자고 싶었다.

침대에 기어올라 이불을 덮었다. 제러마이아는 휴대전화 알람을 맞추고 불을 껐다. 잘 자라는 말도, 티브이에서 재미있는 프로그램을 하는지 찾아보자는 말도 없었다.

나는 잠들려고 했지만 그럴 수 없었다. 우리 셋이 같은 방에서 마지막으로 잔 것이 언제인지 기억을 더듬어 봤다. 처음에는 기억나지 않았지만, 문득 떠올랐다.

우리는 해변에 텐트를 쳤고 내가 함께 놀게 해 달라고 조르고 졸랐더니 결국 엄마가 나도 끼워 주게 했다. 나와 스티븐 오빠와 제러마이아와 콘래드. 우리는 몇 시간씩 우노 게임을 했고 내가 두 번 연속 이기니 스티븐 오빠가 하이 파이브를 해 줬다. 갑자기 오빠가 너무 보고 싶어서 눈물이 났다. 스티븐 오빠가 함께 있었다면 상황이 그렇게 나빠지지 않았을 것이라는 생각이 들었다. 아마 그런 일은 하나도 일어나지 않았을 것이다. 나는 그들 사이에 껴 있는 대신, 그들을 쫓아다녔을 테니까.

하지만 모든 것이 변했고 예전으로 돌아갈 수 없게 됐다.

그런 생각을 하며 누워 있는데 제러마이아가 코를 골았다. 정말 짜증 났다. 그는 늘 원하는 대로, 머리가 베개에 닿자마자 잠들 수 있었다. 그날 있었던 일 때문에 잠 못 드는 일은 없었다. 나도 그래야 한다고 생각했다. 그래서 제러마이아를 등지고 돌아누웠다.

그러자 콘래드가 나직이 말하는 소리가 들렸다. "아까, 널 원한 적 없다고 했을 때, 진심이 아니었어."

숨이 멎었다. 무슨 말을 해야 할지, 말을 해야 하는 것인지 알 수 없었다. 알 수 있는 것은 단 하나, 내가 기다려 온 순간이라는 사실이었다. 바로 그 순간을. 그것이었다.

내가 말하려고 입을 여니 콘래드가 다시 말했다. "진심이 아니었어."

나는 숨을 참고 그가 다음에 무슨 말을 하는지 기다렸다.

그는 이렇게 말할 뿐이었다. "잘 자, 벨리."

나는 당연히 잘 수 없었다. 머릿속에 생각할 것이 가득했다. 그것이 무슨 뜻일까? 그럼 사귀고 싶다는 것일까? 그와 내가, 정말로? 내가 평생 원한 일이었지만, 차에서 본 제러마이아의 얼굴이 떠올랐다. 솔직하게 나를 원하고 필요로 하던 그 얼굴이. 그 순간 나도 제러마이아를 원했고 필요로 했다. 상상할 수 없을 만큼. 그 마음이 언제나 존재했던 것일까? 하지만 그날 밤 이후, 나는 그가 나를 계속 원할지도 알 수 없었다. 너무 늦어 버린 것 같았다.

그리고 콘래드가 있었다. '진심이 아니었어.' 나는 눈을 감고서 그의 말을 자꾸만, 자꾸만 떠올렸다. 어둠 속에서 들려오는 그의 음성이 나를 사로잡고 전율케 했다.

그래서 나는 누워서 숨도 제대로 못 쉬고 한마디, 한마디를 되짚어 봤다. 두 사람은 잠들었지만 나는 온몸 구석구석 깨어 있었고 살아 있었다. 정말 멋진 꿈같았고, 잠들기가 두려웠다. 깨어나면 전부 다 사라질 것 같아서.

7월 7일

제러마이아의 알람이 울리기 전에 나는 일어났다. 샤워하고, 이를 닦고, 전날 입었던 옷을 입었다.

욕실에서 나오니 제러마이아는 통화 중이었고 콘래드는 담요를 개고 있었다. 나는 그가 나를 바라봐 주기를 기다렸다. 그가 나를 보고, 미소 짓고, 뭐라고 말하기만 한다면, 나는 어떻게 할지 알 수 있었다.

하지만 콘래드는 고개를 들지 않았다. 담요를 장롱에 넣고 운동화를 신었다. 운동화 끈을 풀었다가 다시 단단하게 묶었다. 계속 기다렸지만 그는 나를 보지 않았다.

"안녕." 내가 말했다.

콘래드는 드디어 고개를 들었다. "안녕." 그가 말했다. "친구가 데리러 올 거야."

"왜?" 내가 물었다.

"그러는 편이 편해. 걔가 나를 커즌스로 데려다주면 거기서 내 차를 가져가면 돼. 제러마이아가 너를 집에 데려다주고."

"아." 너무 놀란 나머지, 실망감과 도저히 믿을 수 없는 심정을 느끼는 데 시간이 걸렸다.

우리는 거기 서서 마주 보며 아무 말도 하지 않았다. 하지만 모든 것을 의미하는 침묵이었다. 그의 눈빛에 간밤에 있었던 일은 흔적도 없었고 내 마음속에서 무엇인가가 부서지는 느낌이었다.

그렇다면 그것이 끝이었다. 우리는 마침내, 드디어 끝났다.

콘래드를 보니 너무 슬펐다. 이런 생각이 떠올랐기 때문이다. '다시는 너를 전처럼 볼 수 없을 거야. 나는 다시는 그 애가 될 수 없을 거야. 네가 밀어낼 때마다 되돌아오고, 무슨 일이 있어도 너를 사랑하던 그 여자애가.'

콘래드에게 화를 낼 수 없었다. 그는 그런 사람이었으니까. 그는 늘 그런 사람이었으니까. 그는 그 점에 대해 거짓말한 적 없었다. 그는 온 마음을 내준 적이 없었다. 그것, 그 익숙한 상실감, 그만이 내게 줄 수 있는 아쉬움을 마음속 깊이 느꼈다. 다시 느끼고 싶지 않은 감정이었다. 결코, 다시는.

아마 그것 때문에 나는 갔을 것이다. 확실히 알기 위해서. 작별하기 위해서.

나는 그를 보며 생각했다. '내가 정말 용감하고 정말 솔직하다면 그에게 말했겠지.' 그가 알고 나도 알도록, 그래서 내가 다시 취소할 수 없도록 말했을 것이다. 하지만 나는 그렇게 용감하지도 솔직하지도 않아서,

그저 그를 바라보기만 했다. 어쨌든 그는 알고 있었을 것이다.

'너를 놓아줄게. 너를 내 마음에서 내보낼게. 지금 안 하면 다시는 못할 테니까.'

내가 먼저 시선을 돌렸다.

제러마이아가 전화를 끊더니 콘래드에게 물었다. "댄이 데리러 오고 있대?"

"응. 여기서 걔를 기다릴게."

그러자 제러마이아는 나를 봤다. "어떻게 할래?"

"같이 가자." 내가 말했다. 가방과 테일러의 구두를 들었다.

제러마이아가 일어나더니 내가 멘 가방을 들었다. "그럼 가자." 그리고 콘래드에게 말했다. "집에서 봐."

어느 집을 말하는 것인지 궁금했다. 하지만 별 상관없다고 여겼다.

"안녕, 콘래드." 내가 말했다. 나는 테일러의 구두를 들고 문밖으로 나갔다. 그것을 신을 생각도 없었다. 나는 돌아보지 않았다. 그리고 그 자리에서 느꼈다. 먼저 떠나는 사람이 느끼는 환희를, 만족감을 느꼈다.

주차장을 걸어가면서 제러마이아가 말했다. "구두 신는 게 좋을걸. 발다칠 수 있잖아."

나는 어깨를 으쓱였다. "테일러의 구두인걸." 그것이 대답이 된다는 듯이 말했다. 그리고 덧붙였다. "너무 작아."

제러마이아가 물었다. "운전할래?"

나는 생각해 본 뒤 대답했다. "아니, 괜찮아. 네가 운전해."

"하지만 내 차 운전하는 거 좋아하잖아." 제러마이아가 조수석으로 돌아와 내 문을 먼저 열어 주며 말했다.

"응. 하지만 오늘은 옆자리에 타는 게 좋겠어."

"아침부터 먹을래?"

"아니." 내가 말했다. "그냥 집에 가고 싶어."

우리는 곧 도로를 달렸다. 창문을 다 열었다. 머리를 내밀고 머리카락이 사방에 휘날리게 했다. 그저 그러고 싶었으니까. 스티븐 오빠는 차창 밖으로 머리카락을 날리면 벌레랑 먼지가 들러붙는다고 했었다. 하지만 상관없었다. 그 느낌이 좋았다. 자유로운 느낌이었다.

제러마이아가 나를 보더니 말했다. "너 그러니까 예전에 키우던 개 부기가 생각난다. 창밖으로 머리 내미는 거 좋아했는데."

제러마이아는 여전히 예의 바른 목소리로 말했다. 거리가 느껴졌다.

내가 말했다. "아무 말도 안 하네. 어제 일로." 나는 제러마이아에게 눈길을 던졌다. 가슴이 쿵쿵 뛰는 소리가 들렸다.

"무슨 말을 더 해?"

"글쎄. 여러 가지." 내가 말했다.

"벨리……." 제러마이아가 말을 꺼냈다. 그러더니 멈추고서 고개를 저으며 한숨을 쉬었다.

"뭐? 무슨 말을 하려고 했는데?"

"아무것도 아냐." 제러마이아가 말했다.

내가 손을 내밀어 그의 손을 잡고 깍지를 꼈다. 아주 오랜만에 옳은 일을 한 기분이었다. 제러마이아가 손을 놓을까 봐 걱정했지만, 그러지 않았다. 우리는 집까지 내내 손을 잡고 갔다.

2년 뒤

영원을 떠올리면 늘 같은 남자와 함께였다. 꿈속에서, 내 미래는 정해
져 있었다. 확실했다.

그것은 내가 떠올리던 모습이 아니었다. 흰 드레스를 입고서 쏟아지
는 빗속을 뚫고 차로 달려가는 내 모습. 나보다 앞서 달려가 조수석 문
을 여는 그의 모습.

"확실해?" 그가 내게 묻는다.

"아니." 나는 차에 올라타며 말한다.

미래는 불확실하다. 하지만 여전히 내 것이다.

네가 예뻐진 그 여름 2

네가 없는 여름은 없어

지은이 제니 한
옮긴이 이나경

1판 1쇄 인쇄 2023년 6월 12일
1판 1쇄 발행 2023년 6월 28일

펴낸이 김영곤
이사 은지영
멀티콘텐츠팀 이장건 김의헌
마케팅영업본부장 변유경
마케팅1팀 김영남 황혜선 이규림 정성은 **마케팅2팀** 임동렬 이해림 최윤아 손용우
영업팀 한충희 오은희 강경남 황성진 김규희
교정교열 한지연 **디자인** 김미정
해외기획팀 최연순 이윤경 **제작팀** 이영민 권경민

펴낸곳 (주)북이십일 아르테
출판등록 2000년 5월 6일 제406-2003-061호
주소 (10881) 경기도 파주시 회동길 201(문발동)
대표전화 031-955-2100 **팩스** 031-955-2177 **홈페이지** www.book21.com

아르테는 (주)북이십일의 문학 브랜드입니다.

ISBN 978-89-509-3884-0 04840
ISBN 978-89-509-3747-8 04840(세트)